SEBASTIAN THIEL

Syltfluch

SEBASTIAN THIEL

Syltfluch

KRIMINALROMAN

GMEINER

Immer informiert

NEWSLETTER

Spannung pur – mit unserem Newsletter informieren wir Sie regelmäßig über Wissenswertes aus unserer Bücherwelt.

Gefällt mir!

Facebook: @Gmeiner.Verlag
Instagram: @gmeinerverlag
Twitter: @GmeinerVerlag

MIX
Papier aus verantwortungsvollen Quellen
FSC
www.fsc.org
FSC® C014496

Besuchen Sie uns im Internet:
www.gmeiner-verlag.de

Im Ehnried 5, 88605 Meßkirch
Telefon 07575/2095-0
info@gmeiner-verlag.de

1. Auflage 2022

Lektorat: Daniel Abt
Herstellung: Mirjam Hecht
Umschlaggestaltung: U.O.R.G. Lutz Eberle, Stuttgart
unter Verwendung eines Fotos von: © Olha Rohulya / stock.adobe.com und Norwegische Nationalbibliothek, Oslo; https://urn.nb.no/URN:NBN:no-nb_digifoto_20160317_00405_NB_NS_NM_11943
Druck: GGP Media GmbH, Pößneck
Printed in Germany
ISBN 978-3-8392-0199-2

Personen und Handlung sind frei erfunden.
Ähnlichkeiten mit lebenden oder toten Personen
sind rein zufällig und nicht beabsichtigt.

PROLOG – EINE VERBOTENE LIEBE

Wikingerstadt Haithabu, im Jahre 1049

Im Namen des Allvaters, war dieses Gelage in der gestrigen Nacht nötig gewesen?

Sein Kopf dröhnte so heftig, als würde der Drache Nidhöggr persönlich in seinem Schädel wüten und nicht an den Wurzeln der Weltenesche.

Frederik Tryggvason kniff die Augen zusammen, während er in das Licht der Sonne trat. Sie stand bereits hoch am Himmel und blendete ihn stechend.

Er würde bald hier sein.

Verächtlich spuckte Frederik auf den Boden. Mit Schmerzen in den Gliedern sah er an sich herab. Wieso um alles auf der Erdscheibe war er fast nackt? Nur ein dünnes Leinentuch bedeckte seine Männlichkeit. Er wankte und musste sich am Gerüstpfosten und der Wandfüllung aus Lehm abstützen. Voller Pein schüttelte er den Kopf. Es war die Mühe nicht wert, an vorangegangene Nacht zu denken, immerhin gab es Wichtigeres, was seine Aufmerksamkeit verlangte.

Mehrmals zog er Luft in seine Lungen und blickte hinaus auf die glitzernde See. Sie war wirklich wunderschön, wenn sie ruhig dalag. Einladend und verführerisch wie das

Lächeln einer Frau und so strahlend hell, dass sie beinahe jede finstere Überlegung zu verdrängen imstande war.

Lediglich diese nicht.

»Frederik.« Der Bursche war fahl vor Angst und konnte kaum atmen. »Herr, *er* ist hier.«

»Jetzt schon?« Frederik ergriff einen Tonkrug mit klarem Wasser, füllte seinen Magen und spülte den Mund aus. Es tat gut, mit dem kühlen Nass die Lebensgeister zu wecken, die er gestern mit herbem *Bjórr* versucht hatte zu betäuben. »Und der König?«

Der Junge verbeugte sich tief. »König Sweyn wartet am Steg auf Euch.«

Frederik schüttelte erneut den Kopf, ihm war dies alles zuwider. Seitdem er einen Fuß auf das Festland gesetzt hatte und seine Taten im Schildwall lauthals besungen wurden, benahmen sich alle, als hätte er den Kriegsgott Tyr selbst besiegt. Dabei waren es nur eine Handvoll kleinerer Dörfer und nur wenige Schiffe gewesen, die er mit dem Dänenkönig Sweyn II. bezwungen hatte.

»Gut.« Frederik legte Wams und Mantel an, sehr zum Bedauern der jungen Maiden, die ihm verstohlene Blicke aus den benachbarten Hütten zuwarfen. Zuletzt folgten Messer und Axt. Oh, wie hoffte er, sie nicht benutzen zu müssen. »Sag dem König, dass ich auf dem Weg bin.«

Der Junge spurtete los. Erst jetzt fiel Frederik auf, dass der Markt der großen Handelsstadt Haithabu beinahe verwaist war. Keine christlichen Mönche, die jedermann zu bekehren versuchten, nicht ein byzantinischer Händler war zu sehen und kein slawischer Fischer, der seinen Fang lautstark feilbieten wollte. Selbst die jungen Schildmaiden suchten das Weite.

Kein Wunder. Wäre Frederik an ihrer Stelle gewesen, er hätte genauso gehandelt. Betont lässig schritt er los, zog den Ledergurt um seine Hüften enger und gönnte sich noch einen Schluck aus dem Krug, bevor er ihn auf dem Boden zerschellen ließ. Er mahnte sich zur Ruhe. Und es fiel ihm schwer.

Selbst von hier aus sah er die schier endlose Streitmacht. Die Drachenboote des norwegischen Königs Harald III. Hardråde hatten festgemacht. War er hier, um zu verhandeln, oder wollte er die Stadt auskundschaften?

Der Allvater war sein Zeuge, Frederik war des Krieges überdrüssig, doch niemals würde er diesem Sohn einer Hündin die Genugtuung gönnen, Angst in seinen Augen zu erkennen.

Sollten Haralds Mannen eben am Halbkreiswall scheitern und von den Palisaden Haithabus aufgespießt werden. Die Vorstellung ließ Frederiks Augen strahlen.

»Woran denkst du, Beutemeister?« König Sweyn wartete am Steg auf ihn, genau wie es der Junge gesagt hatte. »Lass mich an deinen Überlegungen teilhaben.«

»Ich denke daran, wie Haralds Männer an ihrem eigenen Blut ersticken.« Er lehnte sich zu seinem Herrn und nickte in die Richtung des größten und prächtigsten Schiffs des Norwegerkönigs. Frederik musste leise reden, denn er schritt bereits über das knarrende Holz der Hafenbrücke und war in Hörweite. »Und an den Frieden danach.«

»Was für ein schöner Gedanke«, hauchte König Sweyn, öffnete die Arme und begrüßte seinen Gast. »König Harald Sigurdsson der Harte von Norwegen, es ist schön, Euch und Euer Gefolge in Haithabu willkommen zu heißen.«

Wie konnte er nur so höflich zu dieser Schlange sein?

»Die Freude ist auf meiner Seite.« Seine Worte waren gütig, doch die Augen waren kalt wie das Eis des Nordens. Eine frische Brise ließ Harald Sigurdssons feuerrote Haare um ihn tanzen und den mächtigen Bart wehen. Seine

Gesichtszüge wirkten verzerrt, als würde er den Hass nur mühselig im Zaum halten. Er schwieg lange, bemaß offensichtlich den Wert seiner Worte genau, bis er in einer groben Bewegung über die Planke seines Schiffs griff und ein Bündel Haare zu fassen bekam. Ohne mit der Wimper zu zucken, hievte er die Frau an ihrem Zopf auf die Beine.

»Meine Lieblingssklavin Mathilda. Sie wird meinen Schlafplatz vorbereiten.«

Frederiks Herz setzte für einen Moment aus.

Diese Frau, obwohl grün und blau geprügelt, war das schönste Wesen, das er jemals erblickt hatte. Er wusste, dass er sein Gesicht abwenden sollte, sich nicht in ihren dunklen Augen verlieren durfte. Jeder weitere Herzschlag war pure Gefahr, und dennoch vermochte er nicht wegzusehen. Ein Fluch schien sie in diesem Augenblick unsichtbar miteinander zu verbinden. Wenn sich so Liebe anfühlte, würde er nie wieder etwas anderes fühlen wollen.

Nie wieder.

KAPITEL 1 – WIEDER ZURÜCK

»Meine sehr verehrten Fahrgäste, wie Sie sicherlich schon mitbekommen haben, wird der außerplanmäßige Zwischenstopp auf dem Hindenburgdamm etwas länger dauern …«

Durch die Musik ihrer Kopfhörer drang die knarzende Stimme des Zugchefs zu Lene Cornelsen durch. Sie erhob sich und öffnete die schmale Fensterluke des Intercity Westerland Expresses. Augenblicklich stieg der salzige Geruch des Meeres in ihre Nase und vermischte sich mit Kaffeeduft und einigen Schweißnuancen im Abteil, auf die sie allzu gerne verzichtet hätte. Eine Windbö der Orkanausläufer zerrte an ihren Haaren, hohe Wellen rollten auf die Schienen zu und brachen sich nur wenige Meter vor ihr. Zeitgleich spritzte weiße Gischt gegen den Waggon und der stürmische Wind trieb die dunklen Wolken in Richtung Festland. Dicke Regentropfen peitschten gegen die Scheibe, Donner grollte in der Ferne und Blitze boten am Horizont ein hektisches Spektakel. Sie sah in einen Sturm aus Wut und Grau.

Bald würden sie den Damm sperren und somit die letzte Verbindung zwischen Sylt und dem Festland kappen.

So kannte sie *ihre* Insel. Was für eine Begrüßung! Lene lächelte und zog die Kopfhörer von den Ohren. Sie war zu Hause. Nach all den Jahren.

Mehrmals atmete sie durch und genoss die kühlende Luft, bis sich die anderen Passagiere lautstark beschwerten. Ihre Nervosität war beinahe greifbar, immer wieder blickten sie auf die graue Wand draußen hinter dem Fenster und zuckten zusammen, wenn das Licht für einige Sekunden ausfiel. Die Leute vom Festland wussten nicht, was ein Sturm war. Sie allerdings hatte schon einige erlebt. Früher. Das war lange her. Vielleicht zu lange, um die Insel noch ihr Zuhause nennen zu können.

Als sie mit 19 Jahren ihre Heimat verlassen hatte, um in Düsseldorf ein neues Leben zu beginnen, hatte sie sicher einem halben Dutzend der gewaltigen Naturphänomene beigewohnt. Doch diesmal war es anders. Wind, Regen und Wellen schienen sie von der Insel fernhalten zu wollen. Fast wie eine lautstarke Warnung, die noch einmal mit ganzer Intensität in den Waggon pfiff, bevor sie das Fenster schloss. Abgesehen von einer kurzen und schmerzhaften Ausnahme hatte sie vor 13 Jahren das letzte Mal einen Fuß auf den matschig-sandigen Boden des Eilands gesetzt und der Zeitpunkt ihrer Rückkehr hätte nicht schlechter sein können. Gerade jetzt, wo sie ihren Dienst in der Polizeiwache Westerland antreten sollte, gab es eine Sensation zu vermelden, und das passierte auf Sylt bestimmt nicht oft.

Lene seufzte, nahm wieder Platz und setzte die Kopfhörer auf, um das angespannte Gemurmel der anderen Fahrgäste auszublenden. Die Artikel über ihre Heimatinsel kannte sie mittlerweile fast auswendig, trotzdem öffnete sie den zerknitterten »Weser-Kurier« und studierte die Abbildung.

Es war nur eine grobkörnige Aufnahme, bei der man die Silhouetten höchstens schwerlich erahnen konnte. Aber mit einiger Fantasie war es tatsächlich möglich, so etwas wie ein Wikingerschiff auszumachen.

Natürlich gab es im Internet mittlerweile bessere Bilder,

doch dieses hier gefiel Lene am besten. Es hatte etwas vom legendären Seeungeheuer Nessi. Mit dem Unterschied, dass die Fotografie nicht aus Schottland, sondern vom Sylter Morsum-Kliff stammte. Hätten die tief hängenden, bleischweren Wolken und der Regenwall die Sicht nicht eingeschränkt, hätte sie von ihrem Platz sogar die hellen Sanddünen des Kliffs ausmachen können. Fast spürte Lene den roten Limonitsand zwischen ihren Zehen, eine leichte Brise auf ihrer Haut …

Erneut wurden ihre Gedanken von der knarzenden Stimme aus den Lautsprechern unterbrochen: »… leider müssen wir Ihnen mitteilen, dass sich die Weiterfahrt noch verzögert.«

Diesmal schaltete sie die Musik aus und verstaute die Kopfhörer in ihrer Reisetasche. Während die Menschen um sie herum laut stöhnten, intensivierte Lene ihren Blick, als ob sie so durch die dichten Regenschleier sehen könnte. Wer hätte das gedacht? Ein echtes Wikingerschiff vor dem beschaulichen Sylt? Kein Wunder, dass Weltpresse und Archäologen ein Wettrennen veranstalteten, um als Erste am Wrack zu sein, wenn sich das Wetter endlich bessern sollte. Die Insel platzte aus allen Nähten und ausgerechnet jetzt kündigte der Wetterdienst die Gefahr einer Sturmflut an. Es gab definitiv bessere Zeiten, um nach Hause zurückzukehren … und vor allem bessere Gründe. Behutsam, fast zärtlich streichelte sie über den Ringfinger ihrer rechten Hand. Anstatt auf Widerstand zu treffen, spürte sie lediglich die Abdrücke auf ihrer Haut. Seltsam, wie schnell man sich an Dinge gewöhnte.

Der Ehering, der sie über Jahre begleitet hatte, lag nun wohlbehütet bei einem Düsseldorfer Pfandleiher. Hoffentlich würde er einem anderen Mädchen mehr Glück bringen. Wenigstens hatte sie ihren Mädchennamen behalten und musste nun nicht bis zum Ablauf des Trennungsjahrs

Steinke heißen. Vielleicht lag es daran, dass sie die letzten Monate in Düsseldorf schnell vergessen wollte. Besonders die geheime Liebschaft zwischen ihrem Ex-Mann und ihrer Kollegin und ehemaligen besten Freundin. Monatelang hatte er sie betrogen, bis Lene es zu ihrer vollumfänglichen Demütigung auf der Weihnachtsfeier auf der Polizeiwache erfahren hatte. Natürlich hatte sie ihrem Ex vor versammelter Mannschaft und mit voller Wucht in die Weichteile treten müssen, was weitere Probleme nach sich gezogen hatte.

Obwohl sie es nicht wollte, stahl sich ein breites Grinsen in ihr Antlitz. Sicher war es nicht einer ihrer glorreichsten Momente gewesen, allerdings dachte sie allzu gerne daran, wie er mit schmerzerfülltem Gesicht zusammengesackt war. Sie war noch in derselben Nacht ausgezogen, hatte online alle Daueraufträge gekündigt und das gemeinsame Konto aufgelöst. Die letzten Wochen hatte sie in einem billigen Motel am Rand der Stadt verbracht. Nur weg, nur vergessen. Er alleine würde das schicke Loft in Oberkassel nie halten können.

Viel Spaß bei der Wohnungssuche, du Arsch!

Zumindest dieser kleine Triumph war ihr geblieben.

»Liebe Fahrgäste, wie Sie erkennen können, lässt es die Wetterlage nicht zu, dass wir unsere Fahrt nach Sylt fortsetzen.«

Protestierende Rufe vermischten sich mit erleichtertem Gemurmel. Offensichtlich waren einige Reporter mehr als glücklich, nicht auf die sturmflutbedrohte Insel zu müssen.

»Wir werden langsam nach Niebüll zurücksetzen. Von dort aus können Sie …«

Die letzten Worte bekam Lene nicht mehr mit. In einer raschen Handbewegung ergriff sie ihre Tasche und drängte sich zwischen wild telefonierenden Journalisten und empörten Urlaubsgästen hindurch. Zurück ans Festland? In ihr altes Leben? Niemals.

Heute sollte der erste Tag eines Neuanfangs sein, eines ruhigen Polizistendaseins, fernab von stressigen Ermittlungen im Großstadtmilieu. Lene wollte runterkommen, wie man so schön sagte, sich mit gestohlenen Fahrrädern und geklauten Touristengeldbeuteln beschäftigen, statt mit Drogendealern und Zuhältern. Alleine der Gedanke an eine Verzögerung ließ sie schaudern.

Geübt griff sie in ihren langen brünetten Zopf, entfernte das Haargummi und legte ihr charmantestes Lächeln auf, als sie den Bahnmitarbeiter endlich zu fassen bekam.

»Entschuldigen Sie bitte, ich müsste ganz dringend nach Sylt«, säuselte sie zuckersüß. »Wäre es möglich, dass Sie mich hier einfach herauslassen? Das letzte Stück würde ich zu Fuß gehen.«

Der junge Mitarbeiter blickte kurz hoch, schüttelte den Kopf und tippte im Anschluss wieder auf seinem elektronischen Lesegerät herum. »Leider nicht möglich«, knurrte er. »Haftungsfrage.«

Puh, allem Anschein nach hatte sie das Flirten tatsächlich verlernt. Nicht verwunderlich nach sieben Jahren Ehe und einem ziemlichen Knacks im Selbstbewusstsein. »Ich kenne mich hier aus«, beteuerte Lene und berührte sanft seine Schulter. »Schon als kleines Mädchen habe ich auf dem Damm gespielt, wenn die Tiden es zuließen.«

»Das Spielen auf Bahngelände ist strengstens untersagt«, ratterte er monoton herunter und drehte sich abweisend zur Seite, um die nächste Reklamation entgegenzunehmen, während seine Finger unablässig über das Display sausten.

Natürlich. Was hatte sie denn gedacht?

Die Klamotten trug sie seit zwei Tagen, sie könnte mit Sicherheit eine Dusche vertragen und ihre Augenringe waren so groß wie Wagenräder. Lene hatte sich sofort auf den Weg gemacht, als ihr Versetzungsantrag genehmigt worden war. Weg von der Wache, wo sie zu jeder Zeit auf *sie* treffen konnte. So ein spontaner Umzug kostete Kraft und auf so manche Annehmlichkeit galt es zu verzichten. Außerdem war sie keine 18 mehr, und das süße Püppchen zu spielen stand ihr einfach nicht.

Ihre Gesichtszüge wurden mit einem Mal ernst, der Ton ihrer Stimme so rau wie das Wetter. »Lene Cornelsen, Kriminalpolizei.« Eine gewisse Genugtuung überkam sie, als der junge Reisebegleiter erstarrte und mit verwunderter Miene zum gezückten Dienstausweis sah. »Sie behindern eine polizeiliche Ermittlung. Machen Sie die Türen auf, lassen Sie mich raus, ich übernehme die volle Verantwortung.«

Lene steckte den Ausweis in die Hosentasche und tippte mit den Fingern ungeduldig auf ihren Unterarm. Dabei bohrte sich ihr Eisblick in ihn hinein. Zumindest das hatte sie nicht verlernt. Wenn es darum ging, einen Verdächtigen in Grund und Boden zu starren, konnte ihr niemand so schnell etwas vormachen. Das Geheimnis war, einfach einen Punkt auf der Nasenwurzel zu fixieren. Doch das war hier kaum nötig.

Anscheinend glücklich, zumindest einen der nörgelnden Passagiere loszuwerden, zog der Mann einen Schlüssel, öffnete die Tür und ließ Lene mitsamt Reisetasche in die kalte Herbstluft frei.

Rau, schroff und herausfordernd war ihr erster Schritt in die alte Heimat. Sie musste die Augen zusammenkneifen, indes sie die zerschlissene gelbe Regenjacke aus der Tasche zog. Der Friesennerz hatte einmal ihrer Mutter gehört. Lene hatte bei ihrem Auszug das Erstbeste gegriffen, was ihr in die Finger gekommen war, und es als Schicksal angesehen, dass es gerade Mutters Lieblingsstück gewesen war, das sie mit nach Düsseldorf entführt hatte. Nun war es wieder hier. Genau wie sie.

Das Pfeifen des Zugs drang für einen Moment durch die Geräuschkulisse aus zornigem Rauschen. Mit einem Mal war die miefige Hitze des Abteils einer feuchten Kälte gewichen. Ja, sie war wieder zu Hause.

Sie zog die Jacke zu, atmete einmal durch und erkannte durch die Schleier aus Regen und dunklen Wolken ihre Insel. Sekunden später setzte sich der Intercity in Bewegung. Zurück aufs sichere Festland.

»Dem haben S' aber zeigt, was a Harke is.«

Erst meinte Lene, das Flüstern des Windes würde ihr einen Streich spielen. Dann drehte sie sich um und tatsächlich erkannte sie einen klein gewachsenen Mann mit Strickpulli, Vollbart und Nickelbrille, der schlotternd die Hände in die Hosentaschen presste.

»Wie bitte?«

»Dem Bahndeppen, dem Batzi«, sagte er mit lauter Stimme und hörbarem bayrischen Dialekt, während er ängstlich die abfahrende Bahn neben ihnen beobachtete. Anhand der vollgestopften Taschen und der Fotoausrüstung war es nicht schwer zu erraten, womit er sein Geld verdiente. »Was haben S' dem denn g'sagt?«

»Ich bin Polizistin.« Lene sah sich um. Der Sturm nahm zu und bald würde selbst sie mit ihren geübten Augen und den schweren, wasserfesten Stiefeln nur ungern auf den rutschigen Gräsern des Bahndamms stehen und Kaffeekränzchen halten. Ganz zu schweigen von dem Reporter mit seinen drei Taschen und den Sommersneakern. »Morgen beginnt mein Dienst auf der Insel und Sie sollten nicht hier sein.«

»Hab mich mit rausg'schlichen«, rief er dem lauter werdenden Wind entgegen.

»Das habe ich mir gedacht.« Sie fasste ihre Tasche und drehte sich zur Insel. »Wir sollten hier verschwinden. Es ist nicht mehr sicher und, bei Gott, ziehen Sie sich endlich Ihre Jacke an!«

»Ja mei, wissen S' …«, druckste der Mann und begann schwer ächzend die vielen Taschen zu schultern, »… ich hab dacht, die Nordsee is schee im Frühherbst.«

»Ist sie auch.« Lenes Stimme wurde leise, beinahe zu einem Wispern. »Schön … und gefährlich.«

Sekunden vergingen, in denen einzig die Brandung ihr einsames Lied mit kraftvoller Vehemenz an ihre Ohren warf.

Dieser Bayer würde sich noch den Tod holen.

Schließlich stöhnte Lene genervt auf, ließ ihre Tasche sinken und kramte aus dieser ihre Dienstjacke hervor. Dankbar nahm der Mann sie entgegen, sogar ein wenig Stolz schwang in seiner Stimme mit.

»Jetzt bin i a richtiger Polizist.« Er grinste breit, bis er sich der nicht ungefährlichen Situation bewusst wurde. »Bin übrigens der Michi. Michi Müller vom Merkur aus München.«

»Lene.« Wie er seine Ausrüstung zu schleppen versuchte, konnte man nicht mit ansehen. Schnell schulterte sie eine seiner Taschen und vollführte einen Schritt auf dem feuchten Grün. »Was hast du mit dem ganzen Kram vor? Ein Fotostudio eröffnen?«

»Mein Chef will a Story, und zwar a richtig große. Da darf i kein Batzn machen, sonst bin i den Job los. Ja mei, München is teuer. Alle Großstädt sind kaum zu bezahlen, weißt?«

»Nur zu gut.«

Gischt spritzte auf ihre Kleidung, wild zogen die Böen an ihren Haaren und die Wolken schienen der Sonne keine Chance geben zu wollen, ihren Weg ein wenig zu erhellen.

Ein gewaltiger Donnerschlag stimmte in die wilde Symphonie der Brandung mit ein und ließ den Mann zusammenzucken.

Sie straffte ihr Kreuz. »Wir sollten nun wirklich gehen.«

»Ganz deiner Meinung, Frau Kommissarin.«

»Oberkommissarin.«

»Wie bitte?« Der Reporter musste brüllen, um gegen den Wind anzukommen.

»Ach, nichts.« Lene schritt voran und achtete genau darauf, dass Michi mit seinen ganzen Taschen nicht den Halt verlor und in die düsteren Wogen stürzte. Sosehr sie das Meer mochte, es blieb eine gefährliche Geliebte. Wunderschön und atemberaubend im Sonnenuntergang, wütend und schnaubend bei Sturm. Doch so zornig, so rasend hatte Lene die Nordsee selten erlebt.

»Bist öfters hier?« Michi stöhnte vor Anstrengung. Seine Haare waren nass, er atmete mit offenem Mund. »Hier auf der Insel?«

»Nein.« Obwohl sie es nicht wollte, erstarben ihre Bewegungen für einen Moment. Lene wusste nicht, ob es Freude oder Furcht war, die ihren Körper erfüllte.

»Ich war lange weg. Aber das wird sich jetzt ändern.«

KAPITEL 2 – IMMER IM DIENST

Irgendwann gab es einen Punkt, an dem konnte man nicht mehr nasser werden.

Obwohl physikalisch unmöglich, wurde Lene trotzdem das Gefühl nicht los, dass sie diesen irgendwie überwunden haben musste. Zumindest fühlte es sich so an, als sie komplett durchnässt und erschöpft die Polizeiwache in Westerland betrat. Wie oft war sie als kleines Mädchen an dem roten Backsteingebäude mit dem Fahrrad vorbeigefahren? Oder ein paar Jahre später mit ihrem Mofa, bis dieser überkorrekte Polizeianwärter Helge Mathissen auf die Idee gekommen war, sich auf ihre Kosten zu profilieren, und ihre fahrbaren Untersätze allesamt konfisziert hatte? Dabei waren sie nur ein bisschen frisiert gewesen, kaum der Rede wert.

»Was für a Sauwetter«, schimpfte Michi, putzte seine Brille und lächelte dankbar. »Endlich simmer da.«

Auf dem Weg über die Bahnschienen hatte sie mehr als einmal seine Arme packen müssen, um ein unfreiwilliges Ende seiner Recherchen zu verhindern. Nicht auf einem einzigen Stein hatte er gerade stehen können und war Dutzende Male ausgerutscht. Da Lene auf ein Bad in ihrer geliebten Nordsee bei dem Wetter getrost verzichten konnte, hatte sie ihn einfach kurzerhand bei sich eingehakt, bis sie die Polizeiwache erreicht hatten. Dieser Mann stieß an alles, was ansatzweise im Weg stand.

»Ja, sind wir«, keuchte sie atemlos. Während sie ihm seine Tasche in die Hände drückte, flogen Erinnerungsfetzen an ihrem geistigen Auge vorbei. Eigentlich sah alles so aus, wie sie es in ihrem Gedächtnis konserviert hatte. Nur sie … Sie hatte sich verändert.

Die wenigen Polizisten in der Wache schenkten ihr kaum Beachtung. Anscheinend war eine Menge los. Obwohl Kollegen vom Festland über die Sommermonate aushalfen, gab es trotzdem alle Hände voll zu tun. Vier Menschen warteten vor ihr, an erster Stelle ein groß gewachsener Mann im schicken Wintermantel, der sichtlich ungehalten über den nicht besetzten Empfang seine Meinung kundtat.

»Vielen Dank noch mal, Lene.« Michi hatte offenbar zu Atem gefunden. »Und vergelt's Gott.«

»Dafür nicht.« Lene drehte sich zu ihm um. »Michi, hast du eigentlich ein Hotelzimmer?«

»Hab das letzte auf der Insel bekommen. A kloane Abstellkammer im Reethüüs in Kampen. Weißt, 's is alles voll mit Archäologen und Reportern. Da is jedes Mausloch dicht.«

»Du Glücklicher«, hauchte sie gedankenverloren, nahm ihre klitschnasse Polizeijacke entgegen und hob zum Abschied die Hand.

Ihr graute es bei dem Gedanken daran, dass sie keine Menschenseele mehr auf der Insel kannte außer einem tollpatschigen Reporter aus München und ihrem Vater, mit dem sie zuletzt vor ein paar Monaten oberflächliche Floskeln am Telefon ausgetauscht hatte. Keine guten Aussichten für ein entspanntes Nachtlager und ein heißes Bad mit einem großen dampfenden Grog.

Vielleicht war eine der Gewahrsamszellen frei? Mit einer

Handvoll Decken könnte sie sich bestimmt ein annehmbares Bett zaubern, und wenn man den Uringeruch ausblendete …

Gott, wie verzweifelt war sie?

»Entschuldigen Sie …« Lene drängte sich neben den Mann mit dem feinen Mantel, ignorierte die abfälligen Bemerkungen und lehnte sich auf das Holz des Tresens. Dabei quietschte der Linoleumboden unter ihren nassen Stiefeln. »… könnte ich mit dem Dienststellenleiter sprechen?«

»Wo haben Sie denn Ihre Kinderstube gelassen?« Der große Mann blickte empört auf sie herab. »Es handelt sich hier um einen Notfall. Ihnen ist nicht mehr zu helfen.« Trotz des wütenden Ausdrucks in seinem Gesicht lag keine Aggression in den wasserblauen Augen, eher Sorge, etwas Wichtiges verlieren zu können.

»Ich bin mir sicher, dass ich *Ihnen* helfen kann, wenn Sie mich vorlassen.« Schnell zückte sie ihren Ausweis. »Lene Cornelsen. Morgen soll ich meinen Dienst beginnen.«

Plötzlich wandelte sich der Ausdruck des Mannes. Innerhalb von Herzschlägen wurde er aschfahl, als hätte er einen Geist gesehen.

»Lene Cornelsen?« Er sah ihr tief in die Augen, sodass sie das Gefühl hatte, er könnte ihr in die Seele blicken. »Lenchen!«

Er strich die brünetten Haare aus dem Gesicht. Irgendetwas kam ihr in diesem Moment seltsam vertraut vor, eine Erinnerung, der es einfach nicht gelang, die Grenze zum Hier und Jetzt zu überwinden. Langsam, ganz langsam fiel der Groschen und schlug mit ohrenbetäubendem Lärm auf.

»Leif?« Sie kniff die Augen zusammen. »Leif van Ohlsen?«

Das konnte nicht sein. Stand sie vor ihrer alten Jugendliebe? In die sie sich seit der dritten Klasse verguckt hatte? Dem Typ, in den sie das letzte halbe Jahr auf dem Gymnasium so heftig verschossen gewesen war, dass ihre Mutter sich genötigt gefühlt hatte, die beiden zum Gespräch über Verhütung zu zitieren? Dem Jungen, mit dem sie vom Abiball verschwunden war, um genau das zu tun, wovor ihre Eltern Angst gehabt hatten?

Sie konnte sich ein Lächeln nicht verkneifen, und auch seine Augen strahlten, als hätte er den Grund seiner Anwesenheit für einen Moment vergessen.

»Leif, das ist ja Wahnsinn.« Eine recht peinliche Mischung aus Händeschütteln, Umarmung und Küsschen auf die Wange folgte. »Wie lange ist es her?«

»Nun ja, du konntest nach dem Abi gar nicht schnell genug die Insel verlassen, also …« Er hob die Augenbrauen und grinste dabei. »… gerade einmal läppische 13 Jahre. Du hast nicht einmal richtig Schluss gemacht, nur 'ne kurze SMS geschrieben, dass du weg musst.« Er zog hörbar Luft ein. »Insofern sind wir streng genommen noch zusammen.«

Diese kleine, aber wohlplatzierte Spitze war ihr nicht entgangen. Das hatte sie mehr als verdient. Nach diesem riesigen Streit mit ihren Eltern hatte sie einfach nur weggewollt, hatte ein paar Sachen gepackt und den nächsten Zug in Richtung Festland genommen. Dass sie damit ihre Familie und ihre Freunde vor den Kopf stieß, hatte die jüngere Lene, die Abenteuer erleben und etwas von der Welt sehen wollte, nicht gekümmert. Wenn sie ehrlich mit sich war, war sie damals eine ziemlich egoistische Kuh gewesen.

»Ja, nicht mein heldenhaftester Augenblick.« Sie stemmte die Hände in die Hüften und sah für einen Herzschlag betreten auf den matschig-nassen Boden. »Dass wir noch zusammen sind, würde meinem Mann gar nicht gefallen.«

»Du bist verheiratet?« Klang da eine Spur Enttäuschung mit? »Seit wann?«

»Ich meine, meinem Ex-Mann.« Sie schüttelte den Kopf, um den Gedanken zu vertreiben. »Das Scheidungsjahr läuft gerade. Und du? Wie ist es dir ergangen?«

Leif legte einen Finger an die Wange und nahm sich Zeit zum Nachdenken. Das hatte sie immer an ihm gemocht. Er plapperte nicht einfach drauflos, jeder Satz war überlegt und er sprach die Worte fein und akzentuiert aus. Sie hatte sich damals vorgestellt, dass Grafen oder Könige so klingen würden. Kein Wunder, die Familie van Ohlsen hatte in der Historie unzählige Male den Bürgermeister von Sylt gestellt. Politiker, Händler und Künstler waren in ihrer Dynastie vertreten, während ihre Ahnen allesamt mit Fischerei ihren Lebensunterhalt verdient hatten.

»Ganz gut«, entgegnete er schließlich und blickte über den nach wie vor unbesetzten Empfangstresen. Seine Stimme wurde provokativ laut. »Zumindest, wenn man meine Vermisstenanzeige endlich ernst nehmen würde.«

Seine Züge wurden sorgenvoll und auch Lene bemerkte, wie ihr Lächeln gefror und schließlich ganz aus ihrem Gesicht wich. »Oh Gott, das tut mir leid. Wen vermisst du?«

»Ihr Name ist Wibke Röhrnes. Du dürftest sie nicht kennen, sie ist vor ein paar Jahren auf die Insel gezogen, um mich in meiner Position als Kurator des Sylter Museums zu unterstützen.«

»Okay«, sagte Lene lang gezogen. Obwohl sie es nicht wollte, fiel es ihr beinahe schwer, die Frage zu stellen. »Ihr beide seid ein Paar und sie kommt nicht mehr nach Hause?«

»Oh nein«, antwortete Leif sofort und musste offenbar ein Kichern unterdrücken. »Sie ist eine ältere Dame mit weitreichenden Fachkenntnissen. Nur leider erscheint sie seit Tagen nicht mehr bei der Arbeit und das ist sehr untypisch für sie. Außerdem bewohnt sie ein kleines Apartment, einen Steinwurf vom Deich entfernt, über den sie für ihr Leben gern schlendert.« Er hatte die Stimme gesenkt und nach einem Nicken in Richtung des Fensters war klar, was er andeuten wollte. Draußen tobte der Sturm, als würde er die Häuser niederreißen wollen. »Sie ist zwar sehr agil, aber man weiß ja nie.«

»Und hier hilft dir keiner?«

»Oh doch!« Die hohe Stimme ließ sowohl Lene als auch Leif zusammenzucken. Einem Geist gleich stand plötzlich ein Polizist auf der anderen Seite der Theke und musterte sie aus prüfenden kleinen Augen. Der rotblonde Scheitel lag wie angeklebt auf der Kopfhaut und die hohen Wangenknochen wirkten unnatürlich spitz. »Leider sind wir ein wenig unterbesetzt, haben jedoch trotzdem alles in die Wege geleitet, um Frau Röhrnes zu finden.«

Mit den Bewegungen eines bleichen Roboters drehte er seinen Kopf abwechselnd zu Lene und Leif, um sich ihrer Aufmerksamkeit gewiss zu sein. »Des Weiteren halten sich aufgrund der aktuellen Umstände 32 Prozent mehr Menschen auf der Insel auf als zu einem vergleichbaren Zeitpunkt im letzten Jahr.«

»Sie haben also nach ihr gesucht?«, wollte Leif mit fester Stimme wissen, ohne sich im Geringsten von ihm einschüchtern zu lassen. »Gründlich?«

»Mehr als gründlich. Wir waren bei ihr zu Hause, im Altfriesischen Haus, im Sylter Museum in Keitum, in allen Cafés und Hotels. Frau Wibke Röhrnes befindet sich definitiv nicht auf dieser Insel. Punkt.« Seine Aussage ließ keinen Interpretationsspielraum zu. »Herr van Ohlsen, Ihre Mitarbeiterin wird sich wohl unerlaubt aufs Festland entfernt haben. Ich empfehle eine sofortige Kündigung.«

Lene verzog das Gesicht und murmelte: »Wow, das Taktgefühl einer Dampframme.«

»Wie bitte?« Der helle Tonfall des Polizisten durchschnitt mühelos das Stimmengewirr.

Aus einem Impuls heraus wollte Lene schnippisch antworten, ihn mit einem kaltherzigen Androiden vergleichen oder fragen, ob dieses diktatorische Abbild von Amazons Alexa nicht einfach die Klappe halten konnte. Dann fiel ihr ein, dass dieser Typ mit den drei silbernen Sternen auf den Schulterklappen aller Wahrscheinlichkeit nach ihr neuer Vorgesetzter war und sie es sich nicht am ersten Tag – einen Tag vor ihrem ersten Tag – mit ihm verscherzen sollte.

»Haben Sie es bei Verwandten versucht?«, wollte Lene stattdessen wissen, und ihr gelang es sogar, sich ein hauchdünnes Lächeln abzuringen.

»Natürlich haben wir …« Sein Satz brach abrupt ab, eine Sekunde war nur das Tosen des Regens gegen den Backstein zu hören. »Warten Sie, ich kenne Sie irgendwoher. Diese abwertende Art, Selbstüberschätzung, die an Arroganz grenzt, und dieser fast beleidigende Hochmut.« Ohne sie aus den Augen zu lassen, schritt er zum Schreibtisch, nahm eine Akte und schlug sie auf. Das süffisante Grinsen auf seinem Gesicht sprach Bände. »Aufgrund des fehlenden Rings an ihrer Hand und der Bitte nach Versetzung zurück nach Sylt nehme ich an, dass ich es mit Oberkommissarin Cornelsen zu tun habe. Gehe ich recht in der Annahme?« Er klappte die Akte zu und verschränkte triumphierend die Hände hinter dem Rücken. »Wenn Sie beide zusammen hier auftauchen, gibt es Probleme. Das war schon vor etlichen Jahren so. Ist Ihnen bewusst, dass Ihre Kleinkrafträder immer noch in der Asservatenkammer auf Sie warten? Ich muss nicht betonen, auf welchen horrenden Betrag sich die Gebühr mittlerweile summiert …«

Das Klingeln des Telefons riss ihn aus seinem Monolog.

Erneut schienen Lenes Erinnerungen aus dem Schatten des Unterbewusstseins kriechen zu wollen. Sie kannte diesen bornierten Idioten.

Als er das Gespräch entgegennahm, fühlte sie sich in ihre Kindheit zurückversetzt. Das konnte nicht sein. Er war immer noch hier? Genau an diesem Tresen hatte sie gestanden und war von ihm, Helge Mathissen, zusammengefaltet worden, bis ihre Eltern sie endlich abgeholt hatten.

Und das alles nur wegen zwei zu schneller Mopeds.

Nachdem er aufgelegt hatte, platzte es aus ihr heraus. »Hören Sie, Herr Hauptkommissar.« Wieso war ihre Stimme so brüchig? Himmel, sie war eine gestandene Frau und dieser Roboter sollte eigentlich keine Angst mehr in ihr auslösen. »Ich finde, wir hatten einen schlechten Start. Wenn Sie …«

»Sind Sie bereit für Ihren ersten Einsatz?«, unterbrach er vollmundig und so laut, dass es jedem an die Ohren drang. »Reporter im Morsum-Kliff haben angeblich etwas im Meer gesichtet. Wahrscheinlich ein Stück Holz oder Treibgut, aber es schwimmt in der Nähe dieses Schiffes.« Er spuckte die Worte aus, als wären sie Gift. Offenbar war ihm jede Unterbrechung der alltäglichen Ordnung ein Gräuel. »Da ich niemanden meiner Leute entbehren kann, klären Sie die Sachlage und halten die Reporter von Schiff und Treibgut fern.«

»Ich bin noch nicht im Dienst.« Verwundert sah Lene an sich herab. Ihre Kleidung tropfte, sie war nass bis auf die Unterwäsche und langsam meldete sich auch ihr Magen.

Mathissen ignorierte ihren Einwand und wuchtete eine gereinigte, in Folie geschützte Polizeiuniform auf die Empfangstheke. »Des Weiteren würden wir es begrüßen, wenn Sie Ihren Dienst in Uniform antreten würden.« Er zupfte ein paar Flusen vom Zellophan. »Mir ist durchaus bewusst, dass Sie als Kriminalkommissarin eigentlich Privatkleidung tragen, aber in dieser außergewöhnlichen Situation sollten wir das Sicherheitsgefühl der Menschen mit Präsenz und Sichtbarkeit stärken.«

»Ich ... bin nicht ... im Dienst«, wiederholte sie lang gezogen.

»Das ist sehr schade.« Obwohl er kein Blatt in den Händen hielt, ließ er laut die Mine eines Kugelschreibers herausfahren. »Ihre nicht vorhandene Einsatzbereitschaft werde ich selbstverständlich niederschreiben müssen. Mit ein wenig Glück nehmen die Kollegen in Düsseldorf Sie ja zurück.«

Die Zeit zwischen den Sekunden dehnte sich schmerzhaft aus. Dieser Cyborg, der es irgendwie in die Uniform eines deutschen Polizisten geschafft hatte, vereinte tatsächlich eine ganze Menge diabolischer Eigenschaften in sich. Noch einige Atemzüge brauchte Lene, bis seine Worte die volle Wirkung entfaltet hatten. Schließlich zog sie Mutters Friesennerz aus, die Polizeijacke über und ergriff die Uniform. »Natürlich. Ich kümmere mich drum.«

Sie war schon auf halbem Weg aus der Wache, da rief er ihr nach: »Und, Frau Oberkommissarin, leider sind alle Dienstwagen im Einsatz. Aber das Morsum-Kliff ist ja nicht weit von hier. Der Weg dürfte Ihnen bekannt sein. Immerhin sind Sie damals ja mit ihren frisierten Ungetümen die Straßen rauf und ...«

Die zugeworfene Tür schnitt seinen Satz ab. Lene schloss die Augen, ließ sich jedoch nicht anmerken, dass sie ihren Vorgesetzten am liebsten in seinen Allerwertesten getreten hätte. »Kein Problem, Chef«, flötete sie, verließ das Gebäude und wurde von markerschütternden Donnerschlägen begrüßt. Sie machte sich gar nicht erst die Mühe, sich unterzustellen, blies eine nasse Strähne aus ihrem Gesicht und biss sich auf die Lippen.

»Willkommen zu Hause.«

»Lenchen, warte!«

Auf ihren Ritter in strahlender Rüstung war Verlass. Nun ja, vielleicht war er kein Ritter, aber zumindest ein Kurator im sündhaft teuren Mantel, und selbst das war mehr, als sie von so einem Abend erwarten konnte. Früher hatte er keine Gelegenheit ausgelassen, ihre Schultasche zu tragen. Ein wahrer Gentleman eben.

Allein seine Aversion gegen Regen schien sich seither verstärkt zu haben. Als wären die Tropfen nicht aus Wasser, sondern Napalm, runzelte Leif missmutig die Stirn und schlug den Kragen des feinen Stoffs um. »Bist du nicht mit dem Auto hier?«

»Ähm, weißt du …«

»Sag bloß, du hast immer noch keinen Führerschein?« Lachte er etwa gerade?

Niemand hatte damals verstehen können, warum sie sich dieses Stück Freiheit nicht hatte gönnen wollen. Dabei fuhr sie bis heute einfach lieber Fahrrad als einen PS-Boliden. »Doch, schon, aber seit der Prüfung bin ich nicht mehr viel gefahren.« Beinahe peinlich berührt zuckte sie mit den Schultern. »Im Dienst klemmte sich meist ein Kollege hinters Steuer und das Straßenbahnnetz in Düsseldorf ist gut ausgebaut. Außerdem fahre ich gerne Fahrrad.«

»Ja, das sieht man.« Anerkennend sah er an ihr herab.

Was für ein nettes Kompliment. Wäre sie nicht durchnässt, übermüdet, ein wenig wütend und gehörig unterzuckert gewesen, hätte sie sich zu einem Lächeln hinreißen lassen. Verdammt, sie brauchte ein Bad oder einen Drink. Am besten beides.

»Schön, dass du immer noch dieselbe bist.« Er holte einen Schlüssel aus der Jackentasche und ließ ein schickes Audi-SUV aufblinken. »Komm, ich fahre dich. Ein wenig Gesellschaft tut mir vielleicht ganz gut, um auf andere Gedanken zu kommen.« Leif hielt kurz inne. Das Verschwinden seiner Mitarbeiterin musste ihn sehr mitgenommen haben. »Es ist schön, dass du da bist, Lene.«

Jetzt musste sie doch lächeln. Eigentlich war das hier ein offizieller Einsatz und er Zivilist. Aber bestimmt hatte das Auto eine Sitzheizung und, bei Gott, sie sehnte sich nach etwas Wärme an ihrem Körper. »Gut, aber nur kurz hin und dann fährst du nach Hause.«

»Keine Chance«, antwortete Leif und hielt ihr sogar die Tür auf. »Wenn auch nur die geringste Chance besteht, dass wir Wibke Röhrnes finden, bin ich dabei. Sie ist die beste Mitarbeiterin, die ich jemals hatte. Außerdem ist ihr Sandkuchen unschlagbar.«

Schwungvoll nahm er auf dem Fahrersitz Platz und stellte sofort die Heizung auf die höchste Stufe. Eine Wohltat, die Luft streichelte ihre nasse Haut. Am liebsten wäre Lene ihm sofort um den Hals gefallen.

»Außerdem ist es schön, mit dir etwas Zeit zu verbringen.« Leif drückte ihr einen Schokoriegel und eine Flasche Wasser in die Hände. »Manche Dinge ändern sich halt nie.«

Er wusste einfach, wie man mit Frauen umging.

Während das Auto geschmeidig um die Kurve bog und die Scheibenwischer auf höchster Stufe versuchten, gegen die dicken Regentropfen zu bestehen, blickte sie gedankenverloren aus dem Fenster. Irgendetwas war anders seit ihrer letzten Nacht auf der Insel. Oftmals hatte sie das Meer zornig erlebt, gesehen, wie es seine Wellen brausend gegen die Deiche warf, um Sylt Land abzutrotzen. Ein ständig währender Krieg gegen die Gezeiten, bei dem manchmal das

Wasser und manchmal der Mensch die Oberhand behielt. Doch in diesen Stunden schien sich alles gegen die Insel verschworen zu haben, als wäre sie ein Fremdkörper auf der Landkarte und gehöre von dieser getilgt. Der nächste Donnerhall krachte ohrenbetäubend. Ein weiterer Blitz folgte keinen Wimpernschlag danach und Lene drückte sich tiefer in das warme Leder des Beifahrersitzes.

»Ja«, flüsterte sie zu sich selbst. »Und manche Dinge schon.«

Das Wetter schien völlig durchzudrehen. Was war nur mit ihrer Insel los?

KAPITEL 3 – SAND UNTER DEN FÜSSEN

Mit schlafwandlerischer Sicherheit lenkte Leif den Wagen durch den Ortsteil Tinnum, bis sie über die Keitumer Landstraße den Flughafen links liegen ließen und sich hinter Archsum und dem Golfclub endlich das Kliff vor ihnen ausbreitete.

Nachdem er die Scheinwerfer in der Nähe der Düne gelöscht hatte, schien Finsternis sie zu umschließen. Die Innenbeleuchtung des Wagens wirkte fremd in der düsteren Umgebung. Erst allmählich gewöhnte sich ihr Blick an die Nacht.

»Bei dem Wetter schickst du keinen Hund vor die Tür.«

Wie recht er hatte. Der Sturm peitschte heftige Regenschauer über die Küste. Gräser tanzten panisch, vom Wind angetrieben. Selbst die Wolken zogen so hastig vorbei, als könnten sie dem Anblick des Eilands gar nicht schnell genug entkommen.

»Na, dann wollen wir mal.«

Bevor Leif aussteigen konnte, legte sie ihre Hand auf seinen Arm. »Sag mal, kommt dir das nicht komisch vor?«

»Was genau? Das Schiff, die Vermisste oder dass du gerade jetzt zurückkehrst?«

Sie versuchte, die Angst aus ihrem Blick zu verbannen, und wusste nicht, ob es ihr gelang. »Das Wetter, meine ich.«

Ihre Stimme wollte sie fest und klar klingen lassen. »War das in den letzten Jahren schon einmal so?«

»Nicht wirklich.« Leif sah sich in alle Richtungen um, obwohl er nur in Schwärze blickte. Dann grinste er breit. Offensichtlich gefiel es ihm, sie aufzuziehen. »Du hast doch nicht etwa Schiss? Die toughe Lene Cornelsen, die damals als Mädchen am weitesten ins Watt ging und alleine über den Hindenburgdamm balancierte, hat echt die Hosen voll?«

Das wollte sie sich nicht sagen lassen. »Nicht in hundert Jahren.« Schwungvoll öffnete sie die Tür. »Denk dran, es ist nicht meine erste Sturmflut. Ich wollte bloß die Sitzheizung ein paar Sekunden länger genießen. Hast du Taschenlampen?« Kein weiteres Wort über das mulmige Gefühl in ihrer Magengegend drang über ihre Lippen.

Zumindest der Regen ließ etwas nach, als sie das Dünental *Klein Afrika* passierten. Zwei einsame Lichtkegel bahnten sich den Weg zur Senke. Ihren ersten Tag in der neuen Heimat hatte sie sich beileibe anders vorgestellt. Sie liebte das Morsum-Kliff, dieses bunte Fenster in die neuere Erdgeschichte, bei dem man die Ablagerungen aus der Eiszeit sehen und berühren konnte. Der hellgelbe Quarzsand war so fein, wie sie sich den der Sahara vorstellte, während der Glimmerton zumindest farblich eher Vulkangestein ähnelte und man sich auf einer der Galapagosinseln wähnte.

Natürlich stand das Kliff strengstens unter Naturschutz. Umso mehr wunderte es Lene, dass ein halbes Dutzend Menschen an der Ostscholle lärmten. Sogar gegen den Wind konnte sie die Rufe hören. Hastig beschleunigte sie ihre Schritte und spürte nassen Sand in ihren Stiefeln. So hatte sie es sich nicht ausgemalt, als sie sich danach gesehnt hatte, die Insel wieder auf ihrer Haut zu spüren.

»Was zum Teufel ist hier los?«, fauchte sie dünnhäutig. Wenn Menschen die Umwelt sprichwörtlich mit Füßen traten, schnellte ihr Puls in ungeahnte Höhen. »Warum sind Sie hier und trampeln alles nieder?«

Keines der Gesichter konnte sie zuordnen. Anhand der blitzenden Kameras war es nicht schwer zu erahnen, was die Reporter vorhatten.

»Du bist doch auch hier!«, echauffierte sich ein hagerer Mann mit Baseballkappe. »Das ist aber unsere Story. Schön hinten anstellen! Was macht ihr? Print, Fotos … Internet?«

Beim letzten Wort lachte er verächtlich und seine Kollegen mit ihm, obwohl man den Festländern ansah, dass sie sich nicht gerade wohlfühlten. Die Wellen brachen nur wenige Meter vor der Düne und man musste schreien, dass man die Worte über das Getöse verstehen konnte.

»*Wir* machen Polizeiarbeit.« Sie zog ihren Ausweis und hielt ihn dem Mann provokativ nah vors Gesicht. Sahen die Idioten ihre Jacke nicht? »Und ich erteile Ihnen jetzt einen Platzverweis. Hier soll ein nicht zu identifizierender Fremdkörper liegen?«

Der Typ mit der Kappe nickte in Richtung des wilden Meeres und schoss sogar ein Foto. »Wird die ganze Zeit mit den Wellen an die Küste getragen. Keinen Steinwurf vom Boot entfernt.«

»Kein Boot. Das ist ein Schiff.« Lene drehte ihr Gesicht in den eisigen Wind. Ihre Augen verengten sich zu Schlitzen und begannen zu tränen. Schwerlich konnte sie eine Silhouette ausmachen. Aus dem Wasser ragte ein lädierter Drachenkopf. Die Gischt tanzte am alten Holz, das Heck drohte mitgerissen zu werden.

»War schon jemand dort?«, wollte sie an Leif gewandt wissen. »Und wieso wird es nicht an Land gezogen?«

»Ist zu gefährlich«, antwortete er gegen das Pfeifen des

Orkans. »Schweres Gerät würde sofort einsinken. Der Boden ist aufgeweicht und die See unruhig.« Er kam ganz nah, bis sie den herben Duft seines Parfüms selbst durch den Sturm riechen konnte. »Diese Aasgeier warten nur darauf, bis der Orkan abflaut, um als Erste auf das morsche Holz zu springen und Fotos zu schießen. Dabei ist der wissenschaftliche Wert dieses Funds unschätzbar.«

Lene nickte verstehend und suchte mit der Taschenlampe die Küste ab. Langsam warf sie den Lichtkegel über den Strand, bis er an einer Position verharrte.

»Dort!«, rief sie und die Reporter knipsten munter weiter. Tatsächlich konnte man kaum ausmachen, ob es sich um Treibgut oder etwas anderes handelte. Vom Sturm wurde das Wasser weit vor die Düne getrieben. Erneut umschloss es den Körper und wollte ihn mit sich ziehen. Sie musste sich beeilen. Nicht mehr lange und die Fluten würden den Kampf gewinnen.

Lene presste die Lippen aufeinander, vollführte einen Schritt die Düne hinab und drehte sich zu den Reportern um. Sie richtete die Lampe auf die Journalisten. In den Augen der Männer lag Gier, sie muteten fast wie Raubtiere an, die ausgehungert auf Beute warteten. Diesen Hyänen würde sie zeigen, wo es langgeht.

»Ich sehe mir das an und Sie verschwinden. Falls nicht, können Sie den Rest Ihres Urlaubs im besten Hotel der Stadt verbringen. Wenn Sie verstehen, was ich meine.«

War zwar nicht wahr, aber zumindest eine saftige Geldstrafe wegen unerlaubten Betretens eines Naturschutzgebiets wäre möglich. Weil sie weder Dienstwaffe noch Handschellen oder Funkgerät mit sich trug, um die Idioten wirklich dingfest zu machen, musste der harte Ton ihrer Stimme ausreichen, um diese Kerle in die Schranken zu weisen.

»Mit Vollpension und traumhaftem Blick durch Gitter, versteht sich«, ergänzte Leif und griff unter seinen Mantel. Er gab vor, seine imaginäre Dienstwaffe zu überprüfen.

Glücklicherweise verfehlte die Drohung ihre Wirkung nicht und die Medienvertreter trollten sich unter Protest in Richtung des Parkplatzes.

»Du bist immer noch die Alte.« Er grinste über das ganze Gesicht und seine Stimme strotzte vor Anerkennung.

»Ja, manchmal schon.« Sie zwinkerte ihm zu. »Und du gibst dich bitte nicht mehr als Polizist aus.«

»Hab ich gar nicht.« Entschuldigend hob er die Hände. »Ich musste mich nur mal kratzen.«

Was sollte sie darauf antworten?

Lene entschied sich, gar nichts zu erwidern und es bei einem flüchtigen Lächeln zu belassen. Bald benetzten die Wellen ihre Stiefel. Nach kurzer Zeit wurde jeder Schritt im knietiefen Wasser zur Tortur. Ihre Muskeln begannen zu brennen und die Brandung spritzte salziges Wasser auf ihre Lippen – gerade jetzt galt es, Vorsicht walten zu lassen.

Sie wusste um die unvorstellbare Macht des Meeres bei Tidenwechseln. Nicht nur einmal hatte sie als kleines Mädchen zeigen wollen, dass sie nicht nur mit den Jungs mithalten konnte, sondern ihnen sogar überlegen war, und war am weitesten hinausgegangen. Nur der harte Griff ihres Vaters hatte öfters Schlimmeres verhindert.

Die Wellen waren nicht immer zärtlich und streichelten einer Feder gleich über die Haut. Manchmal waren sie rau und gemein, voller List und Zorn, fühlten sich an wie Schmirgelpapier, das über die Knöchel schliff. Einmal von den Füßen gerissen, kostete es Kraft, wieder von der See freigegeben zu werden. Nicht wenige hatten ihren Leichtsinn mit dem Leben bezahlt. Sie wäre nicht das erste *Gezeitenkind*, das die Nordsee für die Ewigkeit nahm.

Sie und Leif mussten unbedingt auf ihren Beinen bleiben, wiederholte Lene gebetsmühlenartig in Gedanken, indes sie sich zu dem treibenden Objekt vorkämpften. Je näher sie kamen, desto größer wurde der Kloß in ihrem Hals. Erst dachte sie, dass es sich wirklich um Holz handeln könnte, vielleicht mit altem Fischernetz und einer Plane umwickelt. Eine weitere Welle bettete das Objekt fast behutsam auf den Strand und die Zweifel wurden übermächtig. Die Ahnung verwandelte sich in grausame Gewissheit, als sie den Körper im Sand drehte.

Sie sah in das kalkweiße Gesicht einer älteren Dame, und ohne sie jemals gesehen zu haben, wusste sie, wen sie vor sich hatte. Leifs Schweigen und der Ausdruck in seinen Augen ließen die letzte Hoffnung schwinden.

»Es tut mir leid«, hauchte Lene, ihre Finger krampften sich um den roten Mantel der Dame, damit das Wasser sie nicht wieder entführen konnte.

Für einen Moment war die alles beherrschende Kälte verschwunden und einer dumpfen Panik gewichen. Es war ihre dritte Leiche ... in Düsseldorf hatte sie im Dienst zwei ältere Herren gefunden, die beide friedlich in ihren Betten entschlafen waren, und nun lag diese bedauernswerte Frau vor ihr.

Bei den beiden Männern musste der Tod eine Erlösung gewesen sein. Hier war es anders.

Ihr Gesicht war seltsam entstellt, als wären ihre letzten Sekunden ein fürchterlicher Kampf gewesen. Erst bei näherer Betrachtung erkannte Lene eine riesige Wunde in ihrem Unterleib, wo eigentlich ihr Bauchnabel hätte sein sollen. Ihre Kleidung war an der Stelle regelrecht von ihrem Körper gerissen worden, die Verletzung war so groß, als hätte sie sich auf eine Granate geworfen. Lene tippte auf eine großkalibrige Schusswaffe.

»Was ist mit ihr passiert?« Lene leuchtete in ihre Augen. Das, was von Wibke Röhrnes Gesicht übrig war, sah mit trübem Blick in den Himmel. Die zwei Herren, die Lene tot in ihren Betten gefunden hatte, hatten zufrieden ausgesehen. Dieser Wasserleiche standen Wut und Angst in den milchigen Augen.

Mit aller Macht musste sie sich gegen die nächste Welle lehnen, um nicht von ihr umgerissen zu werden. »Wir müssen sie weiter an Land schaffen!«, schrie sie dem apathisch wirkenden Leif entgegen und griff ihren Mantel fester. »Hey, hörst du mich?«

Ein leichter Stoß brachte ihn zurück zu ihr. »Ja, natürlich.«

Es war nicht einfach, die mit Wasser vollgesogene Kleidung aus der stürmischen See zu ziehen. Vor allem, da sie Schwierigkeiten hatten, den Leichnam fester zu greifen. Irgendetwas Glattes an der Brust der Toten ließ sie immer wieder abrutschen. »Was zum ...«

Als sie die Finger der Frau von dem Gegenstand unter dem Stoff löste und unter den eng anliegenden Pullover griff, erkannte Lene, warum sie die Frau nicht besser zu fassen bekam. Selbst im wild flackernden Schein von Leifs Taschenlampe war der Runenstein gut auszumachen. Die Buchstaben des Futhark-Alphabets hätte sie bei schwächstem Kerzenschein erkannt. Oft hatte Vater darüber gesprochen, ihr Bilder und Karten gezeigt, bis sie als kleines Mädchen endlich eingeschlafen war.

»Hast du sie?«, wollte Lene wissen und drehte die Steinplatte vor ihren Augen. Sie war dünn, vielleicht so groß wie ein normales Blatt Papier und extrem filigran bearbeitet. Der Urheber musste ein Künstler gewesen sein.

»Ist das ...?«

»Ein Runenstein«, sagte Lene gerade so laut, dass er sie verstehen konnte. »Könnte er vom Wikingerschiff stammen?« Seine Antwort erreichte ihre Ohren nicht mehr. Zu sehr schien der Stein sie in seinen Bann gezogen zu haben. Sie bekam gar nicht mit, wie der Wind noch einmal an Intensität gewann und die See anfachte. Die Wellen wurden stärker und brausten mit aller Gewalt gegen ihre Leiber.

»Es ist eine Leiche!«, hörte sie jemanden rufen.

Wo kamen die Stimmen her? Hastig verstaute Lene den Stein unter ihrer Polizeijacke und leuchtete in die Richtung, aus der sie das Gebrüll vermutete.

Das konnte nicht sein!

In der Dunkelheit und trotz Bedrohung für ihr Leben hatten sich die Reporter angeschlichen und knipsten nun fleißig Fotos. Oberschenkeltief standen sie im Wasser und versuchten, die Balance zu halten, während das Blitzlicht ihrer Kameras die Nacht zerriss.

»Weg von hier!«, schrie sie den Männern entgegen. Eine kräftige Welle riss den ersten von den Beinen. Die Festländer waren die Gezeiten nicht gewohnt, behandelten sie nicht mit dem nötigen Respekt. Lene erhob sich und stürmte auf sie zu. Wenn sie nicht bald reagierte, würden sie mehr als eine Leiche zu betrauern haben.

»Ich sagte: Weg von hier! Sie befinden sich in Lebensgefahr!« Mühsam stapfte sie durch das Wasser auf die Reporter zu. Der Sturm schluckte die meisten ihrer Worte, sie schossen weiter ihre Fotos. »Letzte Warnung, Sie werden jetzt sofort ...!«

Weiter kam sie nicht.

Mit dem Rücken zum Meer sah sie die Welle nicht kommen, die Welle, die ohne Vorwarnung gegen ihren Körper prallte und sie gemeinsam mit dem frechen Reporter zu Boden riss. Augenblicklich wurde sie vom Wasser aufgenommen und einige Meter ins Meer getragen. Mühelos durchdrang das eiskalte Nass ihre Kleidung und presste die Luft aus ihren Lungen.

Lene befahl sich, ruhig zu bleiben. Jetzt in Panik zu verfallen würde ihr Todesurteil bedeuten. In einer Bewegung stieß sie sich vom Sandboden ab, drang durch die Oberfläche des Meeres, holte tief Luft und versuchte, sich zu orientieren. Die ersten Bewegungen waren die wichtigsten und sie musste die Wellen für sich arbeiten lassen. Jede Sehne ihres Körpers war gespannt, als das Wasser sie rauschend umgab. In dem Moment, in dem es zurückwich, nahm sie alle Kraft zusammen und strampelte gegen die Strömung. Nach wenigen Sekunden spürte sie wieder festen Boden unter den Füßen.

Das Erste, was sie hörte, waren verzweifelte Hilferufe, die von See und Wind zum Schweigen gebracht wurden. Der Reporter hatte sich nicht aus den Fängen der Wellen befreien können. In Leifs Lichtkegel sah sie, wie der Mann gegen die Strömung ankämpfte.

Manchmal war die Angst ein Verbündeter. Sie machte einen vorsichtig und das war in ihrem Job überlebenswichtig. Doch jetzt ließ sie das Blut in ihren Adern gefrieren und ihre Bewegungen erstarrten. Lene biss auf die Zähne. Sie hatte einen Eid geschworen und leider galt der auch für Idioten.

Hätte sie weiter darüber nachgedacht, wäre die Furcht übermächtig geworden. Also sprang sie wieder in die Wellen, ohne einen Gedanken an die Konsequenzen zu verlieren. Mit Mühe bekam sie den Mann zu packen. Er klammerte sich an ihrem Jackenkragen fest und raubte ihr die Luft zum Atmen, doch gelang es ihr gerade so, seinen Körper den Wellen zu entreißen.

Keuchend stemmte sie die Hände auf die Knie. Schwindel ergriff Besitz von ihr und die Welt drehte sich viel zu schnell. Der salzige Geschmack war allgegenwärtig und ihre Augen brannten wie Feuer. Zusätzlich brach die Kälte über sie herein und ließ sie erzittern. Sie spürte Wind und Regen auf ihrer Haut und das Blitzlicht der Kameras blendete sie. Machten diese Trottel immer noch Fotos?

Sie war völlig außer Atem. »Ich sagte … Sie sollen …«

»Lene!« Leifs Stimme durchschnitt ihre Drohung. »Sie ist mir aus den Händen …«

Aus dem Augenwinkel erkannte sie, wie die Leiche von Wibke Röhrnes langsam abtrieb. Sie war außerhalb von Leifs Griffweite und drohte auf das offene Meer gezogen zu werden.

Nein, das konnte nicht sein! Mit dem Gefühl, dass flüssiges Eis durch ihre Adern floss, zwang sie sich zurück ins Wasser. Sie bekam zwar den roten Mantel zu greifen, aber diesmal verlor sie das Kräftemessen mit dem Meer.

Im Blitzlichtgewitter der anwesenden Journalisten glitt ihr die Leiche aus der Hand. Lene blieb nur, zuzusehen, wie sie langsam abtrieb.

Wankend kehrte sie zum Riff zurück und ließ sich in den Sand sinken. Von einem Hustenanfall geschüttelt, sah sie zu den Reportern.

Obwohl Lene es mit aller Macht verhindern wollte, hatte sie den Hyänen so viel Futter gegeben, dass es für drei Tage Titelseite in den Blätterwäldern der Republik ausreichen würde. Bestimmt würden sie nicht einmal ansatzweise darüber berichten, wie sie einen von ihnen aus den Tiden gefischt hatte. Das Bild, wie ihr die Leiche durch die Finger glitt, würde um die Welt gehen. Was für ein grandioser Start in ihr neues Leben. Für einen Herzschlag sah sie zur pechschwarzen See hinaus.

Willkommen auf Sylt. Willkommen zu Hause.

KAPITEL 4 – NARRENSCHIFF

»Wir müssen die Seenotrettung informieren«, keuchte sie schwer atmend und hielt sich mit beiden Armen am Dach von Leifs Auto fest. »Der Seenotkreuzer Pidder Lüng muss auslaufen. Und wir brauchen Hubschrauber vom Festland, damit sie die See absuchen.«

Leif biss sich auf die Lippe, blickte in den Himmel, anschließend auf die See und schüttelte den Kopf. »Heute schwimmt nix mehr, heute fliegt nix mehr, heute taucht keiner mehr, Lenchen. Und selbst wenn, werden sie nichts finden. Das weißt du besser als ich.«

Das Motto der Seenotretter lautete: »Wir kommen«. Sie wären selbst während einer Apokalypse ausgelaufen. Aber sie musste seinen Blick gar nicht verfolgen, um zu wissen, dass er recht hatte. Finden würden sie nichts. Des Weiteren war keine Hubschrauberbesatzung so lebensmüde, bei diesem Wetter aufs offene Meer hinauszufliegen, nur um eine Leiche zu suchen, die ihr durch die Finger gerutscht war.

»Es tut mir leid.«

Leif zog die Augenbrauen zusammen. »Was denn?«

»Der Verlust deiner Mitarbeiterin Wibke Röhrnes.«

Selbst im kargen Schein der Innenbeleuchtung konnte sie erkennen, wie sich Trauer in seine Miene schlich. »Oh … ja.

Danke.« Als er den Kopf senkte, fielen nasse braune Strähnen in sein Gesicht.

Obwohl ihr eiskalt war und sie sich hundeelend fühlte, wuchs der Drang in ihr, um den Wagen zu gehen und ihn in den Arm zu nehmen. Gerade als sie den Mund öffnen wollte und hoffte, ein paar tröstende Worte zu finden, erkannte sie im Augenwinkel eine Gestalt, die sich ihnen schnell näherte.

»Da kommt wer. Kennst du den Typen?«, wollte Lene wissen und nickte in Richtung der dunklen Silhouette.

Leif schüttelte bedrückt den Kopf.

Lene hob die Taschenlampe und leuchtete in die Richtung des Unbekannten. Flammende Wut verdrängte für einen Moment die Kälte. »Ich schwöre bei Gott, wenn das einer dieser Reporterfuzzis ist, dann …«

»Geben Sie mir unser Eigentum!«

Dieser Kerl war die moderne Version eines Wikingers. Seine blonden Haare hatte er modisch zu einem kleinen Zopf zusammengebunden, er trug winterfeste Kleidung und helle Winterschuhe. Zwar hielt er einen Höflichkeitsabstand, doch sein Blick aus durchdringenden hellblauen Augen machte klar, dass er sich nicht ignorieren lassen würde. Hastig ließ er seine Kamera los, die mit einem Band am Hals befestigt war und nun vor ihm baumelte.

Lene zuckte genervt mit den Schultern und öffnete die Tür. »Haben Sie nicht genug Fotos?«

»Ich will keine Fotos«, antwortete der Mann mit starkem dänischem Akzent. »Ich will nur mein Eigentum.« Er deutete auf ihre Brust. »Der Runenstein gehörte einst Frederik Tryggvason.« Theatralisch reckte er seinen Zeigefinger in den Nachthimmel.

Lene sah sich die Apparatur um seinen Hals genauer an. Dieses Ding war keine Kamera, sondern ein Nachtsichtgerät. Unmerklich schüttelte sie den Kopf. Diese Reporter taten alles, um an Informationen zu gelangen.

»Lassen Sie uns in Ruhe und wenden Sie sich bei Fragen an die Pressestelle.«

»Ich bin kein Journalist«, antwortete er und sein Akzent wurde noch stärker. Die Stimme des Unbekannten übertönte sogar für ein paar Herzschläge das Donnergrollen, das wieder einsetzte. »Er verfluchte alle, die ihn verfolgen und von seinem Schiff und seiner Frau trennen würden. Wenn ihr nicht wollt, dass Sylt das Schicksal von Rungholt teilt, händigt mir den Runenstein aus und helft mir, sein Schiff wieder der See zu übergeben.«

Lene sah zu Leif. Ein paar Sekunden war das Pfeifen des Windes das einzige Geräusch, das sie vernahmen, dann brachen sie in schallendes Gelächter aus.

Schlussendlich stiegen sie zeitgleich in den Wagen und schlossen die Türen. Mit der Ruhe kehrte auch die Erkenntnis der schrecklichen Situation zurück und sie verstummten augenblicklich.

»Nur Verrückte auf der Insel.« Sie schnalzte mit der Zunge. »Frederik Tryggvason? War das nicht der feige Wikinger?«

»Jep. Ist lange her, dass ich seinen Namen gehört habe. Im Gymnasium zum letzten Mal.«

Lene erinnerte sich vage. »Geschichtsunterricht bei Fräulein Amsel.«

Bemerkenswert, dass manche Erinnerungen wie tonnenschwere Anker im Gehirn hafteten, während man sich des Mittagessens vor drei Tagen nicht mehr entsinnen konnte.

Leif nickte und startete den Motor. »Die Narren kommen immer aus ihren Löchern, wenn es das Wetter gerade nicht gut mit unserer Insel meint.« Er atmete noch einmal durch und rang um Fassung. Der Verlust setzte ihm merklich zu. »Wohin?«

»Nach Westerland, auf die Wache.« Ihr Magen zog sich bei dem Gedanken an die kommenden Gespräche zusammen. »Ich muss Mathissen Bericht erstatten und die nächsten Schritte absprechen.«

»Ich komme mit«, entgegnete Leif schnell.

»Das musst du nicht.«

»Damals hat er uns gemeinsam angeschnauzt und wir haben es weggesteckt, dann stehen wir das heute auch zusammen durch.«

Als er losfuhr, lächelte Lene flüchtig. Er war immer noch der Alte.

*

»Das kann ja wohl nicht Ihr Ernst sein!« Hauptkommissar Mathissens Finger huschten über das Display seines Smartphones. *»Inselpolizei unfähig, Leiche festzuhalten!«*, las er eine Schlagzeile vor und wechselte zur nächsten Nachrichtenseite. *»Schönwetterpolizei auf Sylt? Mit dem Regen kommen die Probleme!«*

Wie ein hungriger Tiger im Käfig stapfte er in seinem Büro umher, ab und zu blickte er von seinem Handy auf, um Lene und Leif einen bitterbösen Blick zuzuwerfen. Wie Schüler, die bei einem Streich erwischt worden waren, saßen sie auf den einzigen beiden Stühlen. Die Gesichtsfarbe von Lenes Chef wechselte derweil von puterrot zu violett.

»Frau Oberkommissarin, haben Sie überhaupt eine Ahnung, wie schwer es war, den guten Ruf der Sylter Polizei in all den Jahren aufrechtzuerhalten?«

Eine rhetorische Frage sicherlich. Trotzdem musste Lene Mühe aufwenden, um nicht schnippisch zu antworten. Jede

Faser ihres Leibes wehrte sich, schließlich rang sie sich ein knappes Nicken ab und Mathissen konnte seine Hasstirade fortsetzen.

»Morgen wird die halbe Welt über uns lachen.« Er stützte sich mit beiden Händen auf seinem klobigen Schreibtisch ab. »Nach der Geschichte mit diesem Wikingerschiff ist das das Letzte, was wir gebrauchen können. Denken Sie dran: Ruhige Polizeiarbeit ist gute Polizeiarbeit, und was Sie schon vor Ihrem ersten Tag hier veranstalten, ist das genaue Gegenteil!«

Ein paar Sekunden herrschte Schweigen, bevor Leif seine Stimme erhob. »Herr Hauptkommissar. Ich war dabei, die Reporter vom Festland machten es einem beinahe unmöglich, Wibkes Leiche zu bergen.« Leif sah kurz herüber. »Lene trifft absolut keine Schuld.«

»Herr van Ohlsen, es ist wirklich vorbildlich, ja fast ritterlich, wie Sie versuchen, Ihre alte Freundin zu schützen, aber Frau Cornelsen ist Polizistin und sollte derlei Aufgaben gewachsen sein.«

Lene hasste es, wenn Männer sich so über ihren Kopf hinweg über sie unterhielten. Sie war kein kleines Mädchen, sondern verdammt noch mal Oberkommissarin der Kriminalpolizei. Sie hatte es satt, auf diese Weise behandelt zu werden.

»Es war meine Schuld, und nur meine.« Lene erhob sich, dabei quietschte der nasse Boden unter ihren Füßen und etliche Tropfen aus ihrer Kleidung landeten in der Wasserlache, die sich unter ihr gebildet hatte. »Allerdings bin ich auch nicht im Dienst, und wenn die Dienstaufsicht die ganze Situation untersuchen würde, könnte sie zu dem Schluss kommen, dass der befehlshabende Dienststellenleiter eine Mitschuld trägt.« Dreimal das Wort *Dienst*. Das würde den überkorrekten Aktenwurm Mathissen zum

Nachdenken anregen. Ein gefährliches Lächeln umspielte ihre Lippen. Beinahe entschuldigend hob sie die Hände. »Aber was weiß ich schon? Ich habe ja nur etliche Dienstjahre in der Großstadt auf dem Buckel.«

»Was wollen Sie damit andeuten?«, zischte Mathissen zwischen zusammengebissenen Zähnen hervor.

»Ich will gar nichts andeuten.« Lenes Stimme war vom Salzwasser und Rumbrüllen bei der Düne kratzig wie ein Reibeisen. »Das würde die Dienstaufsicht zur Genüge tun.«

Wie Duellanten sahen sie sich an. Wenn Blicke töten könnten, da war Lene sich sicher, wäre einer von ihnen längst zu einem Haufen Asche verbrannt. Der Raum schien elektrisiert und die Zeit so langsam zu laufen, dass es beinahe schmerzte. Aber Lene hielt stand.

Die Ader an der Schläfe ihres Chefs pulsierte so stark, dass sie fürchtete, er könnte einen Hirnschlag erleiden. Er füllte seine Lungen mit Luft, straffte sein Kreuz und wollte gerade die ersten Laute über die Lippen bringen, als die Tür aufschwang.

Sofort waren alle Augenpaare auf den durchnässten Mann mit dem langen Wintermantel und den durchdringenden hellen Augen gerichtet.

»Sie hat den Stein!«, rief er aufgeregt, an der Grenze zur Hysterie, und zeigte unverhohlen auf Lene. »Wenn Sie den Untergang verhindern wollen, müssen Sie den Runenstein Frederik Tryggvason und seinem Schiff zurückgeben.«

»Bleibt mir denn nichts erspart?«, stöhnte Lene und schlug die Hände über dem Kopf zusammen. »Der Verrückte hat uns schon am Tatort angesprochen.«

Verwirrt zuckte Helge Mathissen zusammen. »Er ist ein Zeuge?«

»Nein.« Leif winkte ab. »Nur ein verwirrter Reporter, der die ganze Situation mit dem Nachtsichtgerät beobachtet hat und sich nun wichtigmacht.«

»Und warum können Reporter einfach so in mein Büro spazieren? Habe ich die Mail zum Tag der offenen Tür verpasst?«, brüllte er in Richtung des Empfangstischs, wo die alte Polizeihauptmeisterin Schafböck dienstbewusst ihrer Arbeit nachging. Ein Wunder, dass die Dame nicht in Pension war. Immerhin hatte sie in der Westerländer Wache schon die Stellung gehalten, als Lene noch auf das Gymnasium gegangen war.

»Zu viel zu tun, Chef«, rief sie mit müdem Unterton zurück, ohne sich umzugucken, und nahm die nächste Beschwerde entgegen.

Mathissen holte tief Luft und schloss die Augen. Offensichtlich versuchte er es mit einer Art Meditation und murmelte dabei etwas von einem »Irrenhaus«. Gar kein schlechter Gedanke, pflichtete ihm Lene still bei. Ihr Chef schwieg eine Weile, bis seine inzwischen gemäßigte Stimme ertönte. »Wer sind Sie und von was für einem Untergang reden Sie?«

»Mein Name ist Victor Rasmussen«, keuchte der Mann. Ich komme aus Dänemark und ich bin ein Nachkomme des großen Wikingers Frederik Tryggvason.« Er betonte jede Silbe, und selbst ein Schwerhöriger hätte verstanden, wie stolz er auf seine angebliche Herkunft war. Rasmussen kam näher, offensichtlich überglücklich, angehört zu werden. »Mein Vorfahre sprach einen Fluch gegen seine Feinde aus. Bis zum Ende aller Tage, dem Ragnarök, soll jeder leiden, der ihn von seinem Weib und seinem Schiff trennt.« Sein flehender Blick wandte sich zu Lene. »Diese Frau hat einen Runenstein an sich genommen. Wenn Sie wollen, dass Ihre Insel diese Sturmflut überdauert und nicht im Meer versinkt wie Rungholt, müssen Frederik Tryggvasons Habseligkeiten und sein Schiff wieder dem Meer zugeführt werden.« Seine Augen glühten vor bitterer Ernsthaftigkeit. »Ich flehe Sie an.«

Hauptkommissar Mathissen ließ die Worte ein paar Lidschläge sacken, ging dann um seinen Schreibtisch, schimpfte über die Wasserlachen auf dem Linoleumboden und kreuzte schließlich die Finger.

»Das soll das Schiff von Frederik Tryggvason sein? Dem feigen Wikinger, der seinen Herrn und Haithabu in der Schlacht im Stich gelassen hat?«

Der Mann nickte.

»Und wenn wir Ihnen das Beweisstück nicht zurückgeben oder das Schiff ins Meer schieben, dann wird Sylt von den Wellen gefressen wie einst die Nordseeinsel Rungholt nicht weit von hier?«

Erneut ein Nicken, diesmal heftiger.

Mathissen klatschte in die Hände. »Schaffen Sie mir den Mann raus.«

Unter größtem Protest wurde Victor Rasmussen aus dem Büro entfernt. »Sie kennen die Gefahr nicht. Ich bitte Sie! Hören Sie mich an!«

»Schreiben Sie es in Ihren Blog oder in soziale Netzwerke, wie es alle mittlerweile tun«, zischte Lene, packte seinen Arm und bugsierte ihn etwas unsanft hinter den Empfangstresen. Sie war dankbar, als ihr zwei Kollegen zur Seite sprangen und den Dänen mit einem Platzverweis in den Regen schickten.

Als sie wieder im Büro ihres Chefs stand, winkte er sie zu sich heran. »Sie haben also ein Beweisstück, das die Tote bei sich trug?«

Lene öffnete ihre Jacke und wollte Mathissen den flachen Stein überreichen, jedoch machte der Hauptkommissar nur eine wegwerfende Handbewegung. »Wenn dieser ganze

Zirkus mit dem Schiff und der nahenden Sturmflut beendet ist, legen Sie ihn in die Asservatenkammer und kümmern Sie sich um den Papierkram. Jetzt allerdings verlange ich, dass Sie erst einmal duschen und morgen fit zum Dienst erscheinen.« Er fuhr sich durch die roten Haare. »Ich sage es nicht gern, aber wir sind restlos unterbesetzt und brauchen jede Frau und jeden Mann, um diesem Tohuwabohu Einhalt zu gebieten.«

Noch einmal presste er seine Lider aufeinander, um die Zen-Übungen zu wiederholen. Ohne weiteren Kommentar wandte er sich schließlich seinem Laptop zu.

Allem Anschein nach war die Standpauke beendet.

Lene und Leif nickten sich zu und wollten langsam das Büro verlassen, als noch einmal die Stimme ihres Chefs ertönte. Offensichtlich konnte er es nicht lassen.

»Die zuständigen Stellen bei der Wasserschutzpolizei und auf dem Festland sind über Ihre Inkompetenz informiert. Sobald der Sturm nachlässt, werden wir die Leiche von Frau Röhrnes suchen. In der Zwischenzeit versuchen Sie, sich wie eine Polizistin zu verhalten und keine weiteren Katastrophen heraufzubeschwören.« Dies alles kam ihm über die Lippen, ohne dass er aufblickte. »Haben Sie verstanden, Frau Oberkommissarin?«

Lenes Hände formten Fäuste. »Jawohl, Herr Dienststellenleiter.«

KAPITEL 5 - SCHATTEN DER VERGANGENHEIT

»Und du bist sicher, dass ich nicht mit reinkommen soll?« Leif ließ die Heizung auf vollen Touren laufen, während sie vor ihrem Elternhaus warteten.

Sie standen vielleicht eine Minute. Trotzdem kam es Lene so vor, als wäre es eine Ewigkeit. »Ja, das muss ich alleine machen.«

»Ich habe deinen alten Herrn nicht oft draußen gesehen. Nur ein paarmal, seitdem ...«

»... seitdem meine Mutter gestorben ist.« Sie fixierte die Eingangstür. Das Friesenhaus unweit des Lister Strands wirkte immer noch so wie in der Nacht, als sie es verlassen hatte. Durch den hohen Giebel sah der Eingangsbereich einladend aus, dazu hatte Vater einen kleinen Wall aus Findlingen aufgebaut, die ihrem Elternhaus den Hauch einer Hobbithöhle verliehen. Das Reetdach schien dicker, als sie es im Gedächtnis hatte. Aber womöglich spielten ihr die Erinnerungen einen Streich. 13 Jahre konnten verdammt lang sein. Bei ihrem letzten Kurzbesuch war sie nicht hier gewesen.

Nervös strich sie mit den Fingerspitzen über die feinen Runen auf dem flachen Stein. Jemand hatte sich Mühe gegeben, die Futhark-Schriftzeichen so fein in die Oberfläche zu arbeiten. Beileibe nicht das Werk eines Amateurs. Sie kannte nur einen auf der Insel, der diese Art von Zeichen lesen konnte – der Hobbyhistoriker und strenge ehemalige Geschichtslehrer des Gymnasiums Sylt, der zu ihrem Leidwesen ihr Vater war. Um ihn zu sehen, müsste sie durch diese Tür schreiten.

»Wenn du möchtest, nehme ich den Stein an mich.« Leif lehnte sich zu ihr und ergriff die Rune. Er lächelte. »Ich bewahre ihn im Museum für dich auf«, versicherte er.

Beide packten fest zu, Lenes Hand zitterte. »Nein, lass mal. Aber vielen Dank. Es war mein Bock, und das muss ich jetzt ausbaden.« Mit einem Ruck zog sie den Stein zu sich und verstaute ihn wieder unter der feuchten Jacke.

»Natürlich.« Begleitet vom Prasseln des Regens nickte Leif und lehnte sich zurück. »Weißt du, Lenchen, ich könnte ein paar Beziehungen spielen lassen. Vielleicht findet sich ein kleines Fremdenzimmer.« Er räusperte sich und seine Stimme wurde sanft. »Oder du übernachtest bei uns. Wir haben ein großes Haus, das Gästezimmer ist geräumig. Mein kleiner Bruder würde sich freuen, dich wiederzusehen.«

Oh Gott, wie lange war das her? Lene dachte an den hageren Jungen zurück. »Der kleine Ole – ihn habe ich ewig nicht gesehen.«

»Genau wie alles hier und klein ist er bestimmt nicht mehr«, antwortete Leif amüsiert. »Er überragt mich fast um einen halben Kopf und macht dazu noch Kampfsport. Im Gegensatz zu mir ist er also top in Form.«

»Ist das so? Hey, vielleicht sollte ich dann bei *ihm* übernachten?« In der nächsten Sekunde wünschte sie sich, dass die Worte nicht ihre Lippen verlassen hätten. »Entschuldige, war nicht so gemeint.«

»Alles jut.« Ein schräges Grinsen war auf seinem Gesicht zu erkennen. »Vieles ist anders auf der Insel. Aus hübschen Mädchen werden hübsche Frauen zum Beispiel.«

»Ja, sehr vieles. Manches wiederum ändert sich nicht«, stimmte Lene zu, ohne die Tür ihres Hauses aus den Augen zu lassen.

Eine unangenehme Stille entstand.

»Selbst damals habe ich nie bei dir übernachtet.« Lene senkte kurz die Lider und ein sehnsüchtiges Funkeln stahl sich in ihren Blick. »Leif van Ohlsen, versuchst du gerade, mich anzumachen?«

»Und wenn es so wäre?« Er zwinkerte ihr zu. »Wäre das schlimm?«

Sie schenkte ihm einen freudigen Augenaufschlag, hauchte einen Kuss auf seine Wange und öffnete die Tür. »Ein anderes Mal, in Ordnung?«

Sie ergriff ihre Tasche, hob zum Abschied noch einmal die Hand und huschte im Laufschritt durch den Regen zum Grundstück. Selbst mit Gepäck konnte sie das kleine grüne Törchen im Sprung nehmen. Sie stoppte erst, als sie vor der Tür stand, und ließ den metallischen Klopfer mehrmals gegen das Holz sausen.

Nach dem zweiten Klopfen drang ein Lichtkegel durch die Doppeltür, die ihr Vater Roluf öffnete.

Sie erwartete den typisch grimmigen Gesichtsausdruck eines schlecht gepflegten Mannes, vielleicht eine abschätzige Bemerkung oder dass er sie sogar wegschickte, weil er nach all der Zeit noch auf sie wütend war, doch es kam anders.

»Lenchen!« Der Mann, der mit der Petroleumlampe einem Nachtwächter glich, fiel ihr freudig um den Hals und drückte seine Tochter herzlich an sich. »Es ist so schön, dass du wieder auf der Insel bist. Du hättest anrufen sollen.« Mehrmals fuhr er ihr durch die nassen Haare. »Mein Gott, Kind, du holst dir ja den Tod. Schnell rein mit dir. Du brauchst ein Bad und eine heiße Tasse Tee.«

Zu allem Überfluss und bevor sie überhaupt etwas entgegnen konnte, ergriff er ihre Reisetasche und trug sie ins Haus. Wieso war er so fit?

Wo war der Griesgram aus alten Tagen hin?

Früher hätte er dem Grinch mühelos Konkurrenz machen können. Alles Neue war grässlich für ihn gewesen und 45 Jahre denselben Beruf auszuüben eine freudige Aussicht. Die Prügelstrafe hätte er bei Schülern am liebsten wieder eingeführt. Das war über Jahrzehnte Vaters Philosophie gewesen – der Hauptgrund, warum Lene es nicht mehr ausgehalten hatte. Das konnte nicht der Mann sein, der damals bei jeder Gelegenheit sein Mantra »Was einen nicht umbringt, macht einen härter« zum Besten gegeben hatte. Warum um alles in der Welt half genau dieser Mann ihr gerade mit der Tasche?

»Guten Abend, Vater«, sagte sie ungläubig und trat ein, während Roluf Cornelsen schon im Wohnzimmer verschwand. Verunsichert sah sie sich um und ihre Worte wurden zu einem Flüstern, das nur für sie bestimmt war. »Wer sind Sie und was haben Sie mit meinem alten Herrn gemacht?«

Instinktiv zog sie in der Diele, wo immer noch die großen bunten Teppiche lagen, ihre nasse Jacke aus und hängte sie an den Haken, der seit Kindheitstagen für sie bestimmt war. Eine behagliche Wärme drang ihr entgegen, nachdem sie die Zwischentür zum Wohnraum passiert hatte. Der Duft von frischem Ostfriesentee vermischte sich mit dem Rauch des Kaminfeuers zu einer allzu bekannten Mischung, die ihr eine Gänsehaut über den Leib jagte. Flammen fraßen sich durch das Holz und leichte Knackgeräusche zeugten von der Arbeit des Feuers, indes Lene sich umsah.

Nichts hatte sich verändert. Gar nichts und zeitgleich alles.

Die Möbel waren zwar neu, aber es waren dieselben wie vor 13 Jahren. Entweder hatte Vater tatsächlich ein Möbelhaus gefunden, das die Ausstattung der letzten Jahrzehnte im Sortiment behielt, oder er hatte sie mühsam aufbereitet. War er deshalb so gut in Form?

Gedankenverloren strich sie über die dunkle, mit Decken übersäte Couch. »Es hat sich nicht viel verändert«, murmelte sie und erschrak, als ihr Vater plötzlich neben ihr stand und lächelnd eine dampfende Tasse Tee reichte.

»Warum etwas verändern, was gut ist? Ich habe das Heimwerken für mich entdeckt, musst du wissen.« Er klopfte auf seinen Bauch. »Hält mich auf Trab, weißt du.«

Lene pustete in ihre Tasse. Zumindest ein wenig war von ihrem Vater übrig, den sie kannte.

»Hast du gegessen, genug getrunken?« Er schüttelte seine eigenen Gedanken ab. »Ach, weißt du was, geh erst einmal duschen, zieh dir gemütliche Klamotten an, und bis du wieder unten bist, habe ich eine schnelle Krabbensuppe gezaubert. Die hast du doch früher immer so gerne verputzt.«

Lene brachte es nicht übers Herz, in dieser Sekunde Widerworte zu geben. Krabbensuppe hatte sie seit Jahren nicht gegessen und bestimmt war es nie ihr Leibgericht gewesen, sondern eher das ihrer Eltern. Da das Wiedersehen allerdings wesentlich angenehmer verlief, als sie es sich vorgestellt hatte, war es schwer, Widerstand zu leisten. Vor allem, weil aus den feucht schimmernden Augen ihres alten Herrn wahre Freude sprach.

»Gerne, Vater«, erwiderte sie, schulterte stirnrunzelnd ihre Tasche und ging nach oben in ihr Jugendzimmer, wo die nächste Überraschung wartete. Fest hatte sie damit gerechnet, dass sie einen Bügelraum, vielleicht ein Fernsehzimmer oder gar eine Bibliothek vorfinden würde. Doch schien es auch hier keine Veränderung gegeben zu haben.

Staub wurde gewischt, das Bett war frisch bezogen und der Boden wirkte gesaugt. Ansonsten war alles wie immer. Selbst die gebrannten CDs waren an der Stelle, wo sie sie vor 13 Jahren liegen lassen hatte. Sie nahm die erste Disc vom Stapel und erkannte sofort ihre eigene verschnörkelte Schrift.

»Anastacia, Texas Lightning, Sportfreunde Stiller, Justin Timberlake …«, las sie leise und biss sich auf die Zunge, als sie die Namen von diversen Bands erreichte, die durch Castingshows berühmt geworden waren und längst nicht mehr existierten.

Sie war nie sehr musikalisch gewesen, hörte mittlerweile von Nirvana über Herbert Grönemeyer alles, was gerade im Radio lief, aber in diesem Moment wunderte sie sich doch, wie sehr sie als Teenager unter Geschmacksverirrung gelitten hatte. Dasselbe galt natürlich für ihre Kleidung … allerdings nicht für ihren Geschmack, was Jungs anging.

Das gerahmte Foto ihrer alten Schulklasse zauberte ein hauchdünnes Lächeln in Lenes Gesicht. Leif hatte damals noch lange Haare gehabt. Er grinste auf dem Bild über beide Wangen. Wahrscheinlich, weil er und Lene hinter ihren Rücken Händchen hielten, was der Kamera verborgen geblieben war. Sie war nicht glücklich gewesen in diesem Moment kurz vor dem Abi. Die Schülerin auf der Aufnahme lächelte, trug ihre beste Kleidung, einen schicken Mantel und hatte sich von ihrer Mutter zwei Zöpfe flechten lassen. Sie schien mit sich und der Welt im Reinen. Ein typisches Sylter Mädchen, das bestimmt mal in die Fußstapfen ihrer Eltern treten und den Lehrerberuf ergreifen würde, um auf der Insel zu leben und zu sterben. Lene wusste, dass die Jugendliche auf der Fotografie allen nur vorgespielt hatte, in diese Welt zu gehören. Zu diesem Zeitpunkt, unmittelbar vor dem Abiball, war der Entschluss in ihr gereift, einfach abzuhauen. Auch wenn sie alle verletzte, die ihr lieb und teuer waren. Alles war besser, als unglücklich zu sein. Oder?

Lene stellte das Foto zurück auf ihren alten Schreibtisch, direkt neben den monströs wirkenden Computermonitor.

Wo war die Zeit geblieben?

*

Oftmals in den letzten Jahren hatte sie gesagt, dass ihr von Sylt nichts, aber auch rein gar nichts fehlte.

Jetzt wusste sie, wie falsch sie gelegen hatte.

Bei jedem Löffel musste sie sich zusammenreißen, um nicht vor Genuss zu stöhnen. »Köstlich«, seufzte sie, ignorierte, dass sich ein Tropfen an ihrem Kinn sammelte, und wischte die letzten Reste der Krabbensuppe mit Brot vom Teller.

»Freut mich, dass es dir mundet«, frohlockte Roluf mit leuchtenden Augen und fasste zugleich die Kelle, um ihr aus dem riesigen Pott nachzuschöpfen.

Lene winkte ab und fuhr sich über den Bauch. »Danke, aber ich kriege keinen Bissen mehr runter.« Was war sie in diesem Moment froh, dass ihr alter Jogginganzug noch passte und der Stoff mühelos nachgab. Eine Jeans wäre sicher geplatzt.

Sie hatte drei Teller verspeist, ihr Vater hatte seine Suppe nicht angerührt. »Wie lange gedenkst du zu bleiben?«, wollte er schließlich wissen, und Lene konnte beinahe spüren, dass er ewig mit sich gerungen haben musste, bevor ihm die Frage endlich über die Zunge kroch.

»Ein paar Wochen vielleicht.« Lene zuckte mit den Schultern und gönnte sich einen Schluck Bier. »Ich wollte erst einmal Abstand gewinnen, einen neuen Plan fassen, mir 'ne kleine Wohnung suchen, dann sehen wir weiter. Sylt schien mir ein guter Ort, um den Kopf freizukriegen. Es ist ruhig, nur ein paar Kleinigkeiten, die es aufzuklären gilt.«

Ein kurzer Moment der Traurigkeit auf seinem Antlitz verriet ihr, dass ihr Vater sich eine andere Antwort gewünscht hätte. Er spülte die Enttäuschung mit mehreren Schlucken Bier hinunter.

»Unsere Insel ist derzeit leider alles andere als ruhig.«

»Wem sagst du das?« Sie atmete tief durch und spürte, wie müde sie war. Der Tag war lang und anstrengend gewesen … und leider nicht allzu erfolgreich. Zusätzlich schien die warme Suppe in ihrem Magen ein Wohlgefühl auszulösen, das sie auf direktem Wege ins Bett ziehen wollte. »Ich wusste gar nicht, dass dieser Idiot Helge Mathissen nun die Westerländer Wache führt.«

»Hättest du einmal gefragt in den letzten Jahren, wäre ich durchaus imstande gewesen, dir das mitzuteilen.« Roluf sah sie an, räumte die beiden Flaschen ab und stellte neue auf den Tisch. Er ließ die Bügelverschlüsse aufploppen und machte deutlich, dass er gern weitere Zeit mit ihr verbringen wollte.

Verübeln konnte sie es ihm nicht.

Immerhin war es Jahre her, dass sie an einem Tisch gesessen, gemeinsam gegessen hatten. Verdammt, sie war eine miese Tochter. Rot vor Wut und Scham nippte sie an der Flasche und Stille breitete sich unangenehm im Raum aus, sodass sie beinahe dankbar war, zumindest den tosenden Sturm zu hören.

»Hauptkommissar Mathissen ist ein guter Mann, sorgt immer für Ordnung«, erklärte Roluf schließlich, offensichtlich der Gesprächspause überdrüssig. »Erst kam dieses Schiff, dann der Sturm und jetzt die vermisste Frau Röhrnes. Da kann selbst er nichts machen.« Ihr Vater schüttelte den Kopf. »Im Herbst sollte es hier eigentlich ruhig sein.«

»Ermordete.«

»Wie bitte?« Er hatte die Worte verstanden. Nur allzu gut sogar. Sein Blick brannte sich mitten in ihre Seele, als könnte er jede einzelne Emotion lesen. Für einen kurzen Moment war er wieder der Mann, den sie als Teenager so gehasst hatte. »Was sagst du da, Kind?«

»Sie wurde heute Nacht an den Strand beim Kliff getrieben. Am Bauch eine riesige Schusswunde.« Es gab keinen Grund, etwas zu beschönigen. Er würde es ohnehin erfahren. »Fast als ob ihr gesamter Unterleib zerfetzt worden wäre. Leif und ich wollten sie packen, doch die Reporter schossen Bilder und mussten selbst gerettet werden. Der Leichnam ist mir aus der Hand gerutscht und trieb aufs Meer raus.«

»Und morgen steht es auf der Titelseite der Sylter Rundschau«, ergänzte Roluf mit dem Anflug von Zorn in der Stimme.

»Nicht nur da«, flüsterte Lene. »Und nicht nur morgen, sondern jetzt schon.« Sie holte ihr Mobiltelefon heraus, gab ein paar Begriffe ein und zeigte ihrem Vater die Titelfotos.

Schwungvoll ergriff er seine Flasche. »Großartig, einen Tag auf der Insel und schon sind wir wieder Stadtgespräch«, polterte er und biss auf seine Unterlippe.

Er war der Alte. Nur die Maskerade des fürsorglichen Vaters hielt er neuerdings länger durch.

Lene schnaubte. »Wirklich, Vater? Immer noch die alte Geschichte? Wie lange willst du sie mir noch vorhalten?«

»Solange ich lebe«, blaffte er angriffslustig. »Wie du einfach mit diesem Leif van Ohlsen vom Abiball getürmt bist, um irgendwo Unzucht zu treiben. Ein paar Tage später hast du deine Mutter und mich hier alleine gelassen, um ein Vagabundenleben zu führen. Das war die größte Demütigung, die wir jemals erlebt haben.«

»Siehst du, das war schon immer dein Problem. Die anderen Leute waren stets wichtiger als deine eigene Tochter. Am liebsten hättest du meinen Weg bis in die Rente vorgeplant, damit die Nachbarn ja zufrieden sind.«

»Und es wäre ein gutes Leben gewesen«, antwortete er so schnell, dass Lene meinte, er hätte das Gespräch vorher eingeübt.

Mit Veränderungen war es so eine Sache.

Man wusste nie, ob man nur eine Maske aufsetzte oder ob sie von innen heraus kamen. Bei Vater schien es Ersteres zu sein. »Ich bin nur ein paar Monate herumgereist und dann Polizistin geworden«, protestierte sie mit lauter werdender Stimme. »Du redest, als ob ich beim Zirkus angeheuert hätte.«

Beide sahen in unterschiedliche Richtungen und tranken schweigend ihr Bier. Manchmal war es besser, Gespräche nicht zu vertiefen. Dies hatten sie in ihrer Familie so gehalten, seit Lene denken konnte, und sie waren gut damit gefahren. Obwohl …

Diesmal war es Lene, die die Stille brach. »Ich wollte dich um etwas bitten.«

»Schieß los.« Roluf schien froh, nicht weiter über seine Gefühle und Befürchtungen sprechen zu müssen, und wandte sich wieder seiner Tochter zu. »Geld?«

»Nein, Vater«, stöhnte sie auf. »Es geht um den Stein, den wir bei der armen Frau Röhrnes gefunden haben.« Sie erhob sich, kramte in ihrer Tasche und legte ihn, mit den Schriftzeichen zu ihrem Vater gerichtet, auf den Tisch. »Vielleicht hat sie ihn vom Schiff gestohlen, vielleicht fand sie ihn woanders, ich weiß es nicht, und der so hoch geschätzte Hauptkommissar Mathissen ist nicht gerade erpicht darauf, die Angelegenheit weiterzuverfolgen.«

»Kann ich verstehen«, brummte Roluf. Er fasste den

Stein nicht an. »Wer jagt schon gerne Geistern hinterher? Der Ursprung dieses Schiffs ist mitnichten mystischer oder historischer Natur. Irgendein Scherzbold hat es über den Sommer gebaut und in den Marsch treiben lassen.« Er trank voller Inbrunst und stieß hörbar Luft durch die Nase aus. Dann fuhr er sich durch den weißer werdenden Vollbart. »Würde mich nicht wundern, wenn sich der Tourismusservice mit einem dieser Künstler aus dem Fernsehen zusammengetan hätte, um über den Herbst die Besucherzahlen hochzuhalten.«

»Möglich.« Seine Gedanken waren nicht unplausibel, das musste Lene unverhohlen zugeben. Auch wenn der pensionierte Geschichtslehrer in die Jahre gekommen war, der Verstand ihres Vaters arbeitete so messerscharf wie eh und je.

Doch warum beäugte er diesen Stein wie einen interessanten Eindringling, von dem er nicht wusste, ob er ihn rausschmeißen oder ihm weiter zuhören sollte? Lene beobachtete mit Interesse, wie Vater sein Haupt wiegte und das Artefakt von allen Seiten in Augenschein nahm, ohne zu viel Teilnahme zeigen zu wollen.

Beinahe demonstrativ verschränkte er die Arme vor der Brust. »Kein gemeingermanisches Futhark, wahrscheinlich nicht das jüngere«, knurrte er so desinteressiert, wie es ihm möglich war, und streckte den kleinen Finger halbherzig aus. »Siehst du die Umlaute? Das ist angelsächsisches Futhorc. Es gibt mehr Runen, sodass nicht mehr dasselbe Zeichen für mehrere Laute steht.«

»Es ist also englisch?«

Langsam schüttelte er den Kopf. »Das Futhorc verwendete man von Britannien bis Friesland. Seefahrer lernten es schnell und bei den meisten Stämmen konnte man sich mit dem jüngeren Futhark behelfen.«

Lene lauschte den Worten angespannt. Sie rückte auf die Kante ihres Stuhls und lehnte sich so weit nach vorne, dass sie zu kippen drohte. »Das heißt, es ist echt?«

»Das heißt, es ist eine gute Fälschung«, antwortete Roluf, ohne den Runenstein aus den Augen zu lassen. »Und du hast gesagt, du hättest ihn bei der bedauernswerten Frau Röhrnes gefunden?«

»Ganz genau.« Sie sah, dass sich Vaters Lippen bewegten, als versuche er, dem Stein seine alte Geschichte zu entlocken. Offensichtlich war er doch nicht so gewöhnlich. »Und kurz darauf kam ein Mann zu uns«, fuhr sie fort. »Er hat uns angeschrien, dass wir den Stein zurückgeben müssten, weil Sylt sonst der alte Fluch des Frederik Tryggvason treffen würde und sich das Meer, wie einst bei Rungholt, der Insel bemächtigen wird.« Lene trank einen kleinen Schluck und nickte in Richtung des Steins. Aus unerfindlichen Gründen scheute sie sich, ihn zu berühren. »Dieser dänische Mann beteuerte, er sei ein Nachfahre des feigen Wikingers und nur wir könnten den Stein zu dem Schiff legen, müssten es wieder dem Wasser übergeben, um die Katastrophe abzuwenden.«

Ihr Vater reagierte nicht.

Sie war fest davon überzeugt, dass er gleich laut zu lachen beginnen würde, stattdessen schien sein Blick von den Runen gefangen.

»Man weiß nur wenig über Frederik Tryggvason«, flüsterte er geheimnisvoll. »Die Wikinger führten keine Bücher wie die Christenmönche oder die Römer. Vieles von seiner Geschichte basiert auf Hörensagen oder eben den wenigen Runen, die die Zeit überdauert haben.« Wie in Zeitlupe setzte er sich eine schmale Lesebrille auf den Nasenrücken und schob sie beinahe bis zum Stirnansatz. »Einst soll er ein loyaler Jarl, also eine Art Häuptling, in der Armee seines

Königs, Sven Estridsson, gewesen sein. Er stieg sogar zum Beutemeister auf, eine wichtige und ruhmreiche Position im Gefolge des Herrschers. Die beiden spielten eine Rolle im Kampf um eine der wichtigsten Städte der damaligen Zeit.«

»Haithabu«, antwortete Lene mit zusammengekniffenen Augen.

Roluf stimmte ihr nickend zu. »Als der norwegische König Harald III. vor der Bucht festmachte, änderte sich für Frederik Tryggvason alles.« Roluf beugte sich weiter nach vorn, vermied es jedoch ebenso, den Stein anzufassen.

Lenes Stimme war so hart wie unbarmherzig. »Der Feigling ist geflohen.«

»Nicht nur das«, erklärte Roluf und presste seine Brille noch fester auf die Nasenflügel. »Er stahl einen Teil der Kriegskasse des Feindes, schändete Haralds Lieblingssklavin und ließ die Stadt und seinen Herrn alleine der Willkür des Norwegerkönigs ausgeliefert.«

»Er hat die Stadt niedergebrannt.« Es war nicht schwer, sich an diese uralte Geschichte zurückzuerinnern. Lene lief ein Schauer über den Rücken, wenn sie an so viel Verzweiflung dachte. Eine der größten Städte des Nordens, einfach ausgelöscht. »Wenn ich es recht in Erinnerung habe, ließ Harald von Norwegen die meisten Bewohner töten.«

»Zumindest einen Großteil. Davon hat sich die Stadt niemals richtig erholt, nach einer weiteren Plünderung ein paar Jahre später verfiel sie.«

Lene ließ sich auf ihren Stuhl zurückfallen. »Vater, wo liegt die ehemalige Stadt Haithabu genau?«

Er schien abgelenkt und flüsterte so leise, dass Lene sich wieder nach vorn lehnen musste, um die Silben zu vernehmen. »In Schleswig-Holstein, am nördlichsten Zipfel der Republik, in der Gemeinde Busdorf. Sogar ein schönes Freilichtmuseum soll es da geben.«

Immer mehr schien ihn der Stein in seinen Bann zu ziehen. Seine Atmung wurde flach, die Pupillen rasten und sein Mund stand halb geöffnet.

»Vater?« Lene erhob sich.

Er antwortete nicht.

Der Sturm hatte noch einmal an Kraft gewonnen, als wolle er eine Warnung mit aller Macht an ihre Türen tragen. Regen peitschte gegen die Fenster und selbst die Stromzufuhr wurde nicht verschont, sodass die Lampen flackerten.

»Vater!«

»Was denn?« Endlich schreckte er aus seiner Trance. Roluf sah erschrocken auf, als ob es ihm selbst nicht geheuer wäre, wie dringlich er versuchte, die Runen zu entziffern.

»Was steht auf dem Stein? Hat es etwas mit Frederik Tryggvason zu tun?«

Er winkte verärgert ab. »Ach, alles Geschwätz und Seemannsgarn.«

»Blödsinn!« Die Lüge war so deutlich, dass Zornesröte in Lenes Wangen stieg. Mit beiden Händen stützte sie sich auf dem Tisch ab und betonte jede Silbe. »Vater, welche Geheimnisse verraten die Runen?«

Er nahm sich die Brille von der Nase, schien mit sich zu kämpfen. »Mach es dir gemütlich, ich brauche ein paar Minuten, muss ein paar Bücher öffnen, um die Geschichte zu ordnen.« Er deutete in Richtung des Kamins. »Du weißt, wo alles steht.«

Widerwillig sah sie zu, wie Vater den Stein in die Hände nahm und zärtlich über die glatte Oberseite strich. Anschließend schlich er mit gebeugtem Haupt in Richtung seines Büros im angrenzenden Raum.

Irgendetwas hatte seine Aufmerksamkeit erregt, und es war bestimmt keine Kunstfälschung, wie er zuerst vermutet hatte. Seine Augen, die gesamte Miene strahlte etwas aus, was sie sich nicht erklären konnte. Bei jemandem wie ihrem Vater, der seine Emotionen hütete wie einen Schatz, war es beinahe grotesk anzusehen, wie Freude und Neugier sich überschlugen. Und war da ein Hauch von Furcht, der seine Augen glänzen ließ?

Lenes Müdigkeit war verflogen. Sie setzte sich einen Friesentee auf, fügte einen Schuss Rum hinzu und kuschelte sich auf das Sofa, das wie ihr altes wirkte, aber längst nicht so gemütlich abgesessen war. Dabei suchte sie sich dieselbe Ecke aus, die sie schon als kleines Mädchen bevorzugt hatte, wenn Mutter und Vater Geschichten aus vergangenen Epochen zum Besten gaben – direkt am Kamin, dort, wo die Hitze am größten war und man ab und an ein kleines Stöckchen nachwerfen konnte. Die alte bunte Flickendecke war nicht erneuert worden und duftete immer noch nach unzähligen Nächten voller Qualm und Essen. Lene ertappte sich dabei, wie sie daran schnupperte, während der Dampf des Tees eine angenehme Wärme ausstrahlte.

Es dauerte fast eine Viertelstunde, bis sich Roluf auf den Sessel gegenüber fallen ließ, seine Bücher auf dem Beistelltisch ausbreitete und als Letztes den Stein behutsam auf seinen Knien ablegte.

»Du hattest recht. Es geht um Frederik Tryggvason.«

»Und weiter?«, wollte Lene wissen.

Ihr Vater holte tief Luft.

KAPITEL 6 – HERZ GEGEN VERSTAND

Wikingerstadt Haithabu, im Jahre 1050

»Mein Geliebter, er weiß es. Ganz bestimmt sogar. Ich ahne es.«

Frederik schlug die Augen auf. Ein tiefes Stöhnen entfuhr seiner Kehle. Gerade war noch alles wundervoll gewesen, nun hatte sie das Unvermeidliche ausgesprochen. Er drehte sich zu Mathilda und schenkte ihr einen zärtlichen Kuss.

Er hätte sie gern erneut geliebt, sich an ihren wogenden Brüsten ergötzt und dabei zugesehen, wie das Licht der zuckenden Flammen auf ihren Knospen spielte. Langsam trockneten die Schweißperlen auf ihren nackten Leibern. Ihm war klar, sie würden sich an diesem Tage nicht mehr vereinen können. Behutsam zog er das weiche Fell über sein Gemächt und Mathildas Schoß.

Es gab kein Zurück.

Der wundervolle Moment in ihrem geheimen Versteck kurz vor dem Palisadenwall war verflogen, fortgetragen vom kräftigen Nordwestwind, ohne Rücksicht auf ihre Gefühle. Eben noch war er dem Paradies, wie es die Christenmönche beschrieben, so nah gewesen, nun zog sich sein Herz zusammen, als hätten die Asen es mit giftigem Blut gefüllt. Selbst der listenreiche Loki hätte sich keine grausamere Strafe ersinnen können.

»Ich weiß«, knurrte er schließlich, als er sich mit dem Graus der Tatsachen abfand.

Mathilda zog die Felle über ihren Busen. Fröstelte sie etwa, obwohl er vor Hitze kaum atmen konnte? Nein, es musste andere Gründe haben.

»Meinst du, der Fischer, der uns die Hütte überlässt, will sich die Taschen vollmachen?«

»Nein, sicher nicht.« Frederik Tryggvason schüttelte den Kopf und drehte sich auf den Rücken. »Er ist ein guter Mann, ich habe ihn kämpfen sehen. Außerdem bekommt er größere Teile der Beute. Nicht er ist es, der uns verraten hat.«

»Und was dann?«, wollte Mathilda in ängstlichem Tonfall wissen, schmiegte sich an ihn und streichelte über seine vom Schildwall gestählte Brust. »Wer mag uns unser Glück missgönnen?«

Frederik wusste die Antwort.

Sie war so klar zu erkennen, dass man kein Seher sein musste, um die Gefahr zu wittern. »Das waren wir selbst.«

In seiner Stimme lag eine schmerzende Endlichkeit. Er erkannte, wie Mathilda die Silben in ihrem Kopf wiederholte. Nach einigen Sekunden richtete sie sich auf. Ihre Augen waren tränennass, die Wangen gerötet vom Akt und ihre blonden, fast weißen Haare klebten feucht am schmalen Hals. »Du meinst, dass ich …?«

»Nein.« Er bemühte sich, ihr einen schnellen Kuss auf die Wange zu hauchen. »Es waren meine schmachtenden Augen, die uns verrieten. Berührungen, die vor seinem Blick hätten verborgen bleiben müssen, und flüchtige Küsse in dunklen Ecken, die vielleicht nicht so einsam waren, wie wir es uns erhofft hatten.« Er streichelte über ihre Wange.

»Außerdem hast du immer einen Grund gefunden, dich von deinem Herrn zu entfernen. So auch heute und ich bin für jeden Herzschlag dankbar, den ich alleine mit dir verbringen darf.«

Nur wenige Male hatte Harald der Harte Haithabu besucht. Für Frederik waren es Festtage gewesen, an denen er seine Mathilda wiedersah. Die Handelsstadt blühte auf, wurde immer wichtiger; für den Krieg und für die Händler. Obwohl Harald, der mächtige König der Norweger, die Bucht hasste, war er in den letzten Monden öfters vor dem Halbwall der Stadt zugegen gewesen … und mit ihm die Frau, von der Frederik träumte.

Frederik musste sanft lächeln. Erst waren es nur viel zu lange Blicke gewesen, aus denen bald schon eine Begierde erwachsen war, die sie kaum zu stillen vermocht hatten.

Er drehte sich auf die Seite und zeichnete mit den Fingern ihre Narben ab. Harald der Harte war bekannt dafür, Verfehlungen mit der Knute zu bestrafen. Am liebsten hätte Frederik jedem den Kopf abgeschlagen, der Hand an dieses zarte und zugleich starke Wesen legte.

Als hätte Freyja ihm seinen freien Willen entzogen. Gegen die Macht der Liebesgöttin konnte man nichts ausrichten. Warum sollte er sich wehren?

»Hat er dich wieder geschlagen?«

»Ich bin es gewohnt.« Lakonisch zuckte Mathilda mit den Schultern. »Sein neuer Lederriemen war ihm zu starr, und er wollte, dass er geschmeidiger um seinen Wanst liegt.«

»Um das Leder zu biegen, hat er es an deinen Rücken geschlagen?«

Sie nickte.

Dieser Bastard.

Frederik träumte von dem Moment, in dem er die Kehle von Harald Hardråde in zwei Teile trennen würde und das warme Blut über seine Hände lief. Opfern würde er ihn und seinen Leib dem Allvater zum Geschenk machen.

Dunkle Gedanken erfüllten sein Herz und wurden erst fortgetrieben, als sich Mathilda auf ihn schwang und sein Gesicht an ihre Brüste presste.

»Es schmerzt nicht wirklich, wenn ich an dich denke.« Er spürte, wie sie seine Stirn mit Küssen bedeckte. Ihre warmen Hände streichelten sein Kinn und drückten zärtlich Frederiks Haupt in den Nacken, sodass sie Stirn an Stirn lagen. »Aber er wird dich töten, sobald er die Gelegenheit dazu hat.«

»Vorher wird er dir Schreckliches antun.« Seine Worte waren so leise, dass sie sich in den Geräuschen des knackenden Feuers verloren. »Er hat die Wichtigkeit von Haithabu erkannt. Nicht mehr lange und er wird sich die Stadt einverleiben.«

»Kann er das?«

Vor der Antwort auf diese Frage fürchtete sich Frederik. Die Wahrheit war zu mancher Zeit schrecklich und tat weh, diese hier allerdings war vernichtend.

»Mein König Sweyn ist an anderer Stelle gebunden. Uns mangelt es an Schiffen und Vorräten, um einer langen Belagerung standzuhalten. Wenn König Harald mit seiner Streitmacht anrückt, wird Haithabu fallen.«

»Dann werden wir zugrunde gehen.« Mathilda ließ ihr Kinn auf seine Schultern sinken. »Zumindest sterben wir gemeinsam.«

»Ich glaube nicht, dass Harald uns den Gefallen eines gemeinsamen und schnellen Todes gönnen wird.« Seine Augen wurden glasig. Frederik kannte die Bilder von seltsam verrenkten Leichen und wusste, was mit Gefangenen geschah, denen ein glorreicher Tod und ein Platz in Walhalla nicht vergönnt waren. »Er wird aus mir einen Blutadler machen«, sagte er mit fester Stimme und es amüsierte ihn, dass ihm die Worte so einfach über die Lippen sprangen. »An den Händen wird er mich vor allen Kriegern fesseln, mit einem Messer die Haut öffnen und anschließend die Muskeln meines Rückens durchtrennen, um die Schulterblätter nach hinten zu klappen. Dabei wird er jede meiner Rippen mit seiner Axt brechen, und erst wenn kein Blut mehr durch meine Adern fließt, darf ich meine Augen schließen und diese Welt verlassen.«

Frederik erkannte, was seine Worte bewirkten. Allein die Vorstellung ließ dicke Tränen über Mathildas rosige Wangen laufen. »Es muss einen anderen Weg geben, Frederik«, schluchzte sie so voller Schmerz, dass es ihm beinahe das Herz brach. »Bitte, irgendetwas müssen wir tun können.«

Lange ließ er sich Zeit mit seiner Antwort, bis er genug Mut in sich gesammelt hatte, um die Worte auszusprechen.

»Wir könnten ihm einen Stich versetzen, dort, wo es ihn am meisten schmerzt.«

»Du willst Harald direkt angreifen?«

»Nein, dafür vereint er zu viele Männer unter sich und diese sind ersetzbar.« Frederik erhob sich schweigend und kleidete sich an. Mathilda tat es ihm gleich. Viel zu lange hatten sie in der abgelegenen Fischerhütte ihrer Lust gefrönt. Jeder weitere Herzschlag würde nur Haralds Argwohn befeuern.

Erst als Frederik seinen mächtigen Mantel um die Schultern legte und im Anschluss Mathilda dabei half, sich die Haare zu richten, fand er seine Sprache wieder. »Seine Kriegskasse allerdings ist es nicht.«

Mathilda sah ihn entsetzt an. »Du willst seine Kriegskasse stehlen, Frederik Tryggvason? Bist du von Sinnen? Hat Loki deinen Verstand vernebelt? Harald wird dich bis ans Ende dieser Welt jagen und erst ruhen, wenn du ohne Lebenshauch zu seinen Füßen liegst.«

»Das ist der Plan, mein Abendstern.« Ruhig nickte er und drückte sie an sich. »Wenn er mich verfolgt, kann er schwerlich die Stadt einnehmen oder gar niederbrennen.«

»Du kennst ihn nicht«, schluchzte Mathilda in seine Schulter. »Weißt du, was mit mir geschieht, wenn er herausbekommt, dass ich ihn hintergangen habe?«

»Deshalb wirst du mich begleiten.« Er hasste es, dass er so reden musste, sein Volk im Stich ließ und seinen König Sweyn betrog. Selbst den Herrscher musste er im Unklaren lassen. Es gab keine andere Möglichkeit. »Nur so können wir überleben und Haithabu retten.«

»Sie werden uns hassen.« Mathildas Blick glitt zum Feuer, als könnten die Flammen ihr die Zukunft zeigen. Sie atmete tief durch, spürte die Wärme seines Körpers, die Hitze der Glut und doch wurde ihr plötzlich bitterkalt. »Verabscheuen werden sie uns. Sie alle werden denken, dass wir vor der Schlacht geflüchtet sind. In ihren Augen und denen ihrer Kinder und Kindeskinder werden wir auf ewig Verräter sein. Unsere Namen werden sie mit Abscheu und Ekel aussprechen.«

»Vielleicht«, wisperte Frederik und hielt seine Mathilda fester im Arm. »Wenn das der Preis ist, um mit dir vereint zu sein, zahle ich ihn gerne.«

Ihre Lippen näherten sich einander. Jede Silbe meinte er ernst, nichts würde ihn von dem Eid abbringen. Er würde für diese Frau leben, sterben ... oder töten. Ehe er Mathilda küssen konnte, durchbrachen Schreie die Idylle ihres Refugiums.

Ohne genau zu lauschen, was die Männer von sich gaben, wusste er, welcher Schrecken über sie gekommen war.

»Er ist hier«, hauchte Mathilda und pure Furcht sprach aus ihren moosgrünen Augen.

Frederik nickte kurz, bevor er die Kurzaxt in den Lederriemen gleiten ließ, sein Schwert ergriff und aus der Tür trat. Die Stadt war in hellem Aufruhr. Ein ungeübtes Auge hätte den Grund übersehen, aber er wusste es besser. Am Horizont lauerte der Tod.

In der Nacht waren nicht viele von Haralds Schiffen auszumachen, doch im Morgengrauen würden sie den ersten Angriff starten. Mit seiner Übermacht war es ein Leichtes, die Stadt zu zerquetschen wie eine reife Frucht. Es gab nur einen Weg, das Unaussprechliche zu verhindern. Und dafür musste er zum Verräter werden.

Mit flinken Bewegungen ergriff er Mathildas Hand und zog sie zum Strand. Endlich zahlten sich die Jahre der harten Arbeit aus. Frederik war ein wohlhabender Mann. Das Kriegshandwerk beherrschte er genauso wie den Handel, sodass er einen schönen *Britugsessa*, einen Dreißigsitzer, sein Eigen nennen durfte. Das *Herskip* war in der Art der *Dreki*, der Drachenschiffe, gebaut. Nur eine Handvoll Männer waren nötig, um es zu steuern. Frederik achtete genau darauf, dass er diesen Kriegern vertrauen konnte. Sie sprangen auf, als sie ihn sahen.

»Dein neues Schiff«, stellte Mathilda fest. »Es ist nicht erprobt und du willst es gleich gegen Harald den Harten werfen? Frederik, es hat noch nicht einmal einen Namen.«

»Mitnichten. Den hat es.« Er warf Axt und Schwert an Bord und spähte in Richtung Bucht. »Er lautet Abendstern.«

Für einen Augenaufschlag vergaßen sie die grausame Szenerie, und die Zuneigung füreinander war das Einzige, was sie spürten.

»Warte hier und versteck dich«, flüsterte Frederik eindringlich. »Ich sammle meine Männer und wir werden Harald um seine Vorräte und die Kriegskasse erleichtern. Das wird mehr helfen als Dutzende Krieger und Schildmaiden im Wall.«

»Ich komme mit.« Ihre Stimme ließ keinen Widerspruch zu.

Frederik wehrte ab. »Nein. Ich könnte mir nie verzeihen, wenn dir etwas zustieße.«

»Das kann es hier genauso gut wie auf See.«

»Er wird dich töten, wenn er dich in seine Finger bekommt.«

»Ich war eine Sklavin und lange Zeit schon tot. Bis zu dem Moment vor ein paar Monden, als ich dich sah.« Mathilda drückte seine Hand kräftiger. »Ich komme mit.«

Frederik sah sich um. Weitere Menschen brachen in blanke Panik aus. Feuer wurden entzündet und die Schreie von Kleinkindern erfüllten die Nacht. Sie hatte recht. Hier war es genauso unsicher wie auf dem rauen Meer. Er war sich nicht sicher, ob er sie später im Chaos noch finden würde, und nickte schließlich.

»Los, Männer, wir stechen in See! Wenn wir rasch genug handeln, können wir Haralds Flotte von der Stadt weglocken.« Er lachte laut auf, um den Männern und sich selbst Mut zu machen. »Wir werden ihn bestehlen, sodass er keine andere Möglichkeit hat, als uns bis ans Ende der Welt zu jagen.«

Seine Männer stimmten mit ein, hoben ihre Waffen, brüllten in die Finsternis. Nun galt es, die übrigen Krieger einzusammeln und im Schutz der Dunkelheit zu verschwinden.

Mathilda stieg sicher in das Schiff und packte sogleich seine Axt. Ihre Augen waren nicht mehr voller Angst, Zuversicht schien plötzlich aus ihren Bewegungen zu sprechen. Es gab keine Zweifel: Das Sklavenleben hatte sie mit den wenigen Schritten fortgeschüttelt, mit denen sie auf das Schiff gestiegen war. »Du willst bis ans Ende der Welt segeln? Ich werde dir folgen.«

»Mit dir würde ich es schaffen.« Er zog sie an sich, küsste ihre Stirn, dabei ignorierte er die Rufe, die vom Strand an seine Ohren drangen.

»Herr, wo geht es hin?«, wollten die Leute wissen. »Wohin fahrt Ihr, Herr? Lasst Ihr uns allein?«

Als den Bewohnern der Stadt klar wurde, dass keine Antwort zu ihnen hinüberschallte, wurde das Entsetzen größer und eine Verwünschung folgte der anderen.

»Feigling!«

»Verräter!«

Wenn sie nur verstehen könnten. Doch jeder Mitwisser wäre eine Gefahr für ihr Vorhaben. Mathilda hatte recht behalten. Nicht mehr lange und ganz Haithabu würde sie hassen und für ewig in schäbiger Erinnerung behalten.

Sie musste bemerkt haben, dass er zu zittern begonnen hatte, und streichelte seinen Rücken. »Was wir dort wohl entdecken werden? Am Ende der Welt?«

»Ich weiß es nicht.« Ein Ruck ging durch seinen Leib, das Schiff legte ab. Kräftige Ruderstöße ließen sie mühelos durch das Wasser schneiden. »Wir werden es herausfinden, mein Abendstern. Gemeinsam.«

KAPITEL 7 – NEUER TAG, NEUE PROBLEME

Am Morgen wurde Lene vom Trommeln des stärker werdenden Regens geweckt, den der stramme Sturmwind von der See auf die Insel warf. Obwohl sie sich sicher war, dass es nur die klatschenden Tropfen auf Glas waren, die sie bereits in den Schlaf begleitet hatten, schreckte sie hoch, öffnete die Augen und lauschte in das Heulen der Böen.

Sie konnte sich nicht erinnern, dass es je so gewaltig gestürmt hatte, und sie spürte etwas, was sie sofort zu verdrängen versuchte – den Anflug von Angst. Beschämt über ihre eigenen Gefühle, spannte sie jeden einzelnen Muskel ihres Leibes an, holte tief Luft und schwang sich aus ihrem Jugendbett, um aus dem Fenster zu schauen. Sie sah gegen eine Wand aus grauen Tönen. Als hätte ein Maler Schwarz und Weiß in verschiedensten Verhältnissen gemischt und mit einem groben Pinsel auf die Szenerie vor ihr gekleckst. Keine 20 Meter ließ die Barriere ihren Blick dringen. Sie musste sich anstrengen, um den Strand auszumachen. Ein tristes Bild, dachte Lene, und sie bemerkte, dass sie zu frösteln begann, obwohl die Heizung voll aufgedreht war.

Irgendetwas hielt ihren Blick fest, dort in der Masse aus Regen und Gischt. Für den Bruchteil einer Sekunde meinte sie, einen Mast zu sehen. Einer riesigen Nadel gleich ragte er aus der Wand hervor, nur um beim nächsten Augenaufschlag wieder zu verschwinden. Waren ihr die Geschichten vom sagenumwobenen Schatz von Haithabu zu nahe gegangen? Sie schüttelte den Kopf und wandte sich ab.

Lene brauchte definitiv einen starken Kaffee, um ihre Gedanken zu sortieren. Jegliche Erinnerungen an den angeblich so feigen Wikinger Frederik Tryggvason sollte sie hurtig verdrängen, wenn sie einen klaren Verstand behalten wollte.

Heute war ihr erster Tag auf der Wache, und nun galt es, einen kühlen Kopf zu bewahren, um nicht noch mehr Porzellan kaputt zu schlagen.

Gemütlich gönnte sie sich eine lange Dusche. Als sie mit blitzsauberer Polizeiuniform aus dem Bad kam und die Treppe herabschritt, war sie verwundert, dass ihr Vater bereits ein üppiges Frühstück zubereitet hatte. Nur auf den Kaffee musste sie schweren Herzens verzichten.

»So ein Gebräu hast du doch sonst nicht getrunken«, antwortete Roluf mit dem Hauch von Verletztheit in der Stimme, nachdem sie ihn gefragt hatte, wo die Filter zu finden seien. »Wir alle haben das nie.«

»Zeiten ändern sich, Vater«, antwortete Lene und bekam einen Friesentee in ihrer alten pinken Tasse serviert. »Ich werde dir beizeiten eine Kaffeemaschine besorgen.«

Verwundert blickte er von der Zeitung hoch, hinter der er sich versteckt hatte, seitdem sie im Erdgeschoss wirbelte. »Du hast vor, doch länger zu bleiben?«

Lene konnte die Stimmfarbe nicht einordnen. War sie feindlich, überrascht oder gar hoffend? Sie beschloss, schnellstmöglich das Thema zu wechseln. »Hast du noch viel geforscht in den letzten Stunden?«

Er schüttelte den Kopf, seine Tasse verschwand hinter dem aufgespannten Papier der Zeitung, und nur am leisen Fluchen konnte sie erkennen, dass er sich seine Lippen verbrannt haben musste. »Nicht wirklich. Ich habe weder Zeit noch Lust, mich mit Kindermärchen zu beschäftigen.« Da sprach der Geschichtslehrer aus ihm. »Stichworte auf einem Runenstein sind keine Beweise. Übrigens, ich habe ihn in deine Tasche gelegt.« Er lugte hinter der Zeitung hervor.

Lene war lange genug im Dienst, um zu erkennen, dass ihr Vater ein wenig flunkerte. Zumindest seine Augenringe deuteten darauf hin, dass er sich die ganze Nacht mit der Geschichte von Tryggvason und seiner geliebten Mathilda beschäftigt haben musste. Entweder das oder er hatte bis zum Morgengrauen ferngesehen, wobei die flackernden Lichter sie daran zweifeln ließen. Der Fernseher wäre ständig ausgegangen.

»Danke, Vater«, entgegnete Lene und musste dabei zusehen, wie sein Gesicht wieder hinter dem Druckerzeugnis abtauchte.

Unangenehme Stille zog herauf. Es schien, als wolle er auf keinen Fall über die vorangegangenen Ereignisse reden, und schon gar nicht über die seltsame Geschichte, die er offensichtlich zu vergessen versuchte. Eilig schlang sie zwei Brote runter, trank einige Schlucke Tee und zog die Polizeijacke über ihre Uniform.

»Es wird spät heute.«

»Wie du meinst.« Seine Stimme war gleichgültig.

Oder wollte er sie nur so klingen lassen? Sie verharrte am Türrahmen und musterte ihn, dann verließ sie die wohlige Wärme und spürte die ersten Regentropfen auf ihrer Haut.

»Schietwetter«, raunte Lene, warf sich die Kapuze über, schulterte die Tasche, zog den Kopf zwischen die Schultern und wollte in Richtung Westerländer Wache stapfen.

»Komm, ich fahr dich!«, rief ihr Vater ihr nach und trat zu ihr in den Regen.

Die Autofahrt im alten Jeep verging schweigend und genauso der Abschied. Ein Lächeln musste genügen.

Trotz des kurzen Fußwegs war ihre Hose komplett durchnässt, als sie endlich die Eingangspforte passierte, der alten Polizeihauptmeisterin Schafböck zunickte und im Anschluss im Gemeinschaftsraum ihre Sachen verstaute. Die meisten Kollegen waren bereits unterwegs, so blieb es an der älteren Beamtin hängen, die Massen vor dem Tresen abzufertigen.

»Wann kann ich die Insel verlassen?«, wollte ein Tourist im hellgrünen Poloshirt wissen. Der Mann schien nichts von Sylt im Herbst zu wissen und strich dauernd über seine sündhaft teure Uhr.

»Ich möchte ausgeflogen werden«, verlangte ein anderer, der zumindest eine Regenjacke sein Eigen nennen konnte.

Mit Engelsgeduld und scharfem nordischem Dialekt erklärte Schafböck den Damen und Herren, dass es zu ihrer eigenen Sicherheit derzeit nicht möglich sei, die Insel zu verlassen. Man arbeite mit Hochdruck an einer Lösung und stehe mit den Kollegen vom Festland im ständigen Austausch. Die Besucher sollten in ihre Quartiere zurückkehren und einfach den Sturm abwarten. Dies wiederum rief die Pressevertreter auf den Plan. Im Stimmengewirr versuchten die Reporter, der Polizeihauptmeisterin ein Statement zu entlocken.

Die alte Dame war beileibe nicht zu beneiden. Den ganzen Tag den Touris Rede und Antwort zu stehen und sie mit einem Lächeln zu vertrösten, war sicher kein einfacher Job. Ganz davon abgesehen war es bestimmt ebenso problematisch, die lauthals krakeelende Presse in Schach zu halten.

Lene schenkte der Polizeihauptmeisterin ein aufmunterndes Lächeln und klopfte an der Tür zu Helge Mathissens Büro. »Moin, Herr Hauptkommissar, ich wollte mich nur zum Dienst … oh … Leif, was machst du denn hier?«

Sie hätte an diesem Tag mit allem gerechnet, jedoch nicht damit, dass sie von Leif van Ohlsen und seinem Bruder Ole lächelnd begrüßt wurde, während ihr Chef nicht so missmutig gestimmt schien, wie sie es in Erinnerung hatte.

»Ich mache meine Zeugenaussage«, sagte er getrübter Laune und grüblerisch, erhob sich und umarmte sie kurz. »Es ist schön, dich zu sehen. Gut geschlafen?«

Leif war vom Tod seiner Mitarbeiterin verständlicherweise noch mitgenommen.

»Ja, aber …« Lene war verwirrt. Es war mehr als unüblich, dass sie nicht bei der Aussage dabei war. Immerhin war sie selbst Zeugin des Geschehens. »… hätte ich nicht hier sein sollen?«

»Wir waren gerade in der Nähe. Da haben wir das direkt erledigt«, warf Leifs Bruder Ole ein und war sofort auf den Beinen, um ihr viel zu kräftig die Hand zu schütteln. »Ist lange her, Lene. Siehst echt gut aus.«

»Danke, du auch.«

Das war stark untertrieben. Die Akne seiner Pubertät war völlig verschwunden und einer glatten Haut mit Fünftagebart gewichen. Leif hatte nicht untertrieben – sein jüngerer Bruder musste wirklich jeden Tag trainieren, um so auszusehen. Dazu überragte er sie alle um ein paar Zentimeter und lächelte spitzbübisch. Bestimmt verdrehte er nicht wenigen Touristinnen den Kopf.

»Kann ich noch irgendetwas hinzufügen?«, wollte Lene wissen, während die Herren sich wieder setzten. Für sie war kein Platz frei, weshalb sie stehen blieb. »Immerhin sollte ich einen Bericht verfassen und …«

»Nicht nötig.« Die monotone, roboterartige Stimme von Hauptkommissar Mathissen schnitt ihre Worte gefährlich gleichgültig ab. »Ich habe mir erlaubt, den Bericht auf Grundlage der Aussage der Gebrüder van Ohlsen selbst zu verfassen.«

Leif zwinkerte ihr dabei zu, als wolle er sagen, dass er alles unter Kontrolle habe. *Lass mich ruhig mal machen, Schätzchen.*

Augenblicklich fühlte sie sich herabgesetzt.

Verdammt, das Letzte, was sie brauchte, war ein Mann, der sie bevormundete. Eine Begebenheit, die schon ihr Vater nicht verstanden hatte, als er ihr Leben durchplante. Jetzt wusste sie wieder, warum sie von einem Tag auf den anderen ihn, diese Insel und Leif verlassen hatte.

Lene verschränkte die Arme vor der Brust und füllte ihre Lungen mit Luft. »Ich sollte definitiv den Bericht verfassen. Draußen wimmelt es von Reportern. Wenn sich der Sturm legt, die Internet- und Telefonverbindungen wieder reibungslos funktionieren und die Bahnen wieder fahren, werden Fragen gestellt werden.« Sie sah den drei Anwesenden in die Gesichter. »Darauf sollten wir vorbereitet sein.«

»Was das angeht …«, Helge Mathissen schloss provokativ eine Akte auf seinem Schreibtisch, »… haben wir alle Vorkehrungen getroffen. Es war ein Unfall. Peinlich für Sie und uns, aber nicht zu ändern. Sobald es möglich ist, wird die Leiche der bedauernswerten Frau Röhrnes geborgen, und alles geht wieder seinen gewohnten Gang.« Er lehnte sich zurück und nickte in Richtung Tür. »Es gibt viel zu tun. Das wäre dann alles, Oberkommissarin Cornelsen.«

Das war ein Rauswurf erster Güte.

Was zum Henker heckten die Herren hier aus?

Bevor Lenes Wut zu Taten führen konnte, wurde die Tür aufgerissen.

Ein triefend nasser Victor Rasmussen stolperte in den Raum und begann sofort zu reden: »Sie müssen Kapitän und Schatz vereinen. Ansonsten wird es ein Unglück geben wie bei der Zweiten Marcellusflut!«

War diese Insel jetzt völlig verrückt geworden? Ein Déjà-vu-Erlebnis epischen Ausmaßes drängte sich unangenehm in Lenes Verstand. Hauptkommissar Mathissen würde es nicht hinnehmen, dass dieser Mann zum wiederholten Male unangekündigt in sein Büro platzte.

Diesmal war er nicht allein. Eine Frau mit hellblonden, fast schlohweißen Haaren drängte ebenfalls in den Raum und bekräftigte seine Aussage mit nicht weniger Verve. »Sie müssen Tryggvasons Schiff in Ruhe lassen«, schrie sie mit verzweifelter Stimme. »Ansonsten ist niemand vor dem Fluch sicher.«

»Wer sind denn die beiden?« Ole erhob sich und spannte sein Kreuz. »Irgendwelche Umweltfanatiker?«

Leif kicherte theatralisch vor sich hin. »Sie halten sich für Nachfahren des feigen Wikingers Frederik Tryggvason und meinen, dass es sein Schiff ist, das da draußen die Presse verrückt macht.«

Die Brüder lachten traurig auf.

Als Leif die Worte sagte, konnte sich auch Lene ein mitfühlendes Lächeln nicht verkneifen. Wenn man es laut aussprach, hörte es sich tatsächlich lächerlich an. Und hätten die Runen keine Zweifel in ihr gesät, hätte Lene sich ebenfalls den Bauch gehalten.

Victor Rasmussen trat bis auf wenige Zentimeter an Leif heran. »Er war kein feiger Wikinger, und meine Schwester Marie und ich *sind* Nachfahren von Tryggvason.« Die Stimme des Mannes bebte, der dänische Akzent brach noch stärker durch. »Und wenn Ihnen Ihr Leben lieb ist, sollten Sie auf uns hören.«

»Sonst was? Wollt ihr euch prügeln?« Ole leckte seine Lippen. »Kannst du gerne haben, Freundchen.«

Lene hatte genug gehört und schob sich zwischen die beiden Männer. »Ihr wisst, dass ihr euch gerade in einer Polizeiwache befindet, oder?« Sie legte jeweils eine flache Hand auf die Brustkörbe der Streithähne und drückte sie auseinander.

In diesem Moment blitzte Oles Blick gefährlich. »Wenn dieser Schmalspur-Wikinger sich prügeln möchte, können wir das auch gerne draußen erledigen.«

»Niemand wird Gewalt anwenden.« Der Tonfall von Mathissen war ruhig und deshalb umso bedrohlicher. »Das Exekutivrecht liegt alleine in den Händen der Polizei. Sie werden dieses Revier sofort verlassen.«

Endlich wandte sich Rasmussen ab und sah zu Lene. »Sie glauben es, oder? Helfen Sie uns, das Unglück abzuwenden.«

»Ja, hilf Ihnen, Lenchen.« Oles Stimme strotzte vor Sarkasmus. »Wir wollen ja nicht, dass die Wikinger unsere Insel versenken.«

Das war zu viel für den Dänen. Er ging auf Ole los, rempelte dabei Lene um, und nur Leifs beherztes Eingreifen verhinderte, dass sie mit dem Hinterkopf gegen die Tischkante krachte. Marie Rasmussen schrie auf und wurde von der herbeigeeilten Polizeihauptmeisterin Schafböck im Zaum gehalten, während Mathissen und die Van-Ohlsen-Brüder Victor Rasmussen überwältigten. Innerhalb von Sekunden war der Spuk vorbei und Mathissen brachte den schimpfenden Dänen persönlich in die Gewahrsamszelle, seine Schwester wurde der Wache verwiesen.

»Ganz schön was los bei euch«, keuchte Leif und strich über Lenes Schulter, als sie alle wieder im Büro standen. »Alles gut bei dir?«

Sie rieb sich den Nacken und lächelte tapfer, obwohl ihr nicht danach zumute war. »Geht schon, dank deiner

Hilfe.« Sie seufzte laut und schämte sich, dass dieser verrückte Typ sie so leicht überrumpeln konnte. »Irgendwie bin ich aus der Übung.«

Leif winkte ab und strich sich eine Strähne aus dem Gesicht. »Ach, er hatte nur Glück, den Nächsten legst du schneller flach, als ihm lieb ist.« Ein schmales Grinsen umspielte seine Lippen, als ihm bewusst wurde, was er gerade gesagt hatte. »Also … flachlegen im Sinne von …«

Lene konnte gar nicht anders, als zu lächeln. »Lass gut sein, Leif. Ich hab schon verstanden. Wie kann ich mich bei euch bedanken? Immerhin kann ich meinen Dienst weiter versehen und muss nicht an meinem ersten Tag in die Nordseeklinik.«

»Ach, mir würde da schon was einfallen.«

Lene bereute, dass sie ihm so eine Vorlage gegeben hatte … oder doch nicht?

»Wie wäre es, wenn ich euch zum Essen einlade? In der ›Alten Böe‹ gibt es die beste Fischsuppe im Land. Zumindest war das früher so.« Es musste ewig her sein, dass sie das letzte Mal in dem Schuppen gewesen war, doch plötzlich fiel er ihr wieder ein. »Da haben wir unser Abitur gefeiert.« Lene schüttelte es bei dem Gedanken. »Dieser Schnaps, ›Küstennebel‹, von der Wirtin Swantje hat uns ganz schön den Kopf verdreht.«

»Oh ja, und ihr gehört der Laden immer noch«, antwortete Leif und schnalzte mit der Zunge. »Aber bezahlen werde ich. Wenn ich darf, hole ich dich um neun bei deinem Vater ab. In der ›Alten Böe‹ kannst du mir erzählen, was dein Dad über die Rune rausgefunden hat.«

Ole und sogar die alte Schafböck beäugten sie abwartend, Mathissen sortierte stöhnend seine Unterlagen.

»Nun sagen Sie endlich zu«, entfuhr es ihm genervt. »Und dann machen Sie sich nützlich und finden Sie heraus, was dieser Däne will und wie wir ihn loswerden.« Er klatschte in die Hände, verschränkte die Arme hinter seinem Rücken und stand kerzengerade vor ihnen. »Ich wäre Ihnen allen verbunden, wenn wir nun wieder das tun könnten, wofür wir bezahlt werden. Falls Sie es noch nicht mitbekommen haben: Dort draußen tobt ein Sturm, vor dem Tresen sammeln sich Zivilisten und ein Wikingerboot lässt die Leute durchdrehen.«

»… Schiff«, flüsterte Lene leise, als sie Mathissens Büro verließ.

»Wie bitte?«, schallte es aus dem Raum.

Lenes Mundwinkel zogen sich nach oben, während sie zum Verhörraum ging.

*

Victor Rasmussen sah sie so feindselig an, als wäre er am liebsten über den Tisch gesprungen und hätte sie gewürgt. Fast eine Stunde saßen sie sich bereits gegenüber. Auf eine gewisse Weise genoss Lene es, richtige Polizeiarbeit zu machen.

Endlich war sie wieder in ihrem Element.

»Wie kommen Sie darauf, dass auf Sylt ein Unglück passieren wird?«, wollte sie zum wiederholten Male wissen. »Haben Sie damit zu tun? Es vielleicht sogar geplant?«

Er wollte die Hände über dem Kopf zusammenschlagen, wurde jedoch von den Handschellen um seine Gelenke zurückgehalten. »Das habe ich Ihnen doch schon mehrfach gesagt. Langweile ich Sie nicht damit?«

Lene lehnte sich zurück. »Langweilen Sie mich erneut. Vielleicht habe ich ja etwas überhört.«

Rasmussen beugte sich nach vorn und sah sie eindringlich an. »Der große Wikinger Frederik Tryggvason floh vor den Häschern Haralds des Harten in dem Glauben, die Stadt Haithabu retten zu können.«

»Mit der Kriegskasse und der Lieblingssklavin des verfeindeten Königs.« Faszinierend und völlig unglaubwürdig zugleich. Lene tippte mit den Fingerspitzen auf den hölzernen Tisch. »Allerdings lag Haithabu an der Schlei, Sylt liegt in der Nordsee. Wie passt das zusammen?«

Die Inbrunst verschwand für einen Herzschlag aus seinen Augen. Sie konnte sehen, wie sehr Victor Rasmussen mit sich kämpfte. Die blonden Strähnen wirbelten um ihn, als er den Kopf schüttelte.

»Ich weiß es nicht.«

»Aber dass Sie ein Nachfahre von Tryggvason sind, das wissen Sie?« Lene zog eine Augenbraue nach oben. »Wissen Sie auch, wie er Kinder bekommen haben soll? Die Aufzeichnungen enden mit seiner Flucht aus Haithabu und dort soll er ohne Nachkommen gewesen sein.«

Rasmussen zerrte an seinen Fesseln. »Ich weiß es nicht.«

»Und warum sollte ein uralter Fluch gerade Sylt treffen, wo die Insel mit Frederik Tryggvason so viel zu tun hat wie mit Leberknödeln oder Weißwürsten?«

»Ich weiß es nicht«, hauchte er leiser.

»Dafür, dass Sie mehrmals in eine Polizeiwache eingedrungen sind und Ihre Ansichten lauthals verkündet haben, wissen Sie ziemlich wenig.«

»Was ich weiß, ist, dass Tryggvason einen Fluch aussprach. Schiff, Kapitän und Schatz müssen vereint in der See ihre letzte Ruhe finden. Es wird seit Generationen in unserer Familie erzählt. Er hoffte, dass er sich damit vor Haralds Männern würde schützen können.«

Lene machte sich Notizen, und obwohl ihr Stift eifrig über den Block sauste, gab sie sich Mühe, gelangweilt dreinzublicken. »Hat es geklappt?«

»Wie bitte?«

»Ob es geklappt hat.« Sie drückte ihr Kreuz durch. »Ist Tryggvason entkommen? Konnte er mit seiner Liebe fliehen, sich ein schönes Leben mit dem Schatz machen?«

Erneut stockte Victor Rasmussen, sein Mund stand offen. »Ich weiß es nicht«, gestand er schließlich ein.

Sie klappte ihren Block zu und steckte ihn in die Innentasche ihrer Polizeijacke. »Gut, dann wären wir hier fertig.« Lene erhob sich und fuhr mehrmals über ihre mittlerweile getrocknete Hose. »Wir haben viel zu tun. Ich bin mir sicher, wenn Anzeige erstattet wird, werden Sie einige Zeit zum Nachdenken haben. Alleine der Verdacht des Mordes an Wibke Röhrnes reicht aus, um Sie in Untersuchungshaft zu nehmen.« Lenes Augen funkelten angriffslustig. »Ich bin mir sicher, Sie haben irgendetwas mit ihrem Tod zu tun. Falls sich der Verdacht erhärtet oder Sie und Ihre Schwester weiterhin in der Nähe der Wache herumlungern, werden wir Sie wegen Widerstands gegen die Staatsgewalt festnehmen. So oder so würde ich mir gut überlegen, meine kruden Theorien weiter zu verbreiten.«

Lene rieb sich über den Hinterkopf und ließ den Typ nicht aus den Augen. Keine Frage, er glaubte verbissen an seine Worte, war bestimmt nicht dumm und sah tatsächlich aus, wie sie sich einen modernen Wikinger vorstellte. Er wäre ein gutes Model für Outdoorbekleidung gewesen. Allerdings sah Lene momentan einen Fanatiker vor sich, der dringend eine Therapie benötigte. Sie konnte nicht begreifen, wie man sich solchem Aberglauben hingeben konnte.

Lene öffnete die Tür und wartete im Rahmen. »Bitte machen Sie uns keine Scherereien mehr.«

»In Rungholt haben sie jene, die vor dem Fluch warnten, auch für verrückt erklärt.«

Lene schloss kurz die Augen. Den Namen dieser Insel in den Mund zu nehmen, ließ jeden waschechten Sylter für einen Moment innehalten. Man wurde nicht gerne daran erinnert, was vielleicht irgendwann – hoffentlich nie – dem eigenen Eiland zustoßen könnte.

»Rungholt? Die Insel, die wahrscheinlich während der Grote Mandränke, dem Großen Ertrinken, vom Meer geschluckt wurde?« Langsam und voller Zorn drehte sie sich um. »Sie bewegen sich auf ganz dünnem Eis, Rasmussen.«

»Genau.« Er nickte. »Rungholt lag nicht weit von hier, habe ich recht? Im Jahre 1362 nahm sich das Meer sein Land zurück.«

»Noch eine düstere Familiengeschichte, die man von Generation zu Generation erzählt, damit sich jedes Kind besonders fühlen kann?« Lene blieb im Verhörraum und ließ die Tür knallen.

Was bildete sich dieser Leichtmatrose und Lügenbaron ein?

»Was haben Sie mit meiner Insel vor?«, zischte sie und stützte die Hände auf dem Tisch ab, um in seinen Augen zu lesen. »Einen Anschlag? Rechtsextrem? Linksextrem? Oder geht es Ihnen um die Umwelt? Was haben Sie vor, Rasmussen?«

»Ich will Sie warnen«, flüsterte er.

Der Wind peitschte unaufhörlich gegen die Backsteine des Polizeireviers. Das Licht flackerte unangenehm und zauberte einen Schauer über ihren Rücken.

»Wovor?«

»In Rungholt soll angeblich das Schiff von Frederik Tryggvason gesichtet worden sein, die Menschen wollten es an Land ziehen und den Schatz plündern.«

»Und weil Ihre Großmutter Ihnen die Geschichten

erzählt hat, dringen Sie in Polizeigebäude ein und verbreiten mit Ihren Hirngespinsten Angst und Schrecken?«

Sie musste gar nichts mehr sagen. Lene konnte sehen, dass er wusste, wie unglaubwürdig seine Worte klangen.

»Nun … ich … Es ist wahr. Sie müssen mir glauben. Lauschen Sie!«, forderte er auf und hob die Hände, soweit es ihm möglich war. »Hören Sie denn nicht die Vorboten?«

Hätte ihr Vater am gestrigen Abend nicht denselben angstvollen Blick besessen, hätte sie laut gelacht. Doch sie musste sich eingestehen, dass es eine Handvoll zu viele Zufälle waren, als dass man nicht zumindest besorgt sein sollte.

Konnte es wirklich Tryggvasons Schiff sein? Wie kam es nach Sylt, wenn er auf die Ostsee flüchtete? Und wo ist der sagenumwobene Schatz von Haithabu?

»Sie sind verrückt«, spie sie hastig, ließ ihn allein und warf die Tür hinter sich zu.

Warum blieb dieses ungute Gefühl zurück?

Lene biss die Zähne zusammen. Es gab zu viel zu tun. Dies war nicht die Zeit für Ammenmärchen und bestimmt würde Sylt keiner Flut anheimfallen.

Mit energischem Schritt ging sie durch den Gang und blieb erst stehen, als sie durch ein Fenster blicken konnte. Es wurde nicht richtig hell dieser Tage. Der Sturm behielt die Insel im Würgegriff und schien stündlich an Kraft zu gewinnen. Wenn es so weiterging, würde dieses bescheuerte Schiff von allein zurück ins Meer getrieben. Dann wäre der ganze Spuk vorbei, und sie könnte endlich ihre Gedanken sortieren, während sie auf der Insel eine ruhige Kugel schob.

Lene atmete einmal durch, richtete ihre Haare und schritt zum Empfangsschalter. Sylt vom Meer geschluckt? Der bloße Gedanke daran ließ Übelkeit in ihr aufsteigen.

Augenblicklich verbot sie sich solche Grübeleien. Rasmussen musste von Sinnen sein. Warum nur fand sie etwas in seinen Augen, das ihr Angst machte?

Der Andrang am Empfangstresen hatte zugenommen. Es gab alle Hände voll zu tun und sie war dankbar, dass sie nicht weiter darüber nachdenken musste.

KAPITEL 8 – GRÜSSE AUS DER VERGANGENHEIT

Was für ein Tag!

Lene konnte kaum die Augen offen halten. Sie hatte aufgehört, die vielen Beschwerden und Anzeigen zu zählen, die heute eingegangen waren. Jeder Reporter auf Sylt schien einmal am Tag in der Wache vorbeizuschauen, um an neue Informationen zu gelangen oder sich lauthals darüber zu mokieren, wie schlecht die Verbindung zum Festland sei. Die Insulaner wiederum wollten nichts sehnlicher als ihre Ruhe und antworteten mit Anzeigen, weil Leihwagen ihre Einfahrten zuparkten, die Presseleute ihre Quartiere nicht räumten oder sie niemanden erreichten, der einen Unfall aufnehmen konnte.

Kurzum: Erst gegen 20 Uhr leerte sich der Eingangsbereich der Polizeistation in Westerland, die Nachtschicht übernahm und Lene konnte durch den Regen nach Hause stapfen, um sich direkt unter die Dusche zu begeben, damit sie zumindest einigermaßen ansehnlich den Abend angehen konnte.

Da sie weder Kleider noch Röcke mitgenommen hatte, mussten Jeans und ein schwarzer Sweater mit Kapuze reichen, um auszugehen und etwas zu essen. In der Hoffnung, dass Vater Kaffee gekauft hatte, durchwühlte sie die Küche und wunderte sich, dass ihr alter Herr wie ein Besessener über ausgebreiteten Büchern hockte. Bei näherer Betrachtung sah die gesamte Wohn- und Küchenlandschaft aus, als hätte er eine Bibliothek überfallen.

»Recherchierst du etwas Bestimmtes?«, wollte Lene beiläufig wissen, gähnte herzhaft und grämte sich, da sie partout keinen Kaffee finden konnte.

Roluf blickte hoch. Er sah aus, als wäre er bei etwas Ungezogenem ertappt worden. »Nein«, antwortete er schnell. »Warum interessiert dich das? Hat es die letzten Jahre doch auch nicht.«

Oh, da war jemand mit dem falschen Bein aufgestanden. »Wollte ich nur wissen. Ich gehe übrigens noch aus. Mit Leif van Ohlsen.«

»Wie früher«, brummte er, setzte eine Lupe an und fuhr über die Landkarte eines besonders klein gedruckten Buchs. »Hat er dich nicht schon vor dieser ominösen Abiturfeier abgeholt? Du weißt schon, der Fete, bei der ihr euch einfach weggeschlichen habt, um Gott weiß was zu tun. Damals kam er mit der dicken Protzkarre seines Vaters an.« Roluf hielt inne. Erinnerte er sich gerade an die letzten schönen Tage, bevor seine Welt zerbrochen war? »Wollte wohl Eindruck bei uns schinden, der junge Bengel. Schade, dass aus euch nichts geworden ist.«

Er klang enttäuscht. Wahrscheinlich hätte er es nur zu gerne gesehen, wenn sie in der Kirche Sankt Nicolai vor den Altar getreten wären.

Der kleine Ausflug in die Vergangenheit amüsierte Lene. Ein flüchtiges Lächeln stahl sich auf ihre Lippen, während sie an diesen wunderschönen Sommerabend zurückdachte, an dem Leif sie abgeholt hatte.

»War echt 'ne schöne Zeit.« Gedankenverloren riss sie die Verpackung eines Schokoriegels auf, um die Müdigkeit zu bekämpfen. »Sollen wir dir irgendetwas aus der ›Alten Böe‹ mitbringen?«

»In den Laden geht ihr?« Entrüstet klappte er das Buch zu und trat näher. »Erst wenn die Fische übers Wasser gehen!«

»Wieso?«, wollte Lene wissen und lugte auf den Buchdeckel. Das gab es doch nicht! Ihr Vater studierte ein Buch über die Wikingerstadt Haithabu. Ohne es sich anmerken zu lassen, schweifte ihr Blick über die anderen Wälzer und Aufzeichnungen. Sie alle beschäftigten sich mit Strömungen von Nord- und Ostsee, den Handelsrouten der Wikinger und deren Gepflogenheiten. Deshalb die Augenringe, darum das vorgegaukelte Desinteresse. Die Geschichte musste Roluf genauso mitgenommen haben wie sie selbst.

»Hat sich viel verändert in den letzten Jahren?«, plauderte sie beiläufig, schlenderte zum Tisch und überprüfte seine Notizen.

»Hm?« Er war schon in ein anderes Exemplar vertieft. »Was meinst du?«

»Die Wirtin Swantje? Hat sie viel in der ›Alten Böe‹ verändert?«

»Viel verändert?« Er spuckte die Worte, als wäre allein der Gedanke an die Gaststätte eine Straftat. »Früher, als ich mit dir und deiner Mutter dorthin gegangen bin, war es gemütlich. Das Essen war lecker, das Bier schmeckte und war günstig. Mittlerweile kannst du den Fraß kaum noch bezahlen und er schmeckt nicht. Und dann diese todschicken Cocktails, die Swantje mixt. Zuckersirup mit Farbe, sage ich dir. Als ob ein Regenbogen Durchfall hätte.«

Das war fast witzig. So kannte sie ihren alten Herrn gar nicht. Sie lächelte schief.

Es klingelte an der Tür.

Leif hatte sich ganz schön herausgeputzt. Die Schultern seines Mantels glänzten vom Regen und sein schicker dunkelblauer Anzug und die braunen Schuhe waren durch die

Feuchtigkeit eine Nuance dunkler geworden. Die Haare hingen nass im Gesicht und gaben seiner Erscheinung etwas Verwegenes.

Und sie? Trug einen ausgeleierten Pullover mit der Aufschrift »Polizei NRW – Wir haben den längsten ... Schlagstock.«

Ein Scherz ihrer Abschlussklasse der Polizeihochschule Münster. Am liebsten wäre sie im Boden versunken. In ihrer Erinnerung war die »Alte Böe« ein dreckiger Laden mit undurchsichtigen Fenstern und verrauchter Luft, wo es Backfisch und »Küstennebel« für ein paar Groschen gab.

»Schick siehst du aus«, hauchte Lene und überlegte händeringend, ob sie nicht doch etwas anderes anziehen sollte. Andererseits, es war spät und ihr Magen knurrte.

»Danke, du ...«, er lächelte und drückte ihr zwei Küsse auf die Wangen, »... hast noch nicht ausgepackt?«

»Witzig.« Sie lachte zwar nicht, trotzdem mochte sie seinen Humor. Nach dem schlechten Start auf der Insel war es genau das, was sie brauchte. Mit einem Ruck packte sie ihre Tasche mit dem Runenstein, den sie Leif zeigen wollte, und verabschiedete sich von ihrem Vater. »Komm, lass uns gehen.«

»Aber gern doch.« Leif hielt ihr die Tür auf und lehnte sich ins Haus. »Einen schönen Abend, Herr Cornelsen.«

»Danke, Leif, und du bringst sie mir schön um 23 Uhr zurück. Genau wie damals.«

Leif stockte, bis er erkannte, dass Roluf einen trockenen Witz gemacht hatte. Wann hatte Vater einen Sinn für Komik entwickelt?

Die Müdigkeit war auf der Stelle verflogen, als kalter Regen auf ihre Haut fiel und ihr Zopf vom Wind erfasst wurde. Es waren nur wenige Meter bis zu seiner »Protzkarre«, wie Vater sagen würde, jedoch reichten sie aus, um ihren gelben Friesennerz mit Wasser zu überziehen.

»Schietwetter«, schimpfte Leif und schloss die Türen. »Bist du bereit für ein wenig ›Küstennebel‹?«

Eigentlich hätte sie genau den nötig gehabt. »Ich muss morgen arbeiten.«

»Ich auch, aber so ein kleiner Kater hat noch niemandem geschadet.«

»Du weißt, dass ich Polizistin bin?«

Leif startete den Wagen. »Okay, dann nur ein Abendessen.«

Sie knuffte ihm in die Schulter. »Erst das Essen, dann der ›Küstennebel‹.«

*

»Und er ist wirklich Tänzer geworden?«, prustete Lene und füllte sich Wein nach.

Leif nickte heftig und kam aus dem Lachen nicht mehr heraus. »Das musst du dir mal vorstellen. Jasper Schorn, der Schulschläger mit Armen so dick wie Baumstämme, ist tatsächlich nach Köln gegangen und hat sich geoutet.« Offensichtlich tat es Leif gut, auf andere Gedanken zu kommen, und er genoss es, nicht an den Tod seiner Mitarbeiterin zu denken. Zumindest für den Moment.

Er hob die Hand, um von Swantje noch eine Flasche des eiskalten Weißweins zu ordern. »Es gibt Videos von ihm, wie er über das Parkett tanzt. Gar nicht schlecht, sage ich dir.«

»Freut mich, dass er sein Glück gefunden hat, aber schwer zu glauben, dass dieser Muskelberg nicht Boxer geworden ist. Hat Jasper dir nicht auch ein Veilchen verpasst?«

»Drei Mal sogar!« Leif schlug amüsiert auf den Tisch. »Seine Schläge kamen so schnell, dass ich gar nicht reagieren konnte.«

Sie lachten gemeinsam, während sich die Wirtin Swantje durch das Gedränge kämpfte, ihre Flasche austauschte und ihre leeren Teller anhob.

»Hat es geschmeckt?«, wollte sie in dem schnellen, schnoddrigen Tonfall wissen, den Lene von früher kannte.

»Der Fisch war großartig, vielen Dank.«

Lene musterte die Frau eindringlich. Ihre blonden Haare waren hochtoupiert, ihr Gesicht völlig überschminkt und die Kleidung schien aus den 80ern. Die schmale Taille hatte sie behalten können. Es war, als wäre die Zeit stehen geblieben. Ganz im Gegensatz dazu war die Wirtsstube nicht wiederzuerkennen. Aus dem dunklen Loch mit klebrigem Boden und piepsenden Spielautomaten war ein gemütliches Restaurant geworden. Die Befürchtungen, die ihr Vater geweckt hatte, hatten sich glücklicherweise nicht bewahrheitet. Kein Etepetete-Schuppen, in dem die Sommeliers Fliegen trugen und über eine rauchige Note im Abgang schwadronierten. Sogar eine Theke, an der Bier in schicken Flaschen ausgeschenkt wurde, gab es noch. Eine helle Einrichtung, saubere Gläser, viele junge Kellnerinnen und Kellner, die ihr Handwerk verstanden – Swantje hatte alles richtig gemacht. Wahrscheinlich ein Zugeständnis an den Tourismus auf Sylt. Nur sie selbst war noch die Alte.

»Das freut mich, Lenchen. Und schön, dass du wieder da bist.«

Ein kurzer Moment der Überraschung ließ sie in Lethargie verfallen. Damit hatte sie nicht gerechnet.

»Oh, ich wusste nicht, dass es rum ist, dass ich zurück bin.«

»Die Insel ist klein«, murmelte die Wirtin und schenkte ihr ein kurzes Lächeln. »Deinem Vater hat es damals fast das Herz gebrochen. War oft hier und hat bis in die Morgenstunden getrunken.« Geschickt stapelte sie die Teller auf ihrem Arm. »Na ja, zumindest bis ich renoviert habe. Grüß ihn schön von mir, und wenn er mal reinschneit, geht das erste Bier auf mich.«

Swantje hatte recht. Die Insel war klein und außerhalb der Saison gab es nicht viel zu erzählen. Da war es nur folgerichtig, wenn man den neuesten Tratsch austauschte.

»Mach ich«, rief sie ihr hinterher, obwohl sie schon zwei Tische weiter war. Lene trank bedächtig. Die Sache mit ihrem Vater versetzte ihr einen Stich ins Herz.

»Mach dir nichts draus«, sagte Leif und legte seine Hand auf ihre. »Was vergangen ist, ist vergangen.«

»Und wie ist es bei dir?«

»Bei mir?«

Lene widerstand dem Impuls, ihre Hand wegzuziehen. Sie spürte die Wärme seiner Haut, ein Kribbeln durchzog ihren Körper, ihr Geist war hin- und hergerissen und doch ließ sie die Hand einfach auf der Tischplatte liegen.

»Was ist dem schnieken Leif van Ohlsen in den letzten Jahren passiert? Um ganz ehrlich zu sein, dachte ich, dass du Karriere in einer Kanzlei in Hamburg machst.«

Mit einem Mal war das sonst so hypnotische Glänzen in seinen Augen verschwunden und wurde von einem matten Blick verdrängt. »Das wollte ich auch«, antwortete er mit fester Stimme. »Dann kam der Tod meiner Eltern dazwischen und ich habe das Sylter Heimatmuseum und die Familienstiftung vom einen auf den anderen Tag übernommen.«

Die Worte trafen sie wie ein Faustschlag in die Magengrube. »Wie bitte? Deine Eltern sind verstorben?«

»Ihr Schiff ging auf einer Forschungsreise unter, ihre Leichen wurden nie gefunden«, erklärte er mit knappen Worten das Unaussprechliche. »Ole und ich waren am Boden zerstört. Weißt du, ich war gerade 20. Doch wir hatten uns und das Heimatmuseum, also machten wir weiter.«

»Oh Gott, Leif.« Niemals hätte sie gedacht, dass dieses so charmante Lächeln eine so traurige Geschichte verbarg. Jetzt war sie es, die ihre zweite Hand auf die von Leif legte, um ihm zumindest den Hauch von Trost zu spenden.

Zu ihrer Überraschung zog er seine Hand zurück, goss Wein nach und streckte den Rücken durch. »Das ist lange her. Nur ein paar Monate nachdem du die Insel verlassen hast, ist es passiert. Lass uns über etwas anderes reden: Hat dieser Däne noch etwas von sich gegeben?«

»Nicht wirklich.« Es tat gut, dass der Wein die schwermütigen Gedanken fortspülte, und auch Leifs Gesellschaft trug einen großen Teil dazu bei, dass sie sich wohlfühlte. »Er warnte, dass der Fluch schon die Zweite Marcellusflut ausgelöst habe, und bekräftigte, dass Schiff, Kapitän und Schatz vereint in der See ihre letzte Ruhe finden müssten.«

»Ansonsten würde es erneut ein großes Ertrinken geben, wie einst im Januar 1362, als Rungholt verschwand?«, ergänzte Leif.

»So in der Art.«

Leif schüttelte verächtlich den Kopf, legte das Glas an die Lippen und sah durch das Fenster in den Sturm. »Und was ist mit dir?«

»Mit mir?«

Er lehnte sich energisch nach vorn und ergriff ihre Hand. »Was glaubt die Oberkommissarin? Liegt im Kliff nicht weit von hier das legendäre Schiff des Verräters Frederik Tryggvason mit seinem Schatz?«

Begann er etwa, ganz langsam ihre Fingerkuppen zu streicheln? Müdigkeit, Alkohol und aufkommende Lust vernebelten ihre Sinne.

»Vielleicht«, hauchte sie herausfordernd. »Und vielleicht war er gar nicht der feige Wikinger, für den ihn alle hielten.« In einer Bewegung legte sie den Runenstein auf den Tisch und entfaltete das Tuch, das Roluf um ihn gewickelt hatte. »Mein Vater hat ihn übersetzt. Es ist eine Mischung aus älterem Futhark und der angelsächsischen Erweiterung Futhorc.«

»Das heißt?« Ehrfürchtig fuhr seine freie Hand die gemeißelten Rillen des Steins ab.

»Das heißt, dass der Verfasser ziemlich rumkam.«

»Wie ein erfolgreicher Händler.«

»Oder ein Wikinger während vieler Beutezüge.«

Leif nickte und ein Mundwinkel zuckte amüsiert. Das Stimmengewirr der anderen Gäste war völlig egal geworden. Das aufmerksame Schimmern seiner wachen Augen war zurückgekehrt.

»Was besagen die Runen?«

»Du weißt vielleicht, dass sie meist nur Stichwörter geschrieben haben, also zum Beispiel über eine große Schlacht nur: *Großer Sieg, Winter, viel Beute, in Hedeby*, anstelle eines großen Berichts.«

»Natürlich.« Er nickte so hastig, dass Lene Angst hatte, er würde sich den Nacken auskugeln. »Vieles ist Interpretationssache, man muss die Geschichte im Kopf zusammensetzen.«

»Mein Vater hat es getan. Du weißt, er hat da ein Faible für.«

»Und?«

»Wenn in seiner Interpretation auch nur ein Fünkchen Wahrheit steckt, dann hat Frederik Tryggvason seinen König nicht verraten, sondern wollte den Feind von der Stadt weglocken, stahl deshalb den Schatz Haralds des Harten und verliebte sich obendrein noch in dessen Lieblingssklavin.«

»Tragische Geschichte.« Er intensivierte seine Zärtlichkeit. »Und leider nicht wirklich von Erfolg gekrönt.«

»Nein. Harald Hardråde plünderte die Stadt, tötete die Männer, vergewaltigte die Frauen, machte aus ihnen Sklavinnen und brannte Haithabu nieder. Die übliche Kriegstaktik zu jener Zeit.«

Offensichtlich amüsiert über ihren laxen Tonfall zog Leif die Augenbrauen nach oben. »Und der *tapfere* Wikinger Frederik und seine Geliebte?«

»Mathilda. Sie flohen mit dem Schatz und wurden nie wieder gesehen.«

Etliche Sekunden schwiegen sie sich an und tauschten tiefe Blicke, in denen Lene eine Gänsehaut spürte. Leif beugte sich weiter zu ihr, seine Stimme wurde leiser, fast ein Flüstern, sodass sie sich ebenfalls über den Tisch lehnen musste. Nur wenige Zentimeter trennten ihre Lippen.

»Und der Schatz?«, wisperte Leif und streichelte weiter ihre Hand.

»Niemand weiß es. Doch wenn es wirklich Tryggvasons Schiff sein sollte, würde ich da suchen.«

Er kam näher, küsste ihre Wange. »Tja, dann habe ich ja einen richtigen Glückstreffer gelandet, wenn das Schiff des Frederik Tryggvason endlich ins Heimatmuseum kommt.«

Lene wurde heiß und kalt zugleich. Sie legte den Kopf zur Seite und begann nun ihrerseits, seine Haut zu küssen. Langsam berührten sich ihre Lippen.

»Die Besucherzahlen werden explodieren. Ich meine, nicht dass eure Familie es nötig hätte, aber sie würden aus der ganzen Welt anreisen, um diese Geschichte zu hören.«

»Das will ich doch hoffen«, gab Leif gepresst von sich und drang mit der Zunge in sie ein.

Es war, als würden wunderbare Stromstöße jede ihrer Nervenbahnen stimulieren. Jahrelang hatte sie niemanden anderen als ihren Mann geküsst und jetzt trat Leif in ihr Leben und weckte eine längst vergessene Sehnsucht.

Ihm gelang es, das Feuer der Lust in wenigen Küssen auflodern zu lassen. Lene schloss die Augen und gab sich vollends seinen Berührungen hin. Viel zu früh trennten sich ihre Lippen.

»Auf Frederik, Mathilda und die Liebe.« Leif erhob sein Glas und hielt weiter ihre Hand.

Lene ließ die Gläser nur allzu gerne klingen. »Auf den Schatz«, erwiderte sie und forderte einen weiteren Kuss.

Der Abend war einfach zu schön, um jetzt beendet zu werden.

KAPITEL 9 – WELLEN DER LUST

»Und jetzt?« Lene lallte und spürte, wie der Wein sie angenehm in einen kleinen Rausch versetzte, dem sie sich nur allzu gern hingab.

»Jetzt fahren wir an die Küste, beobachten die Blitze und knutschen auf der Rückbank rum.«

Sie konnte sich ein Lachen nicht verkneifen. Okay, offensichtlich war auch er nicht vollkommen nüchtern. Mittlerweile waren alle Tische leer, an der Theke tranken eine Handvoll Reporter ihr letztes Bier, und obwohl nicht bestellt, schlenderte Swantje mit der Rechnung und einem Lesegerät zu ihnen.

»Es ist Zeit für euch beiden Hübschen«, sagte sie lächelnd und legte beides auf die Tischplatte. »Wir nehmen alle Karten. Glücklicherweise die einzige Verbindung, die dauerhaft funktioniert.« Sie stellte einen letzten »Küstennebel« auf den Tisch und verschwand hinter ihre Theke.

»Ich übernehme das«, sagte Leif mit fester Stimme und brauchte zwei Anläufe, um seine Geldbörse aus dem Jackett zu fummeln. »Immerhin habe ich dich eingeladen.«

»Danke schön«, hauchte Lene und nahm wahr, wie sich die Welt ein wenig schneller drehte, als es ihr lieb war. Das Piepgeräusch des Kartenlesegeräts ignorierte sie beflissen.

Definitiv hätte sie zwischendurch ein Glas Wasser trinken müssen, aber es war einfach zu verführerisch gewesen, sich dem Alkohol und der überaus charmanten Begleitung hinzugeben.

Nachdem das Gerät zum fünften Mal die Karte ablehnte und dies mit einem lauten Piepen kundtat, wurde Lene stutzig.

»Alles okay?«

»Die Verbindung scheint weg zu sein.« Leifs Lächeln war verschwunden, seine Miene angestrengt. »Dieses verdammte Mistding.« Er probierte eine zweite Karte, allerdings war das Ergebnis dasselbe. »Das kann doch nicht …«

»Warte!« Erstaunlich grazil zog Lene ihr Portemonnaie aus dem verschlissenen Friesennerz ihrer Mutter. Dabei fiel er vom Stuhlrücken auf den Boden. »Du hast mich gerettet, ich lade dich dafür ein.«

»Aber …«

»Kein Aber«, sagte sie, stand schwungvoll auf, nahm Rechnung und Lesegerät an sich und ging mit federnden Schritten zur Theke, während sie ihm noch einen Handkuss zuwarf. »Das ist das Mindeste, was ich für meinen Retter tun kann. Ups!« Lene stolperte über die auf dem Boden liegende Jacke und konnte sich mit einer geschickten Drehung retten.

»Gut in Form bist du ja«, stellte Swantje fest, die Brille auf die Spitze ihrer Nase gelegt. »Das Festland hat dir gutgetan.«

Lene zuckte mit den Schultern. So gerne sie die Wirtin mochte, aber jetzt war nicht der richtige Zeitpunkt, um das Für und Wider ihrer Handlungen zu reflektieren.

Dafür war sie einfach zu betrunken … und zu erregt.

»Manchmal braucht es einfach Veränderung«, entgegnete Lene und zog ihre Kreditkarte durch das Lesegerät. Es bestätigte sofort beim ersten Anlauf. »Immerhin müsstest du es am besten wissen.«

»Ja. Da hast du recht, Kindchen.« Swantje sah sich in ihrer renovierten Gaststätte um. Ein Hauch von Wehmut lag in ihren Augen und ihr Blick landete auf Leif. »Zumindest bei manchen Sachen. Andere wiederum hätten ruhig für alle Tage so bleiben können.«

»Du meinst …«

»Seine Eltern waren beliebte Leute, das weißt du ja. Haben viele Organisationen unterstützt, ihren Mietern auch mal ein paar Monate erlassen, wenn die Touristen im Spätherbst ausblieben. Waren sich nie zu schade, auch das alte Heimatmuseum mit eigenen Mitteln auszubauen oder im Bierpavillon während des Biikebrennens zu zapfen. Sie halfen sogar mit, das alte Kapitänshaus oberhalb des grünen Kliffs umzugestalten, und erschufen daraus das neue Sylt Museum. Fleißige Leute waren das. Ein wenig arrogant, aber immer freundlich.«

Lene konnte sich gut an Leifs Eltern erinnern. Sie waren der Inbegriff von Höflichkeit und Stil gewesen. Als kleines Mädchen hatte sie sich vorgestellt, dass so Adelige leben mussten.

»Ihr Tod hat uns alle hart getroffen«, fuhr Swantje fort. »Sankt Christophorus platzte bei ihrer Beerdigung aus allen Nähten.«

»Ich Dummkopf habe es erst heute erfahren.«

»Mach dir nichts draus.« Sie zuckte mit den Schultern. »Ändern kannst du es jetzt eh nicht mehr. Bin ja schon froh, dass er und sein Bruder sich wieder aufgerappelt haben. War bestimmt nicht einfach nach dem Entzug.«

Lene war schon dabei gewesen zu gehen. Sie fühlte sich alles andere als wohl, über den Mann zu reden, mit dem sie gerade rumgeknutscht hatte, besonders nicht mit einer Klatschbase, die sie jahrelang nicht gesehen hatte.

Leider siegte die Neugier über den Anstand. »Welcher Entzug?«

»Sein kleiner Bruder Ole«, erklärte sie, als wäre es das Normalste der Welt, und polierte dabei ein Glas. »Alkohol und Drogen. War fast ein halbes Jahr auf dem Festland. Leif besuchte ihn, sooft es ging.«

Es war schwer, nicht über die Schulter zu blicken. Mit jedem Atemzug, jeder neuen Erklärung wurde er noch sympathischer, noch netter … noch anziehender.

»Kannst dir vorstellen, dass die Einnahmen des Museums darunter litten. Der Junge war gerade mal 20. Über Monate war es nur sporadisch geöffnet. Beinahe hätte er seine Stellung verloren. Nur durch Intervention von Bürgermeister und Polizeichef konnte er weiterarbeiten.« Sie schnalzte und nahm sich ein neues Glas. »Doch es sieht nicht gut aus. Immer weniger Gäste verirren sich ins alte Kapitänshaus. Sie wollen lieber golfen oder feiern in Kampen.« Sie deutete mit der Nasenspitze auf das Kartenlesegerät. »Deshalb passiert das hier auch leider nicht zum ersten Mal.«

»Die van Ohlsens sind pleite?« Lenes Worte verließen so leise ihre Lippen, als hätte sie nur zu sich selbst gesprochen. Ihr Mund stand etwas offen, während sie Leif dabei beobachtete, wie er händeringend versuchte, mit seinem Mobiltelefon ins Netz zu kommen.

Sie biss sich auf die Lippen. Das konnte nicht sein! Der Reichtum der Familie war legendär. Sie hatten Häuser in Westerland besessen, etliche vermietete Ferienwohnungen in Osterende, eine verpachtete Pension in List.

»Was ist mit den ganzen Immobilien? Den Autos und Grundstücken?«

»Man munkelt, dass er alles verkaufen musste, nachdem

seine Eltern ein Schiff gechartert hatten, um neue Exponate für das Heimatmuseum zu finden.«

»Oh Gott.« Die Glückshormone waren verflogen, jetzt war ihr zum Heulen zumute. Und sie beschwerte sich über ihre gescheiterte Ehe.

»Der hat damit nichts zu tun«, erwiderte sie mit starkem nordischem Dialekt. Swantje stellte das Glas in den Schrank und warf sich das Spültuch über die Schulter. »Es waren eher die nicht vorhandenen Versicherungen und die privat finanzierte Suche nach dem Unglück. Aber was weiß ich schon.«

Der letzte Satz hätte falscher nicht sein können. Die alte Swantje hatte früher immer als Erste gewusst, wer mit wem anbandelte, wessen Hund vermisst wurde und wer einen Tausender im Lotto gewonnen hatte.

Lene unterdrückte die aufkommende Trübsal, legte ein Lächeln auf und ging zurück zum Tisch. »Immer noch kein Netz?«

Leif schüttelte den Kopf und steckte sein Handy in die Jacketttasche. »Nein, nur sporadisch. Vielleicht klappt der Funk. Aber bis dahin sind wir ganz allein auf der Insel.«

»Das ist beizeiten auch ganz schön.« Lasziv tänzelte sie hinter ihn und ließ ihre flachen Hände über seine Schultern gleiten. »Wie war das mit dem Absacker?«

»Ich dachte, du bist Polizistin und musst morgen arbeiten?«

Lene beugte sich zu ihm herunter. »Muss ich auch«, raunte sie in sein Ohr. »Aber trotzdem muss ich darauf bestehen, Herr van Ohlsen. Sie wollen sich doch nicht der Staatsgewalt widersetzen?«

Behutsam drehte er sich um und schenkte ihr einen leidenschaftlichen Kuss. »Wie könnte ich, Frau Kommissarin?«

»Oberkommissarin, aber Ihnen lasse ich das gerade noch mal durchgehen.«

*

Das hier war dumm.

Verdammt dumm … und ziemlich heiß!

Es musste eine Ewigkeit her sein, dass Lene sich in Liebesdingen zu etwas Bescheuertem hatte hinreißen lassen. Warum fühlte es sich so gut an, einmal nicht nach den Regeln zu spielen und mit jeder Faser des Körpers den Moment zu genießen?

Von brennender Lust angetrieben, atmete sie aus, als Leif in ihren Nacken biss. Der Regen prasselte auf das Dach seines SUV, während sie mit gespreizten Beinen auf ihm saß, ihre Arme um ihn geschwungen hatte und sie fordernde, leidenschaftliche Küsse tauschten. Draußen tobte der kalte Sturm, im Wageninneren herrschte eine von Begierde geschwängerte Hitze.

Obwohl gefährlich und ziemlich unvernünftig, hatte er sie zu einem Parkplatz am Morsum-Kliff gefahren. Die Straßen waren verlassen gewesen und das Pfeifen des Windes hatte den Motor übertönt, als der Wagen langsam in Richtung Ostflanke gekrochen war. Irgendwie war es naheliegend, in der Nähe des Wikingerschiffs ihrer Lust freien Lauf zu lassen. Auch wenn das Wrack verdeckt war durch Dünen und das nahe Landhaus, hatte es doch einen ganz besonderen Reiz, unweit des Schiffs zu sein, das für so viel Verwirrung und Chaos sorgte.

»Interessante Ortswahl«, keuchte Lene zwischen zwei Küssen. »Interessant und ziemlich hirnrissig. Meinst du nicht, einige Reporter beobachten das Wrack auch nachts?«

»Wenn es so ist, gibt es morgen ein paar schöne Fotos von uns.«

»Wehe!« Sie lächelte und liebkoste mit den Lippen seinen Hals. »Von Fotos in der Zeitung habe ich erst einmal genug. Ich dachte, du suchst dir unseren Leuchtturm Hörnum als Ziel aus.«

»*Unseren* Leuchtturm? Du meinst, in Gedenken an die gemeinsame, atemberaubende Abinacht? Und deinen überstürzten Abgang ein paar Tage danach?« Er strich ihr eine Strähne hinters Ohr. »Du sahst so schön aus in deinem gelben Kleid.«

»Und du im Anzug deines Vaters«, flüsterte Lene. »Wo wir schon dabei sind, kannst du dein Jackett ausziehen?«

Mit dem Austausch von Zärtlichkeiten und Sex in Autos war es immer dasselbe: Es war einfach wundervoll, sich spontan seinen Gefühlen hinzugeben, nur leider ziemlich unbequem.

»Autsch«, schimpfte Leif lachend, nachdem er sich den Ellenbogen gestoßen hatte, und zog ihr den Pullover über den Kopf. »Wir könnten auch zu mir.«

»Da ist Ole«, seufzte sie und bedeckte seinen Hals mit Küssen.

»Oder zu dir?«

»Da wartet mein Vater und ist wahrscheinlich immer noch vertieft in seine Bücher.«

Spielerisch packte Leif ihre Handgelenke und zog sie zu sich. Ihre Augen waren sich so nah. »Mit dir ist es nie einfach, oder?«

»Einfach kann jeder.« Lene riss sich los, presste ihre Lippen auf seine und drückte ihr Becken etwas fester auf seine wachsende Erektion in der Anzughose. Sanft ließ sie ihr Becken kreisen und genoss, wie die letzten Zweifel von hitziger Lust verbrannt wurden.

Zunächst waren ihre Bewegungen vorsichtig, mit denen sie durch den Stoff seine Männlichkeit streichelte, dann konnte sie nicht länger an sich halten und löste hastig seinen Gürtel. Sie drückte ihm einen weiteren langen Kuss auf die Lippen und lehnte sich nach hinten, um mehr Bewegungsfreiheit zu haben und Leif endgültig von seiner Hose zu trennen, als ein Klirren und ein plötzlicher Windzug ihre Aufmerksamkeit auf sich zogen.

»Was zum Teufel …?«

Lene drehte sich um und erstarrte. War da ein Einschussloch in der Seitenscheibe des Beifahrerfensters? Im schummrigen Licht der vorderen Innenbeleuchtung konnte sie es kaum ausmachen, allerdings wurde allzu deutlich, dass hier irgendetwas nicht stimmte.

Lene lauschte in das Gewitter, saß stocksteif auf Leifs Schoß und hielt die Luft an. Der Sturm übertönte jedes Geräusch. Vor ihrer Tür hätte eine Marschkappelle spielen können und sie hätten weiterhin im Fond des Wagens rumgeknutscht, nicht ahnend, was in der Dunkelheit nur wenige Meter neben ihnen vor sich ging.

Erst dachte sie, dass es vielleicht ein Stück Holz gewesen war, das der Sturm aufgenommen hatte, doch als zwei weitere Projektile das Fenster durchschlugen und kreisrunde Einschusslöcher hinterließen, gab es keinen Zweifel mehr.

»Runter!«

»Was ist das?«

»Jemand schießt auf uns«, zischte sie, schwang sich von Leif herab und drückte seinen Oberkörper in den Fußraum.

»Ist das dein Ernst?«

Seine Stimme bebte. Kein Wunder. Lene konnte selbst nicht verstehen, was gerade geschah. Sie waren hier auf

Sylt, verdammt. Hier passierte nie etwas, was nicht mit Dorftratsch, ausgebüxten Tieren oder Auffahrunfällen zu tun hatte.

»Bleib hier.« Die Silben verließen automatisch und erstaunlich aufgeräumt ihre Lippen, während sie die linke Tür der Rückbank öffnete und der Wind ihr ins Gesicht peitschte.

»Was hast du vor?«, rief Leif, der sich im Fußraum zusammenkauerte. »Hast du deine Waffe dabei?«

Lene schüttelte den Kopf. Natürlich nicht. Ordnungshüter nahmen selten ihre Knarre mit zu privaten Dates. Warum auch? Das hier war kein amerikanischer Actionfilm. Obwohl es gerade irgendwie den Anschein hatte.

»Ich muss sehen, was los ist. Hier sind wir leichte Beute.«

Sie wusste selbst nicht genau, wie man sich in so einer Situation am besten verhielt. Immerhin wurde man nicht jeden Tag beschossen. Selbst als Polizistin. Es gab Kollegen, die hatten in 40 Jahren Dienstzeit kein einziges Mal im Einsatz ihre Waffe gezogen. Bei Lene war es zwei Mal der Fall gewesen – und sie hätte sich gewünscht, dass jetzt ein drittes dazugekommen wäre.

Das Schicksal schien es nicht gut mit ihr zu meinen. Andererseits machte ihr Mut, dass die Schüsse offensichtlich unplatziert und aus größerer Entfernung abgefeuert worden waren. Sie hatten nur die Beifahrerseite getroffen, obwohl man sicher hatte sehen können, dass sie sich auf der Rückbank ihren Gefühlen hingegeben hatten. War es der Zufall, der sie in diese missliche Lage brachte? Konnte es ein Halbstarker sein oder ein Ewiggestriger, der das tosende Wetter für Schießübungen nutzte?

Inständig hoffte sie, dass sich alles aufklären würde, während sie geduckt um den Wagen schlich und in die Nacht spähte. Der Mond spendete hinter den vorbeitreibenden

Wolken kaum Licht, aber es reichte aus, um eine Silhouette auf den Sandhaufen auszumachen.

Unweigerlich musste sie an die Sagen von Hörnum denken. Hexen, die auf Dünen tanzten, Geister von ehemaligen Seefahrern, die im Mondlicht ihr Unwesen trieben, und natürlich …

»Was ist los?«, wollte Leif tonlos wissen. »Kannst du was erkennen?«

Ihre Jeans war an den Knien bereits durchnässt. Noch einmal richtete sie sich auf und spähte über das Metall des Fahrzeugs. Wieder war da diese Gestalt.

»Ich glaube, ich sehe den Dikjendälmann«, raunte sie mit weit aufgerissenen Augen in das Innere des Fahrzeugs.

Leif brauchte ein paar Sekunden, um zu verstehen, was sie sagte. »Den Dikjendälmann?« Er schüttelte den Kopf, als würde er versuchen, aus diesem Albtraum aufzuwachen. »Du meinst, du siehst den Seefahrer, der in einer Sturmnacht im Dünental mit seiner Geldkassette landete und dem von Strandläufern die Hand abgeschlagen wurde? Der schießt gerade auf uns?«

Lene zuckte mit den Schultern, ohne dass Leif es sehen konnte. Ihre Worte waren nicht mehr als ein Flüstern im Wind. »Verdammt für alle Zeiten, bei jedem Sturm über die Sylter Dünen zu wandern und mit seinem erhobenen Stumpf laut Gerechtigkeit zu fordern.« Ihr lief ein Schauer über den Rücken. Sah sie tatsächlich gerade eine gequälte Seele?

Schnell holte sie ihr Handy hervor. Kein Netz und selbst der Notruf funktionierte nicht. Natürlich. Das hätte gar nicht zu ihrem ganz persönlichen Horrorfilm gepasst.

Was machten Alkohol und Furcht aus ihr? Es bedurfte all ihrer Willenskraft, sich aus der Stasis zu lösen. Lene setzte zum Spurt an und suchte vor der Düne Deckung.

Sie spürte den Sand zwischen ihren feuchten Händen und die Kälte, die sich in ihre Glieder fraß. Wieder sah sie zum sandigen Hügel. Von der Gestalt war nichts mehr zu sehen. Die Silhouette war verschwunden. Sie suchte die Szenerie ab, doch konnte sie nur noch das Schilf und die hochgewachsenen Gräser ausmachen, die vom Wind herumgewirbelt wurden.

Langsam kroch sie auf die Düne, nahm jede Bewegung um sich herum wahr und blieb mehrere Male völlig still liegen, ihren Bauch gegen den nassen feinen Sand gedrückt, in der Hoffnung, unsichtbar zu bleiben. Wenn der Dikjendälmann neben ihr auftauchen würde, da war Lene sich sicher, würde ihr Herz vor Schreck einfach aufhören zu schlagen.

Die Insel wäre um einen Todesfall reicher und würde wahrscheinlich gar nicht mehr zur Ruhe kommen. So weit wollte sie es nicht kommen lassen. Sie nahm allen Mut zusammen und zwang sich, so schnell es ging, auf den Kamm der Düne zu kriechen. Von hier aus hatte sie bessere Sicht. Obwohl Dunkelheit das Areal beherrschte, konnte sie einen Lichtkegel am Wrack des Wikingerschiffs ausmachen. Lene drehte sich in alle Richtungen. Spielte ihr Verstand jetzt völlig verrückt?

Nicht weit von ihnen, im Landhaus Morsum Kliff, brannten vereinzelte Lichter und Leif war offensichtlich auf den Fahrersitz gekrochen und hatte den Schalter betätigt, damit die Scheinwerfer die Dünen erhellten. Sie winkte ihm zu, er verstand und sie konnte erkennen, wie er mit zwei angeschalteten Taschenlampen in ihre Richtung ging. Am Dünenkamm angekommen, blickten sie außer Atem dem Meer entgegen.

Die Person, die auf sie geschossen hatte, war kein Geist, keine Hexe oder gar der Dikjendälmann – sie war aus Fleisch und Blut, die Bewegungen zwar grazil und schnell, jedoch hatte sie im aufgepeitschten Wasser zu kämpfen, um das Wrack zu erreichen.

Lene wartete in der Dunkelheit und beobachtete die Gestalt, die gefährlich oft ins Wanken geriet. Am liebsten hätte sie diesen Idioten einfach festgenommen. Allerdings war er bewaffnet und sie nicht.

»Funktioniert dein Handy?«

»Nicht mehr«, japste Leif geduckt und drückte ihr die Taschenlampe in die Hand. »Ist das unser Dikjendälmann?«

»Nur wenn er mittlerweile keinen Stumpf mehr an der Hand hat, sondern eine 9-Millimeter-Pistole. Welcher Idiot traut sich bei diesem Gewitter ins Wasser?« Sie musste schreien, damit ihre Worte den pfeifenden Wind übertönten.

»Nur ein Fanatiker wäre zu so etwas fähig.« Leif lehnte sich zu ihr und drückte Lene ihren Kapuzenpullover in die Hand. »Rasmussen ist bei euch hinter Gittern. Er kann es nicht sein. Was machen wir? Der Typ ist bewaffnet. Schnell zur Wache fahren, deine Kollegen informieren und mit der Kavallerie zurückkommen?«

Lene nickte. »Klingt gut.« Alles andere wäre ziemlich unlogisch gewesen. Ganz davon abgesehen, dass dies für das gesamte Verhalten dieses unbekannten Irren galt. Wer schießt dreimal in eine Autoscheibe, um im Anschluss während einer beginnenden Sturmflut zu einem Wrack zu waten?

Dies konnte nur der Entschluss eines völlig Kranken sein. Sie hoffte immer noch auf einen Unfall, ein Versehen oder einfach ein Unglück.

»Sicherheit geht vor. Wenn er bewaffnet ist, tun wir gut daran, Verstärkung zu holen, um diesen Verrückten aus dem Verkehr zu ziehen.«

Gerade als sie sich zum Auto umdrehte, hörte sie Leifs Stimme. »Dazu wird es wahrscheinlich nicht kommen. Sieh nur!«

Kurz blickte Lene gen Himmel, dann wieder zu der Person. Für den Moment war die Wolkendecke gebrochen und der Mond konnte sein helles Licht auf die schäumende See werfen. Deutlich stach der geknickte Mast des Schiffs aus dem Meer hervor und die Wellen brachen sich am alten Holz, als wären sie wütend, dass dieser Fremdkörper ihnen im Weg stand. Tosend umschlossen sie das Gefährt und schienen es mit sich reißen zu wollen.

Und mittendrin die tragische Figur, die ihnen aus unerfindlichen Gründen ihren Abend versaut hatte. Verzweifelt versuchte sie, das Schiff wieder ins Meer zurückzudrücken. Mit aller Macht presste die Gestalt ihr gesamtes Körpergewicht gegen den Bug. Immer wieder wurde sie dabei von Wellen erfasst, beinahe umgestoßen und wie ein Spielball hin und her geworfen. Voller Schrecken mussten Lene und Leif feststellen, dass die Kräfte des Menschen offensichtlich schwanden und sein Kopf für längere Zeit unter Wasser blieb. Es war ein wahnwitziges Unterfangen, das nur von einer großen Todessehnsucht zeugen konnte … Die Tat eines vollkommen Wahnsinnigen.

»Er wird sterben.« Lene ging einen Schritt die Düne herab. Sofort versank ihr Fuß für einige Zentimeter im aufgeweichten Sand. Sie konnte nur erahnen, wie anstrengend es sein musste, beckentief im aufgewühlten Meer zu stehen und gegen die Naturgewalten anzukämpfen. »Nicht mehr lange und das Wasser wird ihn mit sich ziehen.«

Leif fasste ihren Arm. »Lene, wir können nichts … Lenchen!«

Seine Worte waren ein kaum hörbares Nebengeräusch im Sturm. Ohne eine weitere Sekunde zu zögern, preschte sie die Düne hinab. Hätte sie auch nur einen Herzschlag nachgedacht, wäre sie mit Sicherheit starr vor Angst am Strand zum Stehen gekommen. Doch etwas trieb sie ins Wasser. Irgendetwas zwischen Pflichtgefühl und purer Angst, sich dies alles ein Leben lang vorhalten zu müssen. Sie war Polizistin, verdammt, und um Cop zu werden, sollte man ein wenig bescheuert sein. Es gab wenige Berufe, in denen man so sehr die Knochen hinhalten musste, um Menschen zu beschützen. Selbst wenn sie einem Böses wollten, komplett von Sinnen waren … oder im Alleingang versuchten, ein Schiff während eines Sturms ins Meer zu schieben.

Obwohl der Regen sich mittlerweile durch ihre Kleidung gefressen hatte, war es noch einmal ein Schock, als das salzige Wasser ihre Haut benetzte. Es fühlte sich an, als würde sie durch Eis waten. Lene verdrängte die Gefühle und kämpfte sich durch die aufgewühlte See. Mit jedem Meter spürte sie, wie ihre Muskeln stärker brannten. Sie konnte nur behutsam vorgehen, immerhin trug der Typ eine Waffe, gleichzeitig musste sie sich sputen – er würde nicht mehr lange der Kraft der Gezeiten widerstehen können.

Als sie sich bis auf wenige Meter an das Schiff herangekämpft hatte, wurde ihr bewusst, dass ihr Leben am seidenen Faden baumelte. Gerade so konnte sich die Person auf den Beinen halten, Hilfe suchend klammerte sie sich an das alte Holz des Schiffs. Lene wischte ihre Haare aus dem Gesicht und ergriff den Arm der Gestalt.

Sie traute ihren Augen nicht. Es war kein irrer Mann mit Todeswunsch, sondern die Dänin Marie Rasmussen. Ihren Bruder hatten sie heute Morgen verhaftet – eigentlich war er sogar der Grund für das Date –, nun machte auch sie Probleme, die Lene das Leben kosten konnten.

Mit ihrer letzten Energie zog sie die Frau zu sich und suchte mit der freien Hand ein Loch an der Steuerbordseite.

»Sind Sie verrückt?«, schrie Lene und versuchte durch tiefe Atemzüge die Milchsäure aus ihren Muskeln zu vertreiben. »Wollen Sie sich umbringen?«

»Wir werden alle sterben, wenn Sie mir nicht helfen«, antwortete Marie Rasmussen keuchend. Ihre langen hellblonden Haare waren von einer Mütze verdeckt. Nur eine Strähne fiel über ihr Auge und ihre Energie schien so erschöpft, dass sie sich an Lene festhalten musste, um nicht umzufallen. »Sie müssen mir helfen, das Schiff ins Meer zu schieben. Nur dann können wir das Unglück abwenden.«

Lene spuckte ins Wasser. »Sie sind genauso bekloppt wie Ihr Bruder.«

Die Stimme der Frau zitterte vor Schwäche und Zorn. »Es gibt nur diese Möglichkeit.«

»Ich werde Sie hier nicht sterben lassen!« Lene zog die Mütze herab und packte ihre Haare. »Los jetzt!«

»Nein!« Sogar jetzt wehrte sie sich noch.

Es war ein gefährliches Unterfangen, mit dieser Furie zu diskutieren. Am liebsten hätte Lene die Frau an ihren Haaren bis zum Strand gezogen, allerdings wurde ihr allzu schnell klar, dass ihr dafür die Kraft fehlte. Das Meer drohte sie beide zu verschlingen.

Eine unbändige Angst packte sie und aus purer Verzweiflung schlossen sich ihre Finger weiter um den Zopf der Frau. »Sie kommen jetzt mit, ansonsten werden wir beide zu Fischfutter!«

»Sie verstehen nicht … Wir alle werden sterben, wenn …«

»Ruhe jetzt!«

Noch nie war Lene so glücklich, Leifs sonore, tiefe Stimme zu hören. »Passen Sie auf«, sagte er an Marie Rasmussen gewandt. »Ich kenne viele wichtige Leute, doch wir können nur mit ihnen reden, wenn wir überleben. Haben Sie das verstanden?«

Das leuchtete anscheinend selbst dieser Irren ein. Langsam gaben ihre Finger Lenes Arm frei, und es gelang Leif und ihr, die Frau durch das brusthohe Wasser in Richtung Strand zu schleppen. Mehrmals fielen sie in den Sand, doch mit vereinten Kräften erreichten sie den roten Limonit, auf den sie die hustende Dänin etwas abseits der Ostscholle ablegten.

In diesem Moment wurde sichtbar, wie erschöpft sie war. Kaum in der Lage, einen Satz zu bilden, würgte sie Unmengen an Salzwasser hervor und kauerte ausgelaugt auf dem Boden. Auch Lene benötigte ein paar Atemzüge, bis sie sich aufrappeln konnte. Sie durchsuchte die Frau gründlich.

»Keine Waffe«, stellte sie schwer atmend fest. »Nur eine Steinplatte.«

»Vielleicht im Wasser verloren.« Leif musste sich auf seinen Oberschenkeln abstützen. Die Schwäche ließ ihn langsamer reagieren. »Hast du gerade gesagt, dass sie eine Steinplatte bei sich trägt?«

»Von Bord des Schiffs.« Gerade so konnten sie Marie Rasmussens brüchige Stimme durch den Sturm ausmachen. »Sie ist der Beweis, dass es das Schiff von Tryggvason ist.«

Langsam drehte Lene die Tafel vor ihrem Gesicht. Marie Rasmussen wollte sie ergreifen, doch Lene war schneller und zog sie zurück. Sie war dem Stück ähnlich, das sie bei Wibke Röhrnes gefunden hatten.

»Das beweist nur, dass Sie offensichtlich auch den ersten Stein angefertigt haben und somit in direkter Verbindung zu einem Mordfall stehen.«

Plötzlich wurde Lene klar, was hier vonstattenging. Die Kuratorin war ebenfalls erschossen worden, wenn auch nicht mit einer Neunmillimeter. Irgendwie hing alles zusammen und im Epizentrum dieses Wahnsinns waren ohne Zweifel die Geschwister Rasmussen zu finden.

»Sie sind festgenommen«, sagte Lene und steckte den Stein ein. »Alles Weitere klären wir auf der Wache.«

»Verhaftet?« Marie Rasmussen war zu schwach aufzustehen, doch ihre Stimme gewann an Festigkeit. »Ist es ein Verbrechen, wenn wir die Menschen von Sylt retten möchten?«

»Festgenommen, nicht verhaftet«, erklärte Lene aus einem Impuls heraus. »Eine Verhaftung kann nur ein Richter anordnen. Und nein, es ist nicht illegal. Jemanden zu erschießen allerdings schon, genauso wie versuchter Doppelmord.«

»Ich verstehe nicht.«

Lene half ihr auf die Beine. Es wäre einfacher, sie zur Polizeistation nach Westerland zu schaffen, bevor sich die Dänin vollends erholt hätte. Auf dem Weg zum Auto protestierte sie nur zaghaft. Ihre selbstmörderische Badeaktion forderte offenbar ihren Tribut. Vielleicht war ihr auch klar geworden, dass sie in Schwierigkeiten steckte.

KAPITEL 10 – DIE ENTSCHEIDUNGEN, DIE WIR TREFFEN

»Oberkommissarin Cornelsen, wie sehen Sie denn aus?« Mathissen machte keinen Hehl daraus, dass er ihr Auftreten zutiefst missbilligte.

Obwohl sie sich fragte, was dieser offensichtliche Workaholic um diese Zeit in der Wache zu schaffen hatte, war sie dankbar, keinem der neuen Kollegen erklären zu müssen, dass sie ebenfalls Polizistin war. Am Gesichtsausdruck der beiden jungen Männer im Raum konnte sie ablesen, dass dies kein einfaches Unterfangen gewesen wäre.

»Und was soll das?«, wollte ihr Chef wissen, legte die Stirn in Falten und baute sich hinter dem Tresen auf. Dabei warf er den Kollegen vielsagende Blicke zu.

»Sie erinnern sich an Marie Rasmussen, Herr Hauptkommissar? Wir mussten sie eben aus der See am Morsum-Kliff fischen. Hat im Alleingang versucht, das Wikingerschiff ins Meer zu hieven.« Lene drückte die Frau vor sich, sodass nur das Holz des Schalters zwischen ihr und Mathissen lag. »Davor hat jemand auf uns geschossen. Müsste Kaliber neun Millimeter gewesen sein, wenn ich die Löcher in der Scheibe von Leifs Wagen richtig deute. Frau Rasmussen war die Einzige in der Nähe. Und wenn Sie sich erinnern, Frau Röhrnes wurde erschossen. Wenn auch mit einem anderen Kaliber.«

Sie konnte sich ein Grinsen nicht verkneifen. Eigentlich war es so einfach. Die beiden Verrückten waren die Hauptverdächtigen in diesem Fall, und wenn sie nicht alles täuschte, würde man bei dem durchgeknallten Geschwisterpaar Munition, Waffen und Pläne finden, die ihre Theorie bestätigen würden. Zweiter Tag, erster Mordfall gelöst.

Natürlich redete Lene viel zu schnell, wie sie es immer tat, wenn die Aufregung sie im Griff hatte. Besonders jetzt, wo Wein und Adrenalin ihr Übriges taten, um das Blut zum Rauschen zu bringen.

»Können Sie das bestätigen?«

Leif nickte.

»Ich war es nicht«, beteuerte Marie Rasmussen indes und schlug mit der flachen Hand auf die Holzplatte. »Ich versuche nur, Sie alle zu beschützen. Glauben Sie mir doch!«

Hauptkommissar Mathissens wacher Blick wanderte von der Verdächtigen zu Lene und wieder zurück. Er stand mitten unter einer Lampe, sodass die feuerroten Haare noch eine Nuance heller schimmerten. Ein komischer Anblick, bei dem Lene unter anderen Umständen laut losgeprustet hätte.

»Hervorragende Arbeit«, sagte er schließlich mit einem Nicken in Richtung der beiden Beamten. »Sie kümmern sich um die Spurensicherung im Kliff. Schauen Sie, welche Spuren sich sicherstellen lassen. Fußabdrücke, Patronenhülsen, Zigarettenstummel, alles ist wichtig. Der Personenkraftwagen von Herrn Ohlsen wird auch beschlagnahmt. Und informieren Sie das Festland, sobald wir wieder Netz haben.«

Lene holte umständlich ihr Mobiltelefon aus der nassen Hosentasche ihrer Jeans. Natürlich – es hatte den Geist aufgegeben. Vielleicht wäre es zu retten, wenn sie es in Reis legte.

»Wir haben immer noch keine Verbindung zum Festland?«

»Per Funk klappt es ab und zu«, erklärte Mathissen ohne Regung. »Doch der Handyempfang scheint zusammengebrochen zu sein. Festnetz funktioniert allerdings tadellos.« Er rang sich ein Lächeln ab, das grotesk in seinem Gesicht wirkte, und sortierte im Anschluss weiter Papiere. »Ich war immer dagegen, öffentliche Telefonzellen abzubauen. Nun werden sie dringend benötigt. Aber auf mich hört ja keiner. Bringen Sie die Verdächtige in die Zelle, in der wir ihren Bruder festgesetzt hatten.«

Etwas in dieser Aussage störte Lene. Sie packte Rasmussen sanft, aber kontrolliert. »Was meinen Sie damit? *Festgesetzt hatten*? Haben Sie ihn verlegt?«

»Nein, entlassen.«

Die Worte wirkten wie ein Schlag in ihr Gesicht. Lene fühlte, wie der Anflug von Taubheit von ihr Besitz ergriff. Sie benötigte einige Atemzüge, um sich davon zu erholen. »Sie haben was?«

Mathissen arbeitete weiter, ohne hochzublicken. »Was, denken Sie, hat Herr Rasmussen sich zu Schulden kommen lassen, Frau Oberkommissarin? Sein Eindringen ist aktenkundig, die Anklage wird an die Staatsanwaltschaft übermittelt und an seine Adresse in Dänemark gesandt. Dann kann er Stellung zur Sache beziehen.« Er klappte gleichgültig eine Akte zu. »Wir haben ihn befragt, seine Aussage aufgenommen und danach mussten wir ihn gehen lassen. Wir sind hier nicht in Guantanamo.«

»Nun ist seine Schwester die Verdächtige in einem Mordfall«, protestierte sie zaghaft, mit der Gewissheit, dass ihr Chef leider recht hatte.

»Sippenhaft gibt es seit dem Dritten Reich glücklicherweise nicht mehr.« Er sah kurz und abwertend auf. »Das müssten selbst Sie wissen. Und nun erledigen Sie den Papierkram. Die Befragung werde ich übernehmen.«

Als ob diesen Roboter in Menschenform nichts aus der Ruhe bringen könnte, schlossen sich seine Finger um Marie Rasmussens Arm und er geleitete sie wortlos in den hinteren Teil der Wache.

Zitternd vor Angst und Kälte versuchte die Dänin, sich loszureißen. »Verstehen Sie denn nicht? Sollte das Schiff geborgen werden und der Schatz in fremde Hände geraten, ist die Insel dem Untergang geweiht wie einst Rungholt!«

Niemand achtete auf ihre Worte. Wieso auch? Es war das Geschwurbel einer Verrückten. Mathissen zog sie ruhig, aber bestimmt weiter. »Frau Polizeihauptmeisterin Schafböck«, rief er in den hinteren Teil der Polizeistation, »würden Sie bitte zur Leibesvisitation schreiten? Und schreiben Sie Herrn Victor Rasmussen zur Fahndung aus! Es kann nicht ausgeschlossen werden, dass er Komplize in einem Mordfall ist. Die Insel wurde abgeriegelt. Es sollte nicht allzu schwierig sein, ihn zu finden!«

Die krächzende Stimme der alten Schafböck schwang bestätigend durch die Räume. Arbeitete sie ebenfalls Tag und Nacht?

Kurz bevor Mathissen mit der Verdächtigen den Trakt mit den Gewahrsamszellen erreichte, drehte ihr Chef sich noch einmal um. »Wäre das dann alles, Frau Oberkommissarin?«

Lene formte eine Faust hinter ihrem Rücken. Er gestand ihnen nicht einmal zu, ihrer Wut freien Lauf zu lassen. Dafür war er einfach zu … glatt. Dabei waren sie diejenigen, die gerade noch mal mit dem Leben davongekommen waren.

»Ja«, zischte Lene zerknirscht und vor Nässe tropfend. In dieser Sekunde entschied sie sich, die Tasche mit den Runensteinen schnell noch aus Leifs Wagen zu holen, bevor er versiegelt wurde. Sie konnte die Beweisstücke genauso gut morgen archivieren, anstatt es jetzt mit nasser Kleidung zu tun und sich den Tod zu holen.

»Gut.« Mathissen rümpfte die Nase. »Ich würde vorschlagen, dass Sie nun nach Hause gehen. In wenigen Stunden beginnt Ihre Schicht. Der Sturm wird im Laufe des Tages zunehmen und wir werden alle Hände voll zu tun haben.« Er nickte mechanisch. »Gute Nacht, die Herrschaften.«

*

Lene war so durchgeweicht, dass es keinen Sinn hatte, durch den Regen zu rennen. Da half selbst Mutters Friesennerz nicht. Leif hatte sie in den Arm genommen und sie spürte sein Kinn an ihrem Kopf. So gingen sie gemeinsam zu Lenes Elternhaus.

Der Wind blies dünne, bindfadenlange Tropfen in ihr Gesicht. Selbst durch die zugezogene Kapuze ihres Pullovers spürte sie, wie der Regen unangenehm auf ihrer Kopfhaut aufschlug. Den salzigen Geruch des Meeres hatte sie früher genossen. Doch jetzt, nachdem sie zweimal in der Nordsee um ihr Leben hatte schwimmen müssen, war er ihr zuwider. Sie hoffte, dass Reis erneut die Flüssigkeit aus dem Inneren ihres Handys ziehen würde. Glücklicherweise waren die Dinger heutzutage fast wasserdicht. Wer hätte geahnt, dass sie sich in die See würde stürzen müssen?

Überall um sie herum pfiff der Orkan. Schilder waren umgeknickt, Mülltonnen umgeworfen. Sobald die ersten Sonnenstrahlen über die Dünen kriechen würden, wäre in der Polizeiwache in Westerland wieder die Hölle los.

»Kommst du damit klar?«, wollte Leif unvermittelt und gegen den Regen schreiend wissen.

»Ich?« Lene lächelte. Sogar jetzt dachte er nicht zuerst an sich. Sie lehnte ihren Kopf gegen seine Brust und fasste seinen Arm noch fester. »Ich bin Polizistin. Eigentlich sollte ich den Anschlag auf unser Leben besser verpacken als du. Die Frage ist, wie geht es dir damit?«

Es entstand eine längere Pause. Bis sie das Vordach ihres Hauses erreicht hatten, sprach Leif kein Wort. Offensichtlich wollte er genau abwägen, was er sagte. »Wenn man so viel Mist erlebt hat, wundert einen gar nichts mehr.«

Sie drückte seine nasse, eiskalte Hand und hauchte ihm einen Kuss auf die Lippen. Lene brachte es nicht übers Herz, ihn jetzt durch die kalte Finsternis nach Hause spazieren zu lassen. »Willst du nicht mit reinkommen? Zieh dich erst einmal um und dusch heiß. Wenn ich ihn bitte, wird Vater dich bestimmt nach Hause fahren.«

Erst als sie die Sätze ausgesprochen hatte, wurde ihr bewusst, dass seine nassen Klamotten nicht der Grund dafür waren, warum sie ihm dieses Angebot machte.

Sie wollte ihn bei sich haben.

So einfach war das.

Ihr Herz machte einen kleinen Sprung, als er nach kurzer Bedenkzeit nickte. »Ein warmer Grog und eine heiße Dusche würden meine Lebensgeister wecken.«

Lene öffnete die Tür und zwinkerte ihm zu. »Meine Rede, Herr van Ohlsen.« Zu ihrer Verwunderung, trat sie nicht in Dunkelheit, sondern in einen hell erleuchteten Flur. Und das um diese Uhrzeit! »Vater, wieso bist du noch wach?«

»Ah, Lenchen.« Er lag auf dem Boden, rappelte sich von seinen Büchern hoch und hielt in beiden Händen Notizblöcke. »Ihr seid schon wieder da?«

»Es ist zwei Uhr durch!«

Roluf blickte verwundert drein und sah zur tickenden Wanduhr. »Oh, na so was aber auch. Hattet ihr Spaß?«

»Anfangs schon«, sagte Lene, schritt durch den Türrahmen, legte die Tasche mit den beiden Runensteinen auf den Boden und wrang ihre Haare aus. Dabei bespritzte sie unabsichtlich die am Boden liegenden Bücher. »Bis auf uns geschossen wurde.«

Ohne Regung sah Roluf die beiden an. »Verzeihung, Kindchen. Meine Ohren werden alt und ich scheine sehr müde zu sein. Ich habe verstanden, dass auf euch geschossen worden sei?«

»So ist es leider auch, Herr Cornelsen.« Leif schüttelte seinen Mantel behutsamer und legte ihn ab. »Die Schwester eines verrückten Dänen, offenbar genauso wahnsinnig wie ihr Bruder, wollte anschließend im Alleingang das Schiff zu Wasser lassen, um den vermeintlichen Fluch zu verhindern.«

Nachdem sich Lene den patschnassen Pullover über den Kopf gezogen hatte, fiel ihr Blick auf Vater. Er konnte sich ein Schmunzeln nicht verkneifen und war eilig damit beschäftigt, einige Bücher zuzuklappen. Natürlich konnte Lene trotzdem erkennen, dass er weiter über Tryggvason recherchiert hatte.

»Der Fluch. Soso.« Roluf packte hastig zusammen und stapelte die dicken Bände hinterm Sofa. »Es gibt über das Tun und Wirken von Frederik Tryggvason nur die Geschichte des feigen Wikingers, die hinlänglich bekannt ist. Über einen Fluch wird nur selten berichtet.«

»Vielleicht hilft dir das hier weiter.« Lene war auf dem Weg, Tee aufzusetzen, doch sie stoppte in der Bewegung, schritt zur Tasche und warf Vater den Runenstein in die Arme.

Seine Miene änderte sich sofort. Halb wütend über den geringschätzigen Wurf, halb interessiert an der neuen Tafel musterte er sie eindringlich. »Wo habt ihr das her?«

Leif stand nach wie vor durchnässt im Flur. »Von Marie Rasmussen, der Schwester des Dänen, die nicht müde wurde zu betonen, dass Sylt dasselbe Schicksal ereilt wie einst Rungholt, wenn wir den Zorn des Wikingers auf unsere Schultern laden.« Jede Silbe troff vor Sarkasmus.

Wer konnte es ihm verübeln? Die Geschichte klang einfach zu mythisch, zu fantastisch … zu bescheuert.

»Vater, kümmerst du dich um den Tee? Ich gehe oben duschen und ziehe mir gemütliche Kleidung an. Hast du etwas für Leif, das er sich leihen könnte, nachdem er geduscht hat?«

Der salzige Geschmack des Meeres lag immer noch auf ihren Lippen. Obwohl Vater ein gemütliches Feuer entzündet hatte, kroch ihr die Kälte des Sturms tiefer in die Knochen. Leif begann zu zittern, und Lene erkannte, wie auch ihre Muskeln kontrahierten.

Sie blies sich heiße Luft in die Hände. »Und könntest du ihn vielleicht später zum Museum nach Keitum fahren?«

Keine Reaktion. Roluf war ganz darin vertieft, ehrfürchtig mit den Fingernägeln die Rillen in dem flachen Stein abzufahren.

»Vater?«

»Was?« Verschreckt sah er hoch. »Was denn, Kindchen?«

»Leif geht jetzt duschen. Hast du für ihn etwas zum Anziehen? Und machst du drei Tee?«

»'türlich«, murmelte er abwesend und deutete auf die Dusche im Gästebad. »Ich lege dir einen alten Jogginganzug raus und kümmere mich um das Feuer.«

»Den Tee!«, rief Lene, als sie schon auf dem Treppenabsatz stand. »Den Tee, Vater. Nicht das Feuer.«

*

»Wie siehst du denn aus?« Vor Lachen hätte Lene beinahe die drei großen Tassen Tee mit Rum verschüttet.

»Wieso?« Leif nahm ihr eine Tasse ab. »Das kommt wieder in Mode und ist unglaublich bequem!«

Sie konnte sich nicht verkneifen, an der mintgrünen Ballonseide des Trainingsanzugs zu ziehen. »Auf jeder 80er-Party wärst du ein echter Hingucker.«

»Das bin ich auch so«, gab er neckisch zurück und strich seine nassen Haare aus dem Gesicht.

Gemeinsam nahmen sie Platz. Noch mehr als der Trainingsanzug verwirrte sie, dass er nach dem Duschgel ihres Vaters duftete und es trotzdem Erregung in ihr hervorrief, als er die Hand auf ihren Schenkel legte. Sie beschloss, den Gedanken nicht so viel Raum zu geben, die Vorfälle des heutigen Tages zu verdrängen und sich mit der großen bunten Decke an seine Schulter zu kuscheln.

Minutenlang genoss sie, wie der Grog ihr Innerstes wärmte und Leif sie vorsichtig unter der Decke streichelte. Was für ein Kontrast zu der rauen See, in der sie vor nicht allzu langer Zeit unfreiwillig ihr Leben hatte riskieren müssen.

Das Feuer knackte romantisch, der Dampf des Tees stieg wohlig um ihre Nase. Draußen konnte der Sturm toben, wie er wollte, hier drinnen, in Leifs Armen, lag ihr ganz persönliches Paradies.

Lene schloss die Augen. Vielleicht war es falsch oder unmoralisch. Immerhin steckte sie mitten in einer Scheidung, Leif hatte einen Verlust zu beklagen und die Lage war alles andere als rosig. Das alles war ihr egal. Zumindest für den Moment.

»So … ich habe mir die Runen einmal näher angesehen«, eröffnete Roluf und ließ sich im Sessel gegenüber nieder. »Müsstest du sie nicht in die Asservatenkammer legen? Als

Beweisstück oder so? Immerhin könnte der Fund von historischer Bedeutung sein.«

»Hauptkommissar Mathissen hält dies alles für einen großen Marketinggag und schätzt andere Aufgaben wichtiger ein, als sich um alte Steine zu kümmern«, sagte Lene leise und ergriff unter der Decke Leifs Hand.

»Ein Marketinggag. Aha.« Nachdenklich setzte Roluf seine Lesebrille auf und schob sie auf die Nasenspitze. »Wenn es einer ist, waren Profis am Werk. Der Stein könnte alt sein. Und damit meine ich richtig alt.«

Lene und Leif wechselten Blicke. Zum Klabautermann, war an der Geschichte wirklich etwas dran?

»Wäre das etwas fürs Museum?«, wollte Leif wissen und lehnte sich interessiert nach vorn. »Ganz abgesehen vom Schiff.«

»Möglich.«

»Was steht auf dem Stein?«

Die Worte schienen Roluf nicht leichtzufallen. Immer wieder drehte er den Stein im flackernden Schein des Feuers, als zweifelte er an seiner Übersetzung. Lene war es nur recht. So konnte sie weiter Leifs Hand streicheln. Schließlich räusperte sich Roluf bedeutungsschwanger und seine Stimme bekam eine zögerliche Einfärbung.

»Nun, scheinbar war Frederik Tryggvason gebildeter, als man vielerorts dachte. Er notierte in Stichpunkten das Geschehene.«

»Eine Art Tagebuch?« Wäre sie nicht dabei gewesen, sie hätte dies alles für eine groß angelegte Fälschung gehalten. Kurz hielt sie die Luft an, um ihre Überlegungen zu sortieren. »Es gibt nur eine Handvoll Chronisten aus dieser Zeit, von denen überhaupt bekannt ist, dass sie Ereignisse auf Runensteinen niederschrieben, und der feige, dümmliche Tryggvason soll ein reflektierter Schreiber gewesen sein?«

Roluf schwieg und Lene wurde angst und bange.

Sie konnte sich nicht erinnern, wann ihr alter Herr, der allwissende Fachmann für jedwede historische Frage, sie so sprachlos angesehen hatte. »Vater, was besagen die Runen auf dem Stein?«

Er fuhr sich durch das Gesicht, kniff die Augen zusammen, dann holte er tief Luft.

KAPITEL 11 – OHNE WAHL

Vor Island, im Jahre 1051

Der Wind schlug ihm so eisig ins Gesicht, dass Frederik fürchtete, er würde seine Haut zu Eis erstarren lassen. Selbst die wehenden Fuchsfelle um seinen Hals schienen keinen Schutz vor dem frostigen Hauch des Winters zu bieten.

»Geliebter, dein Gesicht ist weiß vor Kälte.«

Langsam drehte er seinen Körper, beugte sich herab und streichelte Mathilda zärtlich über den gewölbten Bauch. Es würde nicht mehr lange dauern, bis die Götter ihnen ein Kind schenkten. Dieses Schiff, die raue See mit ihren Stürmen und Gezeiten waren kein guter Ort, um Leben auf diese Welt zu bringen. Selbst für die Geliebte eines Kriegers nicht.

»Mein Schicksal ist unwichtig«, knurrte Frederik, gab ihr mit eisigen Lippen einen Kuss auf die Wange und straffte am Heck des Schiffes seinen Rücken. Nach so vielen Monden auf See hatte er mehr gesehen, als er jemals für möglich gehalten hätte.

Endlose schwarze Strände, riesige Fische mit mächtigen Stoßzähnen, Ebern gleich, grüne Lichter am Himmel – wunderschön und angsteinflößend.

Doch auf der Flucht war dies alles ohne Belang.

»Sie sind verknüpft«, hauchte Mathilda in seine Gedanken hinein.

»Was meinst du, mein Abendstern?«

»Unsere Schicksale – die Nornen haben sie miteinander verwoben. Wo du hingehst, wird auch mein Weg sein.«

Regungslos nahm er ihre Worte entgegen. Er wünschte sich, dass sie wahr wären, aber Frederik wusste es besser.

Ein Jahr waren sie auf der Flucht. Harald hatte sie über das Kattegat, durch das Skagerrak bis hin in die weite See des Nordens gejagt. Sie schipperten von Dorf zu Dorf, füllten ihre Vorräte auf, und immer wenn sie dachten, dass der Albtraum ein Ende hätte, drang Nachricht von Haralds heraneilenden Langbooten an ihre Ohren. Er trieb sie weiter nach Norden, weiter ins ewige Eis, aus dem es kein Entrinnen gab. Ihre letzte Zuflucht war das sagenumwobene Eisland – dort war man den Göttern angeblich am nächsten, auch wenn die Eisländer seit 50 Jahren Christen waren.

Schnee landete auf der fahlen Haut seiner Hand, die fest um das Holz des Ruders geschlossen war. Er richtete den Blick auf das kleine Dörfchen Akureyri und wusste, dass sie auch hier keine Zuflucht vor Haralds Häschern finden würden. Doch auch für eine Verschnaufpause, einen kurzen Moment der Ruhe, wäre er den Göttern dankbar. Vielleicht gewährten sie ihnen genug Zeit, um die nötigen Vorbereitungen zu treffen.

Außerdem musste er den Schatz verstecken, bevor er noch mehr aufmerksame Augen zum Verrat verführte. Harald der Harte hatte eine fürstliche Belohnung ausgelobt. Nicht wenige Dorfbewohner wurden beim Gedanken an Reichtum und Ruhm schwach. Er musste eine Lösung finden, lieber heute als morgen.

»Legt an, Männer!«, schrie er den müden Gestalten entgegen. Wie viele Schlachten hatten sie für ihn geschlagen, wie viele Nächte gerudert, bis alle Kräfte versagt hatten und sie wie Leichen über den Planken hingen?

War es das alles wert gewesen?

Er hatte Haithabu nicht retten können, doch versagte er dem schrecklichen König Harald zumindest die komplette Eroberung des Nordens. Ohne die Schätze seiner Kriegskasse war es ihm unmöglich, Männer und Schildmaiden anzuheuern, Schiffe um sich zu scharen und seine Heerscharen zu ernähren. Die Kunde von Harald Hardrådes gestopptem Feldzug ließ Frederik einen Funken Hoffnung erkennen.

Hatten die Götter noch Pläne mit ihm? Oder war es dem Allvater gleichgültig, was mit ihren Leibern geschah?

Mit einem Ruck legte das Schiff am Steg an. In einer Bewegung drehte sich Frederik, half seiner Gemahlin auf und legte ihr eins seiner Felle über die Schultern. »Du musst warm bleiben.«

»Was nützt mir Wärme, wenn er uns bald eingeholt hat und in unserem Blut badet?«

Ihre moosgrünen Augen strahlten selbst jetzt, in ihrer aussichtslosen Lage. Auch wenn er gewusst hätte, wohin ihn seine Entscheidungen führen würden, für sie hätte er sie immer wieder getroffen.

»So weit werde ich es nicht kommen lassen.« Er nahm ihre Hand und küsste sie. »Sieh nach, ob uns jemand Nahrung und Proviant verkauft, und nimm die besten Männer zu deinem Schutz mit. Bring einen Teil der Beute an Land und such uns ein Lager für die Nacht. Du brauchst Ruhe und wir alle zumindest einen Mond Schlaf. Du kannst eindeutig besser Handel treiben als ich. Der Rest der Mannschaft soll das Schiff reparieren.«

»Soll ich dich nicht begleiten?«

»Nein.« Es musste schroff klingen, nicht wie ein ewiger Abschied. Seine eigenen Worte zerrissen ihm das Herz. »Nachdem alles besorgt ist, leg dich zur Ruhe und achte darauf, dass man uns nicht erkennt.«

»Falls jemand Verdacht schöpft, werde ich sagen, dass ich eine Sklavin sei, die dein Interesse irgendwo in einem kleinen Rattennest im äußeren Jütland geweckt habe.«

»So soll es sein.«

Wie sie es gewohnt war, band sie ihre langen Haare rasch zu einem Zopf und rang sich ein Lächeln ab. »Und wo verschlägt es dich hin, mein Gemahl?«

»Zum Schmied«, erklärte er mit ruhiger, tiefer Stimme und half ihr auf den Steg. Das nasse Holz knarrte unter ihren Schritten, während die Anwohner sich vor ihnen versammelten und sie mit interessierten Blicken verfolgten. Einige schlugen das Kreuzzeichen. Die Luft war feucht und neblig, als wolle jemand ihre Ankunft verbergen. Leider vergebens. »Wir brauchen etwas, um die Kriegskasse vor neugierigen Augen zu verstecken.« Frederik legte den Arm um seine Geliebte. »Etwas aus Stahl, das nicht mit ein paar Hieben geöffnet werden kann. Es soll verstecken, aber trotzdem präsent sein.«

»Keine einfache Aufgabe.« Mathilda wandte sich ab und Seite an Seite gingen sie langsam zum Anfang des Stegs. »Dir wird etwas einfallen. Aber eile dich, mein Liebster. Haralds Wut auf uns kennt keine Grenzen und das ist alles meine Schuld.« In ihre Worte schlich sich ein unsicheres Zittern. »Ich wünschte in mancher Nacht, dass du mich niemals aus den Klauen dieses Monsters gerettet hättest. So könntest du leben und ich meinem Dasein einfach mit einem Lächeln ein Ende setzen.« Sie nahm seine Hand und legte sie auf ihren Bauch. »Jetzt ist alles anders.

Ich bin keine geprügelte Sklavin mehr, sondern lebe für etwas … für jemanden … für unser Kind. Den Mut, eine Klinge zu nehmen und sie in mein Fleisch zu stoßen, habe ich nicht mehr.«

Voller Leidenschaft drückte er sie an sich und schenkte ihr einen langen Kuss. Der Nebel umwehte sie, die geschäftigen Geräusche blendeten sie aus. Dieser Kuss war anders. Er fühlte sich merkwürdig an.

Wie ein grausamer, süßer Abschied.

»Mein Herz gehört dir, mein Abendstern. Für immer«, flüsterte Frederik und er meinte jedes Wort ernst.

»Für immer.« Sie nickte traurig. »Ich wünschte mir, der Allvater würde uns einen Hof schenken, weit weg von allen Sorgen und der Rache eines gekränkten Königs. Doch bald werden seine Männer uns auch bis hierhin gefolgt sein. Dann sollten wir wieder in See stechen, bis …«

»… bis?« Frederik rang sich ein müdes Lächeln ab. »Bis sie uns im nächsten Dorf eingeholt haben? Oder dem folgenden? Oder dem danach?«

Niemals würde er Ruhe geben.

»Ich sollte los«, sagte er. Warum einen Abschied hinauszögern? Langsam rutschten seine Finger von Mathildas Bauch und er entfernte sich ein paar Ellen. »Denk daran, einen guten Teil der Beute zu nehmen und die Männer, denen du am meisten vertraust.«

Frederik wartete ihre Antwort nicht ab. Kein Gruß zum Abschied wollte ihm über die Lippen kommen. Eilig wandte er sein Gesicht ab und verschwand im Nebel der Küste.

Sie sollte nicht sehen, wie Tränen seine Wangen benetzten. Niemand sollte das.

Schnell, von innerer Hast getrieben, wischte er sich das Gesicht mit jungem Schnee ab und fragte sich bis zum

Schmied durch. Die Hütte des Mannes war am Rande des Dorfes. Von Weitem sah er eine Rauchsäule aufsteigen und hörte die rhythmischen Schläge eines Hammers auf heißes Eisen.

Ohne auf sich aufmerksam zu machen, trat er ein und beobachtete den Mann eine Weile. Sein dunkler Bart war mit weißen Strähnen durchzogen und die Brusthaare waren so dicht, dass man darunter kaum Haut erkennen konnte. Er trug lediglich eine Hose und eine lederne Schürze, um sich vor den Funken zu schützen. Der Schmied konnte einen stattlichen Bauch sein Eigen nennen, der bei jedem Schlag wackelte. Obwohl es draußen bitterkalt war, schwitzte er wie ein Ruderer im Hochsommer. Selbst für die Nase eines Schiffsreisenden stank es so erbärmlich, dass Frederik durch den Mund atmete.

Das war gleichgültig, denn dieser Mann aus dem kleinen Dorf Akureyri schien mit seinem Hammer umgehen zu können wie Thor selbst, und nur das war ihm wichtig.

»Du verstehst dein Handwerk!«, rief Frederik, als der Mann sich in einer Pause den glänzenden Schweiß von der Stirn strich.

»Wer bist du?« Drohend baute sich der Schmied vor Frederik auf und drehte den Hammer angriffslustig am Griff. »Wenn du nicht willst, dass ich dir den Schädel einschlage, so würde ich dir raten …«

»Frederik Tryggvason.« Er wartete ein paar Atemzüge, bis sich die Augen des Mannes weiteten und er offensichtlich verstanden hatte, wer in seiner Schmiede stand. »Das wolltest du doch wissen, oder?«

Der Mann nickte langsam, unentschlossen, ob er auf ihn losgehen oder ihn erst einmal anhören sollte. Glücklicherweise entschied er sich für Letzteres.

»Und mit wem habe ich zu tun?«

»Yngvi werde ich genannt, wie Freyr von den Wanen.« Der Tonfall wurde laut vor Stolz und seine Schürze spannte vor der massigen Brust.

Ein Kämpfer alten Schlags. Vielleicht konnte Frederik das für sich nutzen.

»Gut, Yngvi. Wie hoch ist die Belohnung, die Harald auf meinen Kopf ausgesetzt hat?«

»So hoch, dass ich zehn Winter lang nicht arbeiten bräuchte.«

Frederik pfiff zufrieden und sah sich um. Drei Äxte hingen an der Wand, daneben mehrere Dolche, und sogar einen beschlagenen Schild konnte er erkennen. Ohne Frage, die Fertigkeiten des Mannes waren außergewöhnlich. Frederik hegte nicht den geringsten Zweifel, dass der Schmied sein Haupt mit dem Hammer von den Schultern schlagen könnte, wenn er wollte. Und auch seine Schnitzarbeiten waren filigran und fein anzusehen.

»Wirst du deinen Jarl in Kenntnis setzen, dass ich hier bin?«

»Das kommt darauf an«, brummte der Schmied.

Frederik sagte nichts, ging interessiert in der stinkenden, kleinen und viel zu heißen Hütte umher, berührte manches Axtblatt und strich über eine der Klingen. Als er sich der vollen Aufmerksamkeit seines Gegenübers gewiss war, öffnete er seine Lippen.

»Und worauf, guter Yngvi?«

»Ob du wirklich der feige Wikinger bist, der seinen König und die Stadt alleingelassen hat, als die Langboote von Harald dem Schlächter in der Bucht Haithabus auftauchten.«

Harald der Schlächter.

Das war Frederik noch nie an die Ohren gedrungen. Möglicherweise war der Ruf des Königs hier in Eisland nicht so glorreich, wie dieses Scheusal dachte.

»Ich bin geflohen, das ist wahr.« Frederik beobachtete den Schmied aus dem Augenwinkel. Eine Lüge hätte der alte Krieger sofort erkannt. Wieso es nicht mit der Wahrheit versuchen? »Vorher stahl ich einen großen Teil seiner Kriegskasse in der Hoffnung, dass er mich verfolgen würde und Haithabu in Frieden ließe.«

»Deine Überlegungen haben leider nicht gefruchtet.«

»Nein. Vor allem, weil ich seine Lieblingssklavin befreite und wusste, dass er mich dafür so lange hassen würde, bis die Midgardschlange ihren eigenen Schwanz loslässt.«

Endlich legte Yngvi seinen Hammer ab. Er blieb in Griffweite, aber Frederik gewann an Zuversicht. Der Schmied schüttelte den Kopf, dann prustete er los. »Du stiehlst das Eigentum eines Mannes und wunderst dich, dass er dich bis zum Ragnarök jagen will und deine Stadt bis auf die Grundmauern niederbrennt?«

»Nun ist sie kein Eigentum mehr, sondern meine Gemahlin.« Viel zu scharf sprudelte der Satz aus Frederik heraus, doch der Schmied nickte nur.

»Ich verstehe. Du liebst sie?«

»Mehr als mein eigenes Leben. Und das ist der Grund, warum ich dich aufsuche, Yngvi.«

»Gut. So sollte es sein.« Mit mächtigen Schritten entfernte er sich von seinem Amboss, griff zwei Becher und füllte sie mit einer beißenden Flüssigkeit aus einem alten Krug. Er trank aus beiden Behältern, als Zeichen, dass er ihn nicht vergiften wollte, und drückte Frederik schließlich einen in die Hand.

»Trink das. Es schmeckt wie die Pisse von Utgardloki, aber es hilft, die bösen Gedanken zu vertreiben.« Er nippte und verzog das Gesicht. »Und es scheint, als könntest du genau das gebrauchen, Frederik Tryggvason. Du siehst verzweifelt aus.«

»Ich *bin* verzweifelt und deshalb wirst du das Geschäft deines Lebens machen.«

Frederik hielt seinem Blick stand, griff an seinen Gürtel, löste den befestigten Jutesack und warf ihn auf den Tisch. Durch den Aufprall rissen die Nähte und kurzzeitig wurde das Knacken des Feuers von wildem Geklirr übertönt.

»Das ist ein ordentlicher Silberhort.«

Yngvi zögerte, doch schließlich überwog die Neugier und er schob vorsichtig die unzähligen Münzen, Reifen und Hacksilberstücke mit zwei ausgestreckten Fingern auseinander.

»Sceatta aus dem Friesenland, Dirham aus den arabischen Landen, byzantinische Münzen, Silberreifen von gefallenen Kriegern, Hacksilber vom Christenkönig.« Langsam hob er den Blick. »König Harald scheint ein fleißiger Eroberer zu sein.«

»Er ist ein skrupelloser Kriegstreiber. Das reicht oftmals aus.«

Yngvi knurrte zustimmend, ließ sich neben dem Schatz auf einen bedrohlich knarrenden Stuhl fallen und schenkte sich nach.

»Und was willst du haben für dieses kleine Vermögen? Ich besitze nichts, was auch nur im Ansatz so viel wert ist.«

Frederik nahm neben ihm Platz, hob sein Glas und trank. Die Flüssigkeit war so stark, dass er das Gefühl hatte, seine Eingeweide würden verbrennen. »Nichts anderes als deine Geschwätzigkeit will ich.«

»Du redest in Rätseln.«

Mit den Ellenbogen stützte sich Frederik am Tisch ab und lehnte sich zu dem alten Krieger. »Ich will, dass du jedem Mann, jeder Frau, jedem Kind und jedem Greis erzählst, dass ich bei dir war, Waffen und Nahrung kaufte und mich mit Mannschaft und Gemahlin nach Grímsey aufmachte, um mich vor Haralds Häschern zu verstecken.«

Yngvi sah ihn an. »Du bist von Sinnen, Seefahrer. Hat Loki deinen Verstand vernebelt? Ist das eine List?« Vorsorglich sah er sich um, doch er konnte kein Geräusch ausmachen, weshalb er wieder seinen Gast fixierte.

»Nein, keine List. Ein Plan.« Frederik lehnte sich zurück und deutete auf eine besonders filigrane Arbeit an der Wand des Schmieds. »Und ich will, dass du jedem sagst, dass du so einen Drachenkopf für mein Schiff fertigen und anbringen musstest.«

»Dieser ist bereits verkauft.«

Energisch schob Frederik einen Haufen Münzen über den Tisch. »Gewiss doch. An mich. Du wirst den Drachenkopf eilends und so gut es geht an meinem Schiff anbringen.«

Es dauerte einige Herzschläge, bis Yngvi so stark zu lachen anfing, dass er sich den Bauch halten musste. »Jetzt weiß ich, dass die Götter es beileibe nicht gut mit dir meinen können. Du bist wahrlich verrückt!« Er trank aus und knallte den Becher auf den Tisch. »Sie werden dich verfolgen, Frederik Tryggvason. Und sie werden sich eilen, wenn sie erfahren, dass du mit Frau, Schatz und Schiff nach Grímsey unterwegs bist, um in Ruhe deinen Lebensabend zu verbringen. Ihre Kommandanten werden die Männer so hart antreiben, dass ihre Muskeln brennen. Übers Wasser fliegen werden sie. Die Götter selbst sind auf dieser Insel anwesend.« Yngvi hielt die Luft an und für einen Moment umwehte ihn ein eisiger Luftzug, der das Feuer beinahe erlöschen ließ. »Haralds Männer werden so hastig von hier aufbrechen, dass sie sich nicht einmal ein paar Sklavinnen für die Nacht suchen werden. Sie werden dich jagen und zur Strecke bringen wie ein Reh.

Und du wirst zusammenbrechen, gleich, wie viele Männer für dich rudern.«

»Ich werde nur eine Handvoll Krieger mitnehmen und sie, sobald es geht, entlassen.«

»Dann bist du des Todes. Urd, Verdandi und Skuld scheinen deine Zukunft gesponnen zu haben. Und sie sieht nicht gut aus, Seefahrer.«

Frederik nickte. Ja, er war des Todes. Aber nur *er*. Dieses Dorf würden Haralds Männer schnell wieder verlassen. Kein Gelage, keine gefährlichen Fragen würde es geben. Mathilda und sein Kind konnte er einfach hier zurücklassen. Das war das Einzige, was von Bedeutung war.

Sein Blick fiel auf drei glatte Runensteine. Ihm gefiel der Gedanke, dass Mathilda irgendwann seine Entschuldigung lesen würde.

»Benötigst du die drei Steine? Ich würde gerne Abschied nehmen.«

»Für diesen Silberhort kannst du mitnehmen, was du möchtest.«

»Hab Dank, Yngvi. Eine Bedingung habe ich noch«, brummte Tryggvason und atmete tief durch. »Das Anbringen des Drachenkopfs muss jetzt erledigt werden. Bis zum Einbruch der Nacht will ich Segel setzen.«

Es gab kein Zurück mehr. Die Nornen hatten sein Schicksal gesponnen, und bis zum heutigen Tag war ihm nicht klar gewesen, was sie für ihn vorgesehen hatten. Nun allerdings war Frederik gewiss, welche Prüfung auf ihn wartete.

»Dafür brauche ich mehr Männer.«

»Dann bezahl sie.« Frederik nickte in Richtung des Haufens. »Und bei dieser Gelegenheit sag jedem, den du anheuerst, dass Frederik Tryggvason feige die Flucht ergriffen hat. Erneut.«

Frederik glaubte zu sehen, dass der Schmied verstand. Langsam erhob er sich.

»So sei es. Ich sollte mit der Arbeit beginnen.« Yngvi griff seinen Hammer und drehte sich gedankenverloren, ohne ihn anzublicken. »Du weißt, dass dich jeder Mann und jede Maid bis zum Kampf der Götter und Riesen, bis zum Fimbulwinter und bis zum Weltuntergang verabscheuen wird? Sie werden auf dein Geschlecht spucken und Schmählieder über dich singen. Deinen Namen werden sie mit Ekel aussprechen, als wäre er eine Krankheit.«

»Dann sei es so«, hauchte Frederik. Es war ihm gleichgültig.

Sein Leben für ihres.

*

Noch lange hallten die Worte ihres Vaters in Lenes Geist nach. Niemand traute sich, auch nur laut zu atmen, bis Roluf schließlich seine Brille absetzte und sich ächzend erhob.

»Was für eine tragische Geschichte. Zu schön, wenn sie wahr wäre.«

»Sie glauben nicht dran, Herr Cornelsen?«

Ihr Vater schüttelte verächtlich den Kopf. »Nein, mein Junge. Ein Schmied war zur damaligen Zeit das Mädchen für alles. Selbst mit einigen Männern wäre es ihm nicht gelungen, innerhalb eines Tages einen Drachenkopf auf dem Bug eines Schiffes zu montieren.«

»Sie wissen, dass in Aufzeichnungen gerne übertrieben wurde«, gab Leif nicht ohne Provokation zu bedenken. »Feldherren machten ihre Siege größer, Baumeister ihre Gebäude imposanter und zeitliche Einordnungen wurden verkürzt oder gestreckt – ganz wie es dem Chronisten beliebte.«

»Du meinst, der Schreiber hat gelogen?«

Leif zuckte mit den Schultern. »So eine Rune zu schreiben dauert. Hunger, Durst, Müdigkeit und alle anderen Entbehrungen könnten den Geist des Erzählers vernebelt haben. Sie sagten selbst, Futhark-Schriftzeichen sind eigentlich nur Stichpunkte, vieles ist Interpretation. Besonders, wenn sie um die angelsächsischen Futhorc-Lautzeichen ergänzt wurden.«

»Seid ihr jetzt fertig?« Lene stöhnte, zwang sich aufzustehen und drückte ihr Kreuz durch. »Eine tolle Geschichte, leider gefälscht.« Hier unterhielt sich der Leiter des Heimatmuseums mit einem Geschichtslehrer. Fachmänner der Historie unter sich. Das war ziemlich ermüdend. So spannend die erdachte Story um den feigen oder edlen Wikinger Frederik Tryggvason auch war, die Zeit schritt unbarmherzig voran und in wenigen Stunden galt es, die Polizeiuniform überzustreifen und in der Wache Dienst zu schieben. Immerhin hatte Mathissen sie tatsächlich dazu verdonnert, als Kriminaloberkommissarin das Blau der Polizei zu tragen, damit sie auf der Insel präsenter waren.

»Ja, wahrscheinlich ist sie das«, sagte Roluf mit dem Anflug von Enttäuschung in der Stimme und fuhr mit den Fingern die Konturen des Steins ab. »Wenn du nichts dagegen hast, würde ich den Stein gerne noch ein wenig im Bett studieren. Du findest beide Steine morgen in deiner Tasche. Einverstanden, Lenchen?«

Seine Frage war so zuckersüß. Selten hatte sie ihn in so einer Tonlage sprechen hören. Allem Anschein nach hatte diese fiktive Schatzjagd eine berauschende Wirkung auf Vater.

Wie konnte sie da Nein sagen?

»Natürlich. Wolltest du nicht Leif nach Hause bringen?«

»Ihr schafft das schon, Kinder.« Roluf winkte ab, war komplett in die Lautzeichen des Steins vertieft und nach kurzer Zeit im Arbeitszimmer verschwunden. »Schlaf gut«, erklang es aus der Dunkelheit, ehe die Tür zufiel.

Das gab es doch nicht. Lene stemmte amüsiert die Hände in die Hüften. »Hast du gehört? Wir schaffen das schon!«

»Unrecht hat er nicht«, antwortete Leif mit einem schiefen Lächeln auf den Lippen. »Immerhin sind wir so etwas wie erwachsen.«

»Ja, so etwas wie …«

Die berauschende Wirkung des Alkohols schien verflogen und hinterließ nur eine bleierne Müdigkeit … und den Hauch von Erregung.

Lene lauschte in die Nacht. »Weißt du, es stürmt draußen ziemlich heftig. Möchtest du nicht hier übernachten?«

In sich hineinmurmelnd sah Leif sich um, ergriff die bunte Flickendecke, zwei Kissen und legte sie auf der Couch vor dem Kamin zurecht. »Joa, das wird schon gehen, wenn ich die Beine ein wenig einziehe und es nicht stört, wenn ich in eurem Wohnzimmer zu schnarchen beginne, dann …«

»Ich meine oben in meinem Zimmer, du Döspaddel.« Lene biss sich auf die Lippen. Die Vorstellung, ihn den Rest der Nacht bei sich zu haben, war einfach zu verlockend. Und gefährlich obendrein.

Leif hatte nichts von seinem jugendlichen Charme verloren. Im Gegenteil. An seinen Schläfen sprossen einige graue Haare. Dies in Verbindung mit dem neckischen Grinsen und der ruhigen, tiefen Stimme brachte Lenes Blut zum Kochen.

»Bist du dir sicher?« Leif ließ Kissen und Decke fallen, nahm ihre Hand und begann, sie zärtlich zu streicheln.

Sie sagte nichts, griff seine Finger fester und führte ihn die Treppe hoch. Dass er dabei einen hervorragenden Blick auf ihren wiegenden Po werfen konnte, war volle Absicht.

Oben angekommen, machte sie sich gar nicht die Mühe, das Licht einzuschalten, sondern legte sich direkt in ihr Jugendbett.

Leif zögerte. »Gott, hier war ich ewig nicht mehr.« Im Halbdunkel sah er sich um. Sein suchender Blick blieb am Foto ihrer Abschlussklasse hängen. »Ist lange her, oder?«

»Sehr lange.« Sie hob einladend die Bettdecke. »Wir können nicht ändern, was gewesen ist. Nur, was im Hier und Jetzt geschieht.«

Endlich legte er sich auf sie. Sofort spürte Lene seine erregte Männlichkeit und drückte ihm ihr Becken entgegen. Ein fordernder, langer Kuss folgte.

»Wahre Worte«, flüsterte Leif und fasste ihre Haare grob zu einem Zopf. »Hat dich das Schicksal von Mathilda inspiriert, jeden Tag zu lieben?«

Sie stöhnte unter seinen Berührungen auf. »Wäre das so schlecht?«

KAPITEL 12 – ALLTAGSSORGEN

Der Morgen war trotz der fast erdrückenden, tief hängenden Wolken fast schon freundlich. Zumindest kämpften sich die Sonnenstrahlen ab und an durch die graue Wand, der Wind hatte jedoch kaum nachgelassen und auch Regenschauer zogen gelegentlich über die Insel. Normalerweise hätte Lene so ein Szenario niemals mit dem Wort *Harmonie* in Verbindung gebracht, heute allerdings fühlte es sich zumindest danach an.

Gemeinsam waren sie aufgewacht, und während Lene geduscht hatte, hatte Leif sich überwunden und war hinausgegangen in die kalte Meeresluft. Irgendwie hatte er es geschafft, Kaffee und Brötchen aufzutreiben. Pitschnass trat er durch die Eingangstür, als Lene gerade die Treppe herabschlürfte.

Nach einem langen und ausgiebigen Frühstück zog es auch Leif unter die Dusche.

Zu gerne wäre sie ihm unter die warmen Wassertropfen gefolgt, allerdings hatte Vater im Wohnzimmer bereits sein Lager aufgeschlagen, sodass die spontane Lust auf ein Abenteuer schnell abflachte. Dass zusätzlich ein kleiner frecher Kater in ihrem Kopf hin und her spazierte und beharrlich an die Innenseite ihrer Schädeldecke schlug, machte die

Sache nicht besser. Die Sünden des gestrigen Tages machten sich gemein bemerkbar.

Nach einer Kopfschmerztablette, einem Kaffee und einem Orangensaft ging es Lene erheblich besser und sie konnte sich von Leif verabschieden. Anschließend zog sie die blaue Uniform an, überprüfte ihre Dienstwaffe, warf Mutters gelben Friesennerz über und machte sich auf den Weg zur Wache.

Wie versprochen hatte Vater die beiden Steine in ihrer Tasche platziert, natürlich nicht, ohne sie detailgetreu abzuzeichnen. Wie besessen arbeitete er seit dem frühen Morgen an allen Aspekten der Legende von Frederik Tryggvason. Es war, als wäre Vater von einem kühl denkenden Analytiker zu einem brennenden Fanatiker mutiert, nur weil er einen gefälschten Runenstein in den Händen hielt.

Ihr könne es recht sein, dachte Lene, als sie durch die Eingangspforte der Polizeiwache schritt. Vater war beschäftigt und um einiges netter und zugänglicher, als sie ihn jemals gesehen hatte.

Mit nichtssagendem Ausdruck wurde sie von ihrem Chef empfangen. »Ah, Frau Oberkommissarin Steinke … Verzeihung … Cornelsen. In Ihrem Fall gibt es noch nichts Neues. Sobald ich etwas weiß, werde ich Sie informieren.«

Erlaubte sich Mathissen einen Spaß mit ihr? Es war schwer zu glauben, dass ausgerechnet das Superhirn der Sylter Polizei ihren Namen mit dem ihres Ex-Mannes verwechselte. Obwohl ihr ein bissiger Kommentar bezüglich seines fragwürdigen Langzeitgedächtnisses auf der Zunge lag, schluckte sie die Worte runter, zauberte ein Lächeln auf ihre Lippen und trat hinter die Theke.

»Moin. Was kann ich für Sie tun, Herr Hauptkommissar?«

»Sie können ein paar Fälle abarbeiten.«

Lene sah sich um und ging pflichtbewusst in Stellung. Endlich konnte sie sich nützlich machen, sich ein wenig profilieren nach den schmachvollen ersten Stunden auf der Insel. Schon am frühen Morgen warteten drei Personen darauf, dass die alte Schafböck sich um ihre Anliegen bemühte. Lene war im Begriff, der alten Dame unter die Arme zu greifen. »Geben Sie mir einen Schreibtisch und meine Zugangsdaten, dann lege ich sofort los«, sagte sie energisch und ertappte sich dabei, dass sie locker die Handfläche auf ihre P99Q legte wie ein Sheriff auf seinen Colt.

»Das ist gar nicht nötig.« Mathissen sortierte Dokumente, legte seine Stirn in Falten, als würde er gerade sehr viel Denkarbeit leisten, und reichte ihr ein Formular mit den Notizen eines Anrufs.

Schnell studierte Lene die wenigen Sätze, die wahrscheinlich Schafböck gekritzelt hatte, und sah verwundert hoch. »Eine verschwundene Katze?«

»Nicht irgendeine«, warf die alte Schafböck vom Tresen aus ein und zog die Augenbrauen hoch. »Es handelt sich um Mischa, den Kater der Sörensens.«

War dieses übergewichtige Fellknäuel immer noch am Leben? Mischa hatte schon während ihrer Schulzeit eine gewisse Berühmtheit erlangt, weil er Fischern in List gern dabei zusah, sie gar anschrie, wenn sie etwas gefangen hatten, und natürlich die eine oder andere Makrele zugeworfen bekam. Dadurch hatte das vormals zierliche Kätzchen bereits in jungen Jahren beeindruckende Ausmaße angenommen.

»Warum sucht die Polizei den Kater?« Lene schlug die Augen nieder. Am liebsten hätte sie sich die Schläfen massiert.

»Die ganze Familie Sörensen begibt sich in Gefahr, ist am Strand auf der Suche nach dem Kater, und die Fischer denken, dass es Unglück bringt, wenn Mischa verschwunden ist. Selbst einige Gäste sind besorgt und glauben, dass dieses adipöse Ungetüm vom Wikinger geholt wurde. Familie, Gäste und Fischer – sie alle rufen im Stundentakt an, blockieren die Leitung und binden Kräfte.« Mathissen tippte geschäftig auf seinem Mobiltelefon. »Damit sollte sich die Polizei nicht beschäftigen.«

»Aber anscheinend soll ich es.«

Ihr Chef schwieg. Schließlich blickte er doch noch auf, nickte beiläufig und sah dann wieder auf sein Display. »Ganz genau. Und halten Sie sich bereit. Ab und zu funktionieren die Verbindungen heute, und wie Sie sehen, haben wir wieder volles Haus.«

Wollte Mathissen sie verarschen? Sie hatten einen Mordfall auf der Insel, letzte Nacht wurde auf sie geschossen, eine Sturmflut tobte und ihr Chef behelligte sie mit banaler Strafarbeit?

»Ich nehme nicht an, dass Sie mir einen Wagen zur Verfügung stellen?«

»Sind alle in Bewegung, Ihr Fahrzeug ist beantragt.« Als das Telefon in seinem Büro klingelte, ging er stocksteif in den hinteren Teil des Gebäudes. »Aber ein Dienstfahrrad könnten wir entbehren. Sie finden es hinten auf dem Hof, neben den drei Schuppen mit konfiszierten Vehikeln, unter anderem Ihren alten Mofas!«, rief er noch, ehe sie die Tür knallen hörte.

*

Mit dem Fahrrad? Von wegen!

Lene war einiges gewohnt, doch wie der Wind ihr entgegenblies, hatte sie selten erlebt.

Hin und zurück waren es bis zur Jugendherberge circa

18 Kilometer. So gerne sie mit dem Rad unterwegs war, das hatte sie sich nicht zumuten wollen. Aus einem Impuls heraus hatte sie am Schlüssel ihres alten Mopeds gedreht und zu ihrer Überraschung war es tatsächlich angesprungen. Es war in einem überraschend guten Zustand. Irgendjemand aus der Wache musste vor Kurzem daran geschraubt haben. Sogar vollgetankt war es und fein gesäubert.

Sie hatte sich vorgenommen herauszufinden, wer für diese glückliche Fügung verantwortlich war, und das Gefährt auf die Straße geschoben. Auf einen Helm hatte sie verzichten müssen. Glückshormone hatten ihren Körper geflutet, als sie daran dachte, wann sie zuletzt das knatternde Geräusch vernommen hatte. Zu ihrem Bedauern hatte der Endorphinschub nicht lang angehalten. Ihr Gesicht war vor Anstrengung zu einer erschöpften Maske verkommen, während sie sich durch die Böen an die Nordgrenze nach List durchkämpfte, wo der Ellenbogen den Königshafen schützte und die Autofähre nach Havneby ablegte. In der Jugendherberge Möwenberg war sie selbst einmal bei einem Schulausflug zu Gast gewesen. In List angekommen, musste sie mehrmals durchatmen, bis sie die Klingel des Haupthauses der Jugendherberge betätigen konnte.

Es dauerte ein paar Augenblicke, bis sie die schlürfenden Schritte von Oma Sörensen vernehmen konnte. Jahrzehntelang hatte sie die Herberge geführt und sie inzwischen an ihre Kinder übergeben. Man sagte über die rüstige Frau, dass sie nicht ein einziges Gesicht vergaß. Lene konnte das faltige Antlitz der Dame durch das kleine Fenster erkennen und musste lächeln. Wenn die Dame wüsste, wer die derzeitige Bundeskanzlerin war, wäre sie überrascht gewesen.

Langsam öffnete sich die Tür. »Lenchen, hab ich recht?«

Die Stimme war schwach und wurde fast vom Wind fortgetragen, und doch war Lene sicher, sich nicht verhört zu haben.

»Moin, Frau Sörensen, wurde ich angekündigt?«

»Nein, wieso?« Die Dame hatte Schwierigkeiten, das Türblatt gegen die Böen zu stemmen. »Wir kennen uns doch, Kleines. Du hast damals mit diesem Leif angebandelt und jetzt bist du eine große, hübsche Polizistin geworden. Das freut mich. Weißt du, zu meiner Zeit war das ja nicht so einfach möglich. Das war nur etwas für Männer. Schön, dass sich das geändert hat.« Sie tätschelte Lene über den Ärmel. »Aber du und Leif, das hat man schon gesehen, dass ihr euch gemocht habt. Wie alt wart ihr da? 16 vielleicht?«

»17«, entgegnete Lene und kniff die Augen zusammen.

Diese Frau … ja die gesamte Insel steckte voller Überraschungen. »Ich bin hier wegen Mischa.«

»Oh, der arme Mischa.« Oma Sörensen wäre weggeweht worden, hätte Lene nicht die Tür ergriffen. »Wir haben ihn seit ein paar Tagen nicht gesehen. Seitdem …«

»… das Schiff ans Kliff gespült wurde?«

Der Ton der Dame wurde verschwörerisch. »Ganz genau, Kindchen. Du meinst doch nicht, dass der Wikinger ihn genommen hat?« Konnte man da eine Träne auf der faltigen Haut entdecken? »Du weißt ja, es bringt Unglück, wenn man keine Bordkatze hat, die die Ratten jagt. Nicht dass der Wikinger gedacht hat, er nimmt unseren kleinen Mischa, um …«

Kleiner Mischa … natürlich. Interessante Bezeichnung für den dicksten und schwersten Kater, den sie jemals gesehen hatte.

»Frau Sörensen, wo haben Sie ihn zuletzt gesehen?«

»An der Westflanke vom Königshafen«, schluchzte die Frau mit breiter werdendem friesischem Dialekt. »Dort, wo er immer die Fischer beobachtet hat. Aber bei dem Sturm traut sich ja keiner vor die Tür und er sollte längst zu Hause sein.«

»Vielen Dank, Frau Sörensen. Wir tun alles, um ihn zu finden. Nur bitte rufen Sie nicht mehr deswegen auf der Wache an.«

Sie wusste selbst nicht, warum sie das gesagt hatte. Eigentlich mochte sie Tiere. Mit ihrem Idioten von Ex-Mann hatte sie selbst überlegt, sich einen Hund anzuschaffen. Gut, dass sie es nicht getan hatten. Das arme Scheidungskind …

Andererseits wusste sie auch, was höchstwahrscheinlich mit beleibten alten Katern passierte, die während eines Orkans am Strand spazieren gingen. Doch bevor sie der Dame unnötig schlechte Nachrichten überbrachte, konnte es nicht schaden, sich einmal den Ellenbogen anzusehen.

»Hier, warte einen Moment! Das ist Mischas Lieblingsspeise. Vielleicht hilft dir das, Lenchen.«

Wäre die Situation nicht so ernst gewesen, hätte Lene laut losgelacht. Die alte Dame wandte sich um, packte einen Eimer und drückte diesen gegen Lenes Friesennerz. Ein Dutzend frische Makrelen guckten sie aus toten Augen an.

»Danke schön«, konnte sie sich abringen und sah dabei zu, wie Frau Sörensen ihre Tränen wegtupfte.

Lene drehte auf dem Absatz und blickte verwundert, amüsiert und etwas angewidert in den Eimer. So etwas gab es wirklich nur auf Sylt. Diese Insel musste man lieben.

Sie entschied sich für einen Fußmarsch, zog eine Mütze über die wehenden Haare und machte sich auf, um die natürliche Bucht im Norden von Sylt in Augenschein zu nehmen. Schon früher war sie beeindruckt gewesen, immer wenn sie den steinernen Damm betreten und auf den Naturhafen geblickt hatte. Sie konnte sich kaum vorstellen, dass die Bucht bis ins 18. Jahrhundert ein Hafen gewesen war, der erst aufgegeben wurde, als die Gezeiten ihn hatten versanden lassen.

Der Wind peitschte ihr ins Gesicht, nachdem sie endlich die höchste Stelle des Damms erreicht hatte. Von dort konnte sie Uthörn überblicken, da die Sicht etwas klarer war als gestern. Kein Zeichen von Mischa.

Mittlerweile waren der Ellenbogen und die gesamte Bucht ein Naturschutzgebiet, wie so vieles auf Sylt, doch normalerweise konnte man zumindest ein paar Kitesurfer oder Schiffe ausmachen. Selbstverständlich nicht bei diesem Wetter.

Es gab keinen Grund, das Unvermeidliche weiter hinauszuzögern, folgerte Lene, während sie zum Weststrand ging und die Wellen bei ihrem wilden Spiel beobachtete. Sie würde eine Weile hier draußen bleiben, und nachdem sie der alten Sörensen den Eimer zurück in ihre Hände gedrückt hätte, würde sie ihr klarmachen, was wahrscheinlich mit Mischa passiert war.

Lene ging ein Stück und sah sich um, dabei griff sie immer wieder in den Eimer. Mit viel Schwung warf sie die Makrelen ins Wasser. Größere Fische oder die Möwen würden an ihnen eine gute Mahlzeit finden. Zumindest, wenn das Wetter irgendwann einmal aufklaren sollte. Derzeit sah es eher nach Weltuntergang aus.

Der gute Wille zählte und bestimmt war Frau Sörensen schon auf das Schlimmste vorbereitet. Sie brauchte nur jemanden, der diesen letzten, völlig bescheuerten Hoffnungsschimmer zerstörte.

Lene hasste solche Momente. Als Polizist musste man leidensfähig sein, besonders in Situationen, in denen Menschen mit dem Tod konfrontiert waren. Sterben war eine Sache, die man nur allzu gerne von sich drückte und …

Lene erstarrte. Der Eimer fiel zu Boden und einige Fische wurden vom Wasser erfasst und dorthin gezogen, wo sie gelebt hatten.

»Da brat mir einer 'nen Storch.« Lene stockte der Atem. Sah sie da gerade wirklich, was sie meinte zu sehen?

Auf einer kleinen Insel aus Treibgut hockte ein grau getigertes Häufchen Elend und schrie den Schmerz der Welt bitterlich über das Meer hinaus. Dabei fixierte dieses Etwas sie, als hätte es nur darauf gewartet, dass sie endlich seinen Weg kreuzte, und wäre äußerst erzürnt, dass es so lange gedauert hatte.

»Mischa?«

Als ob der beleibte Kater sie tatsächlich verstehen könnte, vernahm sie wütendes Maunzen. An Kommissar Zufall glaubte sie nicht. Fälle wurden meist durch harte Arbeit und Finesse gelöst. Und trotzdem saß dieses fette Tier pitschnass und schlecht gelaunt nicht weit von ihr auf einem Haufen aus Treibgut und miaute um sein Leben.

Lene stöhnte, ließ ihren Blick noch einmal über die schäumende See schweifen und stellte fest, dass Sturm und Regen wieder zunahmen. Irgendetwas hatte die Insel gegen sie. Warum sonst würde sie Lene dreimal in drei Tagen in die bitterkalten Fluten schicken. Das Wasser schien sie hören zu können und die Wellen nahmen mit jedem Atemzug an Höhe zu. Die Wolken verdunkelten sich allmählich. »Natürlich.« Ohne weiter darüber zu sinnieren, dass Meer und Eiland vielleicht doch ein Gedächtnis haben könnten, watete Lene durch das knietiefe Wasser, schmeckte erneut das beißende Salz auf den Lippen und spürte, wie ihre Augen zu tränen begannen.

»Hab ich dich!« Mischa ließ sich ohne Gegenwehr von der kleinen Insel retten. Lene hatte den Kater gerade geschnappt, da spritzte ihr eine Welle kalter Nässe ins Gesicht. Mit beiden Händen das feuchte Fell des Katers gepackt, musste sie die Augen zusammenkneifen, bis Mischa in den Eimer geklettert war, den sie sich unter den Arm geklemmt hatte.

Immer noch höchst ungehalten über ihre Verspätung, begann er, den letzten verbliebenen Fisch zu verschlingen, und sah im Anschluss mit gelben Augen hoch.

»Gern geschehen«, zischte sie und hob die Füße an. Erneut waren die Schuhe vollgesogen mit Wasser und auch der Stoff ihrer Hose klebte nass an ihren Unterschenkeln. Dabei hatten sie noch nicht einmal Mittag!

Mit vom Wasser quietschenden Schritten machte sie sich zur alten Frau Sörensen auf. Ein heller Freudenschrei entfuhr der alten Dame, als sie ihr den Eimer mit Mischa übergab.

»Dich schickt der Himmel, Kindchen. Komm schnell rein!«

Das ließ Lene sich nicht zweimal sagen. »Eigentlich war es mein Chef.«

»Das tut nichts zur Sache«, entgegnete Frau Sörensen, holte ihr Handy hervor und verkündete die gute Nachricht über die Familien-Whatsapp-Gruppe ihres Mobiltelefons.

Sie war offensichtlich nicht so von gestern, wie Lene es vermutet hatte. Schnell wurde der Kater trocken gerieben und mit Essen versorgt, während Lene einen dampfenden Tee in die Hände gedrückt bekam und ihre Schuhe unter der Heizung abstellen konnte. Frau Sörensen bestand darauf, dass sie sich ein paar Minuten am Küchentisch aufwärmte, bevor die Familie von ihrer Rettungssuche eintreffen würde.

Es tat gut, wie der Tee ihre Eingeweide wärmte. Fast hätte sie sich eine Sekunde entspannt, als ihr Handy klingelte.

»Frau Oberkommissarin, Mathissen hier. Haben Sie den Sörensens gemeldet, dass der Kater vermutlich von den Fluten erfasst wurde?«

»Nun, um ehrlich zu sein, habe ich ihn gefunden.«

»Exzellent«, antwortete er abgehakt und metallisch. Die

Verbindung war so schlecht, dass Lene den Lautsprecher schmerzhaft an ihr Ohr drücken musste, um etwas zu verstehen. »Ich habe einen neuen Einsatzbefehl für Sie. Begeben Sie sich zur ›Alten Böe‹. Dort versperren Falschparker die Feuerwehrzufahrten und Rettungswege.«

Hatte sie sich verhört? »Herr Hauptkommissar, ist das Ihr Ernst? Erst Katzen bergen und dann Rettungswege frei machen? Gibt es dafür nicht das Ordnungsamt? Ich bin Kriminalkommissarin, sollte ich nicht am Mordfall arbeiten?«

»Sie sind befangen, außerdem sind wir alle an der Kapazitätsgrenze, müssen uns gegenseitig unterstützen und Amtshilfe leisten«, drang es kalt aus dem Handy. »Es stehen noch weitere Aufgaben an. Melden Sie sich, wenn Sie fertig sind.«

Die Leitung klickte. Jetzt war sie sich sicher, dass Mathissen sie von der Insel vertreiben wollte. Sie seufzte, trank ihren Tee und hoffte inständig, dass sie sich damit beruhigen konnte.

»Es scheint, als hätte die Insel auf dich gewartet«, sagte die alte Dame mit einem Lächeln und nahm ihr gegenüber Platz. Nachdem Mischa gegessen hatte, nahm Frau Sörensen ihn auf den Schoß und beide sahen Lene mit hoffnungsvollem Blick an.

»Auf mich? Eher weniger.«

»Nun, vielleicht doch.« Die Dame senkte ihre Stimme und nur das Schnurren des Katers erfüllte den Raum. »Eine Tochter des Eilands, die in ihrer schrecklichsten Stunde zurückkehrt und sie retten wird vor der Gewalt der See.«

Lene zwinkerte, stellte den Tee auf die Tischplatte und lehnte sich nach vorn. »Und dann mit dem Gold des Klabautermanns belohnt wird und einen Seefahrer mit güldenem Haar heiraten wird, und sie leben glücklich bis ans Ende ihrer Tage?« Lene wollte die alte Dame nicht auf den Arm nehmen, aber bei der Vorlage konnte sie nicht anders.

»Mach dich nur über mich lustig, aber selbst du kannst nicht verhehlen, dass einige merkwürdige Dinge auf der Insel passieren.« Sie streichelte Mischa und noch immer sahen beide sie an. »Auf der Insel … und in dir.«

»Ich wurde also doch angekündigt?«

»Nein, aber ein paar Geschichten hört man über dich. Zum Beispiel, dass du Menschen vom Wikingerschiff rettest oder unbeholfene Reporter vom Hindenburgdamm führst. Oder unserem Leif neuen Mut einhauchst.«

Lene winkte ab. Fehlte nur noch, dass sie ab jetzt »die Auserwählte« genannt wurde. Amüsiert zog sie die klammen Schuhe an. »Geben Sie nicht so viel auf das Geschwätz der Leute.«

»Tue ich nicht, Kindchen. Aber in jeder Geschichte steckt ein Körnchen Wahrheit, nicht wahr?«

KAPITEL 13 – WELLEN DER VERGANGENHEIT

Manchmal verloren die Leute ihren Verstand, wenn etwas nicht seinen geplanten oder gewohnten Gang nahm.

Einfach so.

Besonders in Notsituationen. Was meist tragisch war, denn gerade in solchen Momenten brauchte man einen kühlen Kopf, um zu überleben. Wenn eine Panik ausbrach zum Beispiel oder wenn ein Schiff unterging. Oder wenn man ein paar Tage auf einer Insel verharren musste, mit sporadischem Handyempfang und gekappter Verbindung zum Festland.

Eigentlich konnte man das hier nicht als Notsituation bezeichnen, doch offensichtlich reichte es aus, um bei einigen Touristen die Sicherungen durchbrennen zu lassen.

»Jetzt gehen Sie doch einfach wieder zurück in Ihr Ferienhaus«, blaffte Lene das Pärchen an, das einen nagelneuen SUV direkt vor dem Eingang der »Alten Böe« geparkt hatte. »Und nehmen Sie Ihre Karre mit, Sie behindern die Notfallzufahrten!«

»Wer sind Sie, dass Sie uns das sagen dürfen?«

»Immerhin bin ich Polizistin und länger auf der Insel, als sie es jemals sein werden.«

»Schauen Sie sich um, dieser Sandhaufen geht unter und

Sie schauen zu und lassen uns im Regen stehen. Metaphorisch und buchstäblich.«

Ja natürlich. Dafür war sie persönlich verantwortlich. Die Sylter hatte Lene stets als sehr hilfsbereit und gastfreundlich wahrgenommen. Aber zu ganz wenigen Neu- und Altreichen, die einmal im Jahr für zwei Wochen ihre Ferienwohnung bezogen, sich den berühmten »Sylt-Aufkleber« auf die Heckklappe pappten und die Grundstückspreise für die richtigen Insulaner in astronomische Höhen trieben, hatte sie ein eher zwiespältiges Verhältnis.

Lene persönlich hatte solche Menschen immer gehasst. Wenn sie in Düsseldorf von ihrer Insel erzählte, gab es tatsächlich jene, die damit prahlten, eine Wohnung auf Sylt zu besitzen, diese aber kaum zu benutzen. Trotzdem fühlten sich diese Menschen als echte Sylter. Eigentlich waren Lene diese Gedanken zuwider. Man war zu Hause, wo einen das Herz hinzog, aber bei solch einem großspurigen Verhalten musste sie den Kopf schütteln. Selbst wenn es nur einen Bruchteil der Menschen betraf.

Zwei solche Exemplare hatte sie gerade vor sich. Die Herrschaften mittleren Alters bestanden nicht nur auf ihren Parkplatz direkt vor der Tür, da sie sonst vom Regen nass wurden, nein, sie wollten auch eine Vollverpflegung von der Wirtin direkt nach Hause bekommen, da sie Gefahr bezüglich Leib und Leben befürchteten. Für sich, versteht sich. An den armen Tropf, der ihnen das Essen bringen sollte, dachten sie nicht.

»Dieser *Sandhaufen* ist meine Insel und sie geht nicht unter!« Hatte sie das gerade wirklich gesagt? Es tat gut, es auszusprechen. Lene baute sich vor den beiden auf. »Wenn Sie Hunger haben, können Sie gerne in der ›Alten Böe‹ essen gehen, aber benutzen Sie dafür die Parkplätze oder lassen Sie das Monstrum von Spritvernichter am besten stehen.«

Demonstrativ zog sie die gelbe Kapuze ab und richtete die Handflächen gen Himmel. »Es tröpfelt doch nur. Wenn Sie damit nicht klarkommen, dann verkaufen Sie Ihre Drittwohnung an die Leute von hier. Vielleicht können die einheimischen Rentner sich dann irgendwann wieder die Mieten leisten.«

Lenes Lippen bebten vor Zorn. Am liebsten wären viele andere Worte aus ihr gesprudelt, allerdings war es nicht klug, ihre Meinung in Uniform kundzutun.

Den zaghaften Protest der Frau rang sie mit ihrem Blick nieder. Untereinander murmelnd, trollte sich das Ehepaar, stieg in den SUV und brauste mit heulendem Motor davon.

Es gab einen Grund, warum sie leidenschaftliche Radfahrerin war. Zu so etwas wollte Lene nie mutieren. Selbst mit Millionen auf dem Konto oder einem Formel-1-Piloten als Mann.

Die Tür des Lokals riss sie beinahe auf. Der Zorn wich nur langsam aus ihren Gliedern, und es bedurfte der altbekannten Stimme von Swantje, damit ihre Zähne nicht mehr mahlten.

»Hast es denen richtig gegeben, Lenchen!«, jubilierte die Dame, ließ den Verschluss einer Flasche »Küstennebel« knacken und holte zwei Gläser hervor. »Das wird bestimmt teuer.«

Erschöpft winkte sie ab und stützte sich auf den Tresen. »Hab nichts aufgenommen. Verdient hätten sie es allerdings.«

»Auf jeden Fall«, stimmte Swantje zu, füllte die Gläser und reichte ihr eines. »Ist gut für die Nerven.«

»Ich bin im Dienst.«

»Na und? Sieht doch keiner.«

Lene blickte über ihre Schultern. Eine Handvoll Gäste aß genüsslich zu Mittag, war aber definitiv in Gespräche vertieft. Noch immer zwickte die frostige See wie Hunderte Nadelstiche und nach all den Geschehnissen konnte sie einen Schnaps vertragen.

»Ach, was soll's«, stöhnte sie, stieß leise mit Swantje an und kippte die milchige Flüssigkeit hinunter.

»Sehr gut.« Swantje klopfte sich mehrmals auf die Brust und rülpste leise. »Und jetzt hole ich dir einen schönen Pott Fischsuppe.«

»Nein, warte ... das ist zu freundlich, aber ...«

»Keine Widerrede!«, rief sie schon halb in der Küche und kam nach wenigen Sekunden wieder. »Hier, geht aufs Haus.«

»Wieso das denn?« Es duftete köstlich. Eigentlich war Lene fest entschlossen abzulehnen, Hunger und Kälte allerdings waren korrumpierende Berater, wenn es um Disziplin ging. Bevor das schlechte Gewissen übermächtig werden konnte, tauchte sie ihren Löffel in die tiefrote, mit großen Stücken versetzte Flüssigkeit. »Was habe ich getan, dass du so nett zu mir bist?«

»Zum Beispiel unserem Leif ein Lächeln ins Gesicht gezaubert.«

Er schien auf der Insel überaus beliebt zu sein. Musste in der Familie liegen.

»Das ist alles?«

»Das reicht manchmal aus.«

Während ihre Geschmacksknospen explodierten und Lene einen Löffel nach dem anderen in ihren Mund schob, ließ sie die Wirtin nicht aus den Augen. Sie hätte die Aussage einfach mit einem Nicken quittieren können, doch eine undefinierbare Nuance in ihrer Stimme ließ sie aufhorchen und nachhaken.

»Wie meinst du das, Swantje?«

»Nun, es gab Zeiten, da hatten die van Ohlsens nicht viel

zu lachen. Da tut es einfach gut, den Ältesten von ihnen in guten Händen zu wissen.«

»Keine Angst, die Hochzeit ist noch weit entfernt.« Lene spürte, wie die fast abgeflachte Wut kurzzeitig in ihr aufstieg. »Du redest in Rätseln. Nicht gerade typisch für uns Nordlichter, oder?« Ihr Blick wurde feuriger.

Die Wirtin zuckte mit den Schultern, als wäre sie das Opfer eines besonders harten Verhörs gewesen. »Na, wenn du es unbedingt wissen möchtest, schon die Eltern der beiden hatten Probleme.«

»Schon klar, lass gut sein.« Lene löffelte weiter. Es war nur das Geschwätz einer Wirtin, redete sie sich ein. Doch erneut konnte sie es nicht einfach auf sich beruhen lassen. »Als ich hier fürs Abi büffelte, waren die van Ohlsens eine der reichsten Familien auf der Insel.«

»Oh, das sagte man sich und sie taten auch bestimmt so«, erklärte Swantje und sah sich verschwörerisch um. »Doch ihre Häuser wurden lange nicht mehr modernisiert, die Designerkleidung war angeblich von Auktionsseiten aus dem Internet und die Wagen waren geleast.«

»Und wer streut solche Gerüchte?«

»Der Schwager eines Stammgasts, der liefert Pakete aus.« Swantje lehnte sich so weit nach vorn, dass ihre Brüste auf der Theke auflagen und ihr faltiges Dekolleté bis zum Hals gedrückt wurde. »Und der sagte, dass er früher ganz oft bei Dame van Ohlsen war und sie die Kleidung immer retournierte.«

»Natürlich«, sagte Lene genervt.

Merkwürdig. Gerade als sie sich wieder in die Insel verliebte, erinnerte sie Lene an den Grund, weshalb sie sie damals verlassen hatte. Eine komische Hassliebe war das.

Lene ließ sich nicht anmerken, wie wütend sie über solch Dorfgeschwätz war. »Und so etwas glaubst du?«

»Dass es Leifs Familie schlecht ging, war ein offenes Geheimnis. Nicht so schlecht wie heute, aber die Glanzzeiten der alten Dynastie waren vorbei. Das Sylter Heimatmuseum, wie es damals noch hieß, besuchten immer weniger Leute und der alte van Ohlsen gab sogar besoffen zu, dass es ihnen dreckig ging.« Sie deutete dabei auf einen Punkt etwa drei Meter neben Lene, was wohl bekräftigen sollte, dass Leifs Vater dort einmal betrunken gestanden habe. »Und er sagte, dass die Familie bald alle Sorgen los sei. Sie würden einen großen Schatz jagen, in der Arktis. Der würde der Familie zu neuem Glanz verhelfen, hat der alte van Ohlsen damals gelallt, und alle Schulden würden sie tilgen.«

»Und? Hat es geklappt?«

Die Wirtin seufzte, nahm ein Glas und begann, es grüblerisch zu reinigen. »Nein. Sie haben ein Schiff gechartert und sind unter lautem Medienrummel auf große Expedition gefahren. Wie das ausgegangen ist, weißt du ja, Lenchen.«

Lene hatte genug gehört und ließ den Löffel geräuschvoll auf die Untertasse knallen. »Es ist einfach, über Leute zu lästern, die längst tot sind und sich nicht wehren können.« Sie wollte die Wirtin nicht kränken, doch rief sie ihr die Vorwürfe voller Schmerz und Wut entgegen. Sofort waren alle Blicke in der Gaststätte auf sie gerichtet.

Für einige Sekunden war nur der Sturm draußen zu hören, bis Swantje das unerträgliche Schweigen durchbrach und den halb gefüllten Suppenteller an sich nahm.

»Dann frag nicht nach, wenn du es nicht hören willst. Glaub, was du willst, Frau Kommissarin.«

»Oberkomm…« Lene biss sich auf die Lippen. Der Zorn flammte wieder auf. »Ach, egal. Trotzdem solltest du nicht so viele Gerüchte in die Welt setzen. Leif und Ole haben genug durchgemacht, auch ohne eure Mutmaßungen und

Geschichten.« Schwungvoll nahm sie ihre Jacke und schritt zur Tür. »Danke für die Suppe und den Schnaps.«

*

Der Tag war voller Schikanen.

Immer wenn Lene dachte, sie habe einen Brocken aus dem Weg geräumt, fiel Hauptkommissar Mathissen eine weitere Kleinigkeit ein, die es zu erledigen galt. Grundsätzlich war sie sich für nichts zu schade, aber wenn es an Tortur grenzte, wurde sie wütend.

Dieser Aufgabenmarathon hatte zwei gute Seiten: Einerseits sah sie viele altbekannte Gesichter und konnte ihre alte und neue Heimat in Augenschein nehmen, andererseits war sie viel zu beschäftigt, um über Swantjes Worte nachzudenken.

Und wenn einer der Insulaner doch einmal ein Wort über die van Ohlsens verlor, hörte sie einfach weg oder beendete das Gespräch. Den ganzen Nachmittag half sie dabei, das Verkehrschaos in Westerland zu beenden, sorgte für Ruhe bei einem Streit in List, schob gemeinsam mit dem Fahrer in Rantum ein festgefahrenes Auto aus dem Schlamm und räumte herabgefallene Äste von der Straße.

Als sie gegen Abend in die Wärme der Polizeiwache trat, suchte sie sich den nächsten Stuhl und ließ sich erschöpft auf die weiche Polsterung sinken. Ihre Schenkel brannten wie Feuer. Das alles mit dem Moped zu erledigen, grenzte an Idiotie.

Zumindest, wenn man wenig Rückenwind genießen konnte.

Das Wetter meinte es weiterhin nicht gut mit ihnen. Um die Insel herum warfen sich ununterbrochen Wellen gegen die Strände. Von oben regnete es Bindfäden und der Wind pfiff so laut, dass Lene sich mehrmals gefragt hatte, ob sie einen Tinnitus hatte. Allem Anschein nach hatte der Wettergott ihnen heute Morgen nur eine kurze Pause gegönnt.

»Gibt es etwas Neues?«, wollte Lene atemlos in Richtung von Frau Schafböck wissen.

Die Polizeihauptmeisterin stand auf, schüttelte den Kopf und verschwand in der kleinen Küche. Als sie mit einer dampfenden Tasse Tee zurückkam, die sie vor Lene auf den Tisch stellte, schloss Lene sie endgültig ins Herz.

»Das Schiff wurde noch nicht ins Meer getragen«, erklärte die Polizeihauptmeisterin und steckte die Nase wieder in ihre Unterlagen. »Keine Neuigkeiten im Mordfall oder vom Anschlag auf euch. Funk geht manchmal, Telefon und Internet mit viel Glück.«

Lene nickte, atmete durch und trank, obwohl die pechschwarze Flüssigkeit viel zu heiß war. Natürlich, was hatte sie erwartet? Die Polizei war überlastet und konnte gerade das abarbeiten, was keinen Aufschub duldete. Nur gut, dass wenigstens der Andrang auf der Wache nachließ und sie allein waren. Sie sah sich um und erkannte, dass neben Schafböck noch drei weitere Uniformierte Papierkram erledigten.

»Wo ist Mathissen?«

»In seinem Büro«, erklärte ihre Kollegin. »Der schläft nie viel.« Sie hielt inne, blickte zu der verschlossenen Tür und tippte den Kuli gegen ihre Lippen. »Eigentlich habe ich ihn nie außerhalb des Büros gesehen. Mir ist nicht einmal klar, ob er eine Wohnung hat.«

»Ich wusste es«, flüsterte Lene zu sich selbst. »Der Mann ist ein Roboter.«

»Wie bitte?«

»Ach, nichts. Vielen Dank für den Tee, Frau Schafböck.«

Mit beiden Händen umschloss sie die Tasse. Lene sah, wie sich Tropfen von ihren Strähnen lösten und mit einem Platschen auf der Tischplatte landeten. Schnell zog sie die Jacke aus und genoss, wie die Wärme der Wache sie umfing. Eigentlich hätte sie jetzt nach Hause fahren können, wäre da nicht dieses Gefühl in ihrer Magengegend gewesen, dass eine wichtige Sache noch nicht erledigt war. Etwas, ein Gedankengang, der sie einfach nicht losließ, bedurfte ihrer Aufmerksamkeit.

»Ich gehe nach Hause«, erklärte Polizeihauptmeisterin Schafböck und riss sie aus ihren Grübeleien, sodass sie zusammenzuckte. »Das solltest du auch tun. Nass und hungrig lässt es sich nicht gut nachdenken.«

Lene nickte. »Gute Nacht und gute Träume.«

Recht hatte sie. Lene sollte nach Hause gehen. Essen, duschen und vor dem Fernseher einschlafen. Immerhin konnte sie morgen etwas länger im Bett bleiben, da Mathissen sie für eine Spätschicht eingetragen hatte. Warum nur kam es ihr so abwegig vor, jetzt den Heimweg anzutreten?

Lene atmete angestrengt aus, raffte sich hoch und griff den Telefonhörer. Sie wusste, warum. Es gab keinen Grund, sich das Offensichtliche nicht einzugestehen. Nie im Leben würde sie in dieser Nacht Schlaf finden. Amüsiert über sich selbst verzog sie das Gesicht und seufzte theatralisch. Lene war nie gut darin gewesen, die Dinge auf sich beruhen zu lassen.

Vielleicht war das einer der Hauptgründe, warum sie Polizistin geworden war. Ganz von der Tatsache abgesehen, dass ihr die blaue Bluse einfach herrlich stand.

Tatsächlich hatte sie eine Leitung. Noch war die Insel also nicht ganz von der Außenwelt abgeschnitten. Aus dem Internet suchte sie sich die Kontaktdaten des Reethüüs in Kampen und wählte die Nummer des Hotels.

Nach dem achten Klingeln meldete sich eine freundliche, aber gehetzte Männerstimme.

»Reethüüs, Moin. Tut mir leid, wir haben kein Zimmer frei.«

»Guten Abend, Sylter Polizei, Lene Cornelsen mein Name. Beherbergen Sie einen Michi Müller vom Merkur aus München?«

War da ein entnervtes Stöhnen zu vernehmen?

»Sie klingen aber so gar nicht friesisch. Das heißt *Moin.*«

»War lange weg. Also, ist er da?«

»Rufen Sie im Auftrag der Familie aus dem schönen Bayern an?« Der Sarkasmus troff förmlich aus dem Hörer. »Hören Sie, ich habe Ihnen gesagt, dass Sie nicht drei Stunden pro Tag die Leitung belegen können. Egal ob die Tante aus Augsburg Husten hat, der Cousin Hansi Schützenkönig werden will oder die Brigitte den Hardy mit dem Andy betrogen hat. Ich weiß, der Handyempfang ist schlecht.« Die Stimme wurde weinerlich, der Mann war offenbar mit den Nerven am Ende. »Aber bitte … bitte, bitte, bitte, beschränken Sie Ihre Telefonate auf ein Minimum.«

Nicht gerade einfach, jetzt ernst zu bleiben. Sie musste sich die Hand auf die Lippen legen und mehrmals tief durch die Nase atmen. »Polizei Sylt, wie ich sagte, und ich würde Herrn Müller gerne etwas fragen, was bestimmt nicht mit seiner Familie zu tun hat.«

»Sagten Sie Polizei?« Die Leitung war wirklich schlecht. »Sie wollen ihn sprechen?« Die Stimme senkte sich und Lene musste sich anstrengen, die Worte, die bestimmt nicht für sie gedacht waren, zu verstehen. »Oder ihn gleich mitnehmen?«

»Ja, wenn es keine Umstände macht.«

»Moment bitte. Herr Müller wartet ohnehin im Vorraum auf einen Anruf.«

»Danke, ich warte gerne.«

KAPITEL 14 – FÜNF MINUTEN VOR MITTERNACHT

Es war kurz nach 21.30 Uhr, als Michi durch die Pforte der Polizeiwache trat und sich wie ein Hund schüttelte.

»A Sauwetter is des!«

»Wieso hat das so lange gedauert?«, wollte Lene wissen und nahm dem bis auf die Knochen nassen Michi seine dünne Sommerjacke ab. »Kampen ist nur einen Katzensprung entfernt.« Einen ziemlich großen Katzensprung, zugegeben.

»Hab mich verlaufen«, gab der Mann kleinlaut zu und nieste kräftig. »Und mir dann a Taxi g'önnt.«

»Verlaufen? Auf Sylt?« Lene zog die Augenbrauen nach oben. »Geht das überhaupt? Wir haben lediglich eine Handvoll Straßen. Ich bin mir sicher, in München gibt es ein paar mehr.«

Er hielt ihrem Blick nur wenige Lidschläge stand. »Und ich musste auf den Anruf meiner Mutter warten.«

»Verstehe.« Lene öffnete die Tür, die hinter den Empfangsschalter führte und deutete zur Heizung. »Wärm dich erst einmal, ich mache dir einen heißen Tee und hole dir ein Handtuch.«

»Vergelt's Gott«, keuchte er und rieb seine Hände.

»Und? Wie läuft die Recherche?«

»Hab gut geliefert«, sagte er freudestrahlend. »Die Münchner sind völlig vernarrt in die G'schicht. Nur ein paar gute Fotos fehlen noch … und ein Happy End!«

Nachdenklich drückte sie ihm die heiße Tasse in die Hände. »Wie meinst du das?«

»Na ja, eine große Bergung, mit viel Tamtam. Im Anschluss a prunkvolle Überstellung ins Sylter Museum, mit schicken Fotos, a Ausstellung, überschwängliche Reden, Würdenträger, die Hände schütteln. Was Offizielles halt. Und natürlich Kinderaugen, riesengroße Kinderaugen, die von den ganzen spannenden Wikingerg'schichten vom Boot feucht glänzen. So was in der Art. Verstehst?«

»Schiff«, murmelte Lene und sah durch ihn hindurch. »Aber ich verstehe nur zu gut. Du meinst, das Schiff würde auf jeden Fall ins Heimatmuseum transportiert werden?«

»Ja mei, wohin denn sonst?«

»Vielleicht in ein Museum an dem Ort, wo es gebaut wurde?«

Michi musste lachen und pustete dabei warme Luft in seine Fäuste. »Nicht, wenn ihr euch g'schickt anstellt. Des wird a wahrer Publikumsmagnet. Nur wenn es echt is natürlich. Und wenn nicht, auch gut, is a Riesenstory.« Mit einem Seitenblick streifte er sie. »Aber was weiß i schon. Du bist von der Insel und kannst besser abschätzen, wie viele Schaulustige das Boot anziehen würd.«

In den Überlegungen des Reporters steckte eine Menge Wahrheit. Für Leif, Ole und Sylt wäre es eine Sensation. Nicht dass das Eiland es nötig hätte. Für die ganze Region allerdings wäre es bestimmt nicht uninteressant. Und ein Fluch für die dänische Seite um Viktor und Marie Rasmussen. In Gedanken verloren, rieb sie ihre feuchten Strähnen. Nur einer konnte Tryggvasons Erbe als Dauerausstellung beherbergen. Irgendetwas stimmte hier nicht. Und dabei meinte sie keine wirtschaftlichen Interessen.

Das hatte sie nicht zu Ende gedacht. »Ein Schiff, kein Boot«, murmelte sie und ihr Blick wurde eilends klarer. »Würdest du mir einen Gefallen tun? Im Keller der Wache befinden sich das Archiv und ein paar PCs. Als Reporter musst du doch auch ein guter Schnüffler sein, oder?«

»Joa, i stell mi ganz passabel an.«

Sie strich über seine Schulter und legte ihr bestes Lächeln auf. »Und ich habe dir doch auf dem Damm ziemlich geholfen, oder?«

Er nickte überschwänglich. »Den Arsch g'rettet hast mir.«

Sie grinste wie ein Bösewicht in einer grausigen Comicverfilmung. »Sehr gut.«

*

Schummrig und flackernd fiel das Licht auf ihre Häupter, während Michis Finger über die Tastatur sausten.

»Nach was suchst denn genau?«, wollte der Reporter wissen.

»Nach allem, was mit dem Verschwinden der van Ohlsens zu tun hat«, antwortete Lene und wuchtete einen Ordner mit alten Vermisstenanzeigen auf die Tischplatte.

Es war gar nicht so einfach, sich durch den Wust aus Akten zu wühlen. Obwohl gut sortiert, schien der sonst so korrekte Chef der Wache keinen Wert darauf zu legen, die Papierberge zu ordnen.

War es Absicht oder einfach Personalmangel?

Lene wischte den Gedanken beiseite und versuchte, die verblichene Schrift auf den Ordnern zu entziffern. Ihre Insel machte sie gehörig paranoid.

»Ja mei, also praktisch alles über Dr. Jasper van Ohlsen und seine Frau, Professorin Dr. Silke van Ohlsen … Wenn's weiter nichts ist.« Michi hämmerte auf die Tastatur. »Drecksviech! Die Verbindung is schon wieder weg!«

Das konnte tatsächlich zum Problem werden. Lene blickte hoch zur Decke, während das Licht für einen Moment aussetzte. Der Regen belegte die Dächer mit einem Trommelfeuer, und draußen heulte der Wind, als würde er das rote Backsteingebäude ins Meer pusten wollen.

Irgendwie beschlich sie das Gefühl, dass sie das Gröbste noch nicht überstanden hatten. Nur das Wikingerschiff blieb im Schlick kleben, fast als wäre es an die Insel gefesselt.

Hatte es vielleicht jemand mit einer Eisenkette …?

Nein, das war selbst für einen PR-Gag zu viel.

»Versuch es weiter«, spornte sie ihn an und trank einen Schluck Tee. Seit fast zwei Stunden recherchierten sie ohne Ergebnis, und langsam meldete ihr Magen, dass er seit der Fischsuppe in der »Alten Böe« gehörig ignoriert worden war. »Irgendwann werden wir was finden.«

Das konnte nicht sein! Immerhin waren die van Ohlsens eine bekannte Familie. Man brach nicht einfach so in die Arktis auf und ließ alle Zeitungsberichte darüber verschwinden.

Wie eine Besessene überflog sie alte Vermisstenanzeigen, bis ihr endlich ein Name ins Gesicht sprang.

Lene stockte der Atem und ein kalter Schauer lief ihr das Rückgrat hinab.

»Leif …«

Sein Name in der Vermisstenanzeige war per Handschrift notiert worden. Fein säuberlich und doch mit hastigen Schnörkeln hatte jemand seine Aussage dokumentiert. Allerdings war es nicht die feine Schrift, die Lene stocken ließ, sondern die Aussage des damals 19-Jährigen.

»Ich hab was«, sagte Lene, ganz gebannt von dem alten vergilbten Stück Papier. »Das gibt es nicht!«

»Was denn?«

»Hier steht, dass seine Eltern einen Schatz bergen wollten.« Sie traf Michis Blick und traute sich kaum, es auszusprechen. »Den Schatz von Haithabu.«

»Was erzählst?«

»Laut Leifs Aussage waren sie auf dem Weg zum Schatz von Haithabu. Sein Vater war nach jahrelanger Recherche darauf gestoßen, dass das Boot von Frederik Tryggvason dort sein müsse. Daraufhin finanzierten und begleiteten er und seine Frau die Expedition.«

Leif war also die Geschichte des angeblich so feigen Wikingers nicht fremd. Wenn schon der junge Leif gewusst hatte, dass Tryggvason mit dem Schatz von Haithabu auf seinem Schiff geflohen war, warum wunderte er sich in der Gegenwart darüber?

»Was macht die Verbindung, Michi?«

»Geht wieder.«

»Super. Bitte ergänze deine Suchanfrage im Reporternetzwerk mit folgenden Begriffen: Haithabu, Tryggvason, van Ohlsen, Arktis.«

Nur wenige Sekunden später flimmerten etliche Berichte, Fotos und Zeitungsartikel über den Bildschirm.

Als sie die Aufnahmen sah, blitzte die Vergangenheit kurz vor ihrem geistigen Auge auf. Sie erinnerte sich an das charmante Lächeln von Leifs Vater und den gewinnenden Augenaufschlag seiner Mutter.

Jetzt lächelten ihr die beiden von Fotos entgegen, dick eingepackt und Arm in Arm auf dem Deck eines Forschungsschiffs irgendwo nördlich von Island.

»Soll ich auf den Artikel klicken?«

Lene nickte stumm.

Den Regen nahm sie gar nicht mehr war. Mit weit aufgerissenen Augen lehnte sie sich nach vorn.

»Durch eine noch ungeklärte Ursache kenterte das Forschungsschiff von Dr. Jasper van Ohlsen und seiner Frau, Professorin Dr. Silke van Ohlsen, am gestrigen Freitag. Die anerkannten Sylter Historiker waren nach eigenen Angaben auf der Suche nach einem ›weltgeschichtlichen Sensationsfund‹ und machten zum Schutz vor Konkurrenz keine Angaben über ihr Ziel.« Lene vergaß für einen Moment zu atmen. Sie musste sich zwingen weiterzulesen. »Unbestätigten Gerüchten zufolge war die Familie van Ohlsen auf der Suche nach dem legendären Schatz von Haithabu, einer Handelsstadt der Wikinger, die ihr jähes Ende im Jahre 1050 nahm und vom desertierten Wikinger Tryggvason geplündert und im Stich gelassen worden war. Die angeblichen Nachfahren der damals dort lebenden Seefahrer warnten jedoch eindringlich davor, sich des Schatzes von Haithabu zu bemächtigen. Nach ihrer Aussage würde ›der Fluch des Frederik Tryggvason jeden treffen, der Schiff, Schatz und Kapitän der See entreißen will.‹ Die Suche nach dem Historikerehepaar wird durch private Mittel aus Familienkreisen unterstützt. Die Lokalisation des Forschungsschiffs gestaltet sich durch die Wetterlage äußerst schwierig. Die beiden Söhne der van Ohlsens baten darum, auf jegliche Spekulationen zu verzichten.«

Bei den letzten Worten brach Lenes Stimme. Sie vermochte sich nicht auszumalen, wie schwer es für Leif und Ole damals gewesen sein musste, während sie in Düsseldorf ein neues Leben begonnen hatte.

»Kannst du damit was anfangen?«

»Ja«, hauchte Lene und deutete in Richtung des Monitors. »Klick mal bitte den Link an.«

Nach dem nächsten Herzschlag wünschte sich Lene, dass sie Michi nicht darum gebeten hätte. Zu sehen war ein Mann mit hellblonden Haaren und Vollbart, der mit erhobenem Zeigefinger in die Aufnahmegeräte der Reporter sprach. Im Arm seine Frau und … seine beiden Kinder.

Obwohl die Fotografie etliche Jahre alt war, erkannte Lene Victor und Marie Rasmussen ohne Probleme. Gelbes, beinahe weißes Haar, durchdringende blaue Augen, fester Blick und kleine Grübchen am Kinn.

Lene packte die blanke Wut. Dieses junge Mädchen würde einmal zu der Frau heranwachsen, die sie hatte töten wollen. Sekundenlang starrte sie in die Gesichter der Geschwister auf dem Bild. Mit jedem weiteren Atemzug drängten mehr Fragen in ihren Geist.

Sie wusste, dass es im Verborgenen etwas gab, das sie nicht sah und das doch wichtig war, um die Geschichte vollends zu verstehen. Eine Geschichte, die offensichtlich im Jahr 1049 ihren Anfang genommen hatte und nun, während einer stürmischen Regennacht im Keller der Sylter Polizeiwache, ihren vorläufigen Höhepunkt fand.

Was in Neptuns Namen übersah Lene?

»Bist zufrieden?«, erkundigte sich Michi zaghaft.

»Tolle Arbeit, danke.« Mehrmals klopfte sie ihm auf die Schulter und ließ sich auf den knarrenden Stuhl zurücksinken. »Leider habe ich mehr Fragen als vorher.«

»Kann sie dir wer beantworten?«

Ihr angriffslustiger Blick zog gen Kellerdecke. »Ja, und diese Dame ist ganz in der Nähe.«

Es war fünf Minuten vor Mitternacht, als Lene klar wurde, dass Leif ihr nicht die ganze Wahrheit gesagt hatte.

*

Die energisch auf den Boden stampfenden Schritte mussten auf der ganzen Wache zu hören sein.

»Ist sie wach?«, wollte Lene von dem diensthabenden Polizisten wissen.

Der junge Mann blickte verwundert von seinem Buch hoch und nickte eilig. »Ja, äh, also … ich weiß es nicht.«

»Wie auch immer. Das werde ich jetzt herausfinden.« Lene winkte ab, streckte ihren Arm aus und öffnete die Hand. »Schlüssel, wenn ich bitten dürfte.«

Ihr junger Kollege wirkte unschlüssig, biss sich auf seine trockene Lippe und versuchte es freundlich: »Tut mir leid, Frau Oberkommissarin, aber das sieht das Protokoll nicht vor. Außerdem ist es nicht Ihr Fall.«

»Protokollieren Sie gerne Ihren Protest und unterrichten Sie meinetwegen Mathissen über die Sachlage, aber ich muss die Verdächtige bezüglich einer dringenden Angelegenheit befragen. Und zwar jetzt.« Lenes Augenbrauen zogen sich bedrohlich zusammen. »Sie wollen doch nicht den Ermittlungserfolg damit zunichtemachen, dass Sie mich bis morgen warten lassen, oder?«

Die Furcht überwog offensichtlich, obwohl Lene keine Zweifel hegte, dass der junge Polizeimeisteranwärter ihrem Chef sofort Bericht erstatten würde. Vorsichtig, als befürchte er, Lene würde ihm den Arm abreißen, ließ er den schweren Schlüssel in ihre Hand fallen.

»Danke, Herr …«

»Arndt. Tim Arndt«, sagte er mit brüchiger Stimme.

Nach einem kurzen Nicken war erneut der Hall ihrer Schritte zu hören. Es folgten die metallischen Geräusche des Schlosses und nach wenigen Sekunden stand Lene in Marie Rasmussens Gewahrsamszelle.

»Stürmische Nacht«, stellte die Frau vom Bett aus flüsternd fest.

Sie war vollends bekleidet und sah starr an die Zellendecke. Die Wolldecke lag locker über ihrem Körper, ihre Hände waren gefaltet, als würde sie beten. Die strahlend hellblonden Haare schienen sich gegen die Dunkelheit zu wehren und rahmten die Konturen ihres Gesichts klar ein.

Lene trat näher. »Ja, stürmische Nacht. Wie damals, als die Familie van Ohlsen ihr Leben ließ.«

Der Wachhabende schaltete das Licht an und Lenes Augen mussten sich an die neuen Verhältnisse gewöhnen, ohne die Verdächtige aus dem Blick zu lassen.

»Möglich«, hauchte Marie Rasmussen. Sie schwang ihre Füße auf den Boden und saß kerzengerade im Bett. »Wer kann das schon sagen?«

»Sie zum Beispiel.« Lenes Hände formten sich so fest zu Fäusten, dass ihre Knöchel weiß hervortraten. »Immerhin kannten Sie die Familie van Ohlsen schon länger, habe ich recht?«

»Nein, haben Sie nicht.« Sie hielt Lenes Blick stand. »Ich wusste, wer sie waren und was sie suchten, doch wir kannten sie nur von Aufnahmen.«

Lene wurde stutzig. Diese Frau verheimlichte etwas. »Woher?«

»Bitte was?«

Der Zorn nahm Überhand und für eine Sekunde verlor sie die Kontrolle über ihre Handlungen. Sie nahm den Stuhl, der in der Zelle stand, und warf ihn scheppernd gegen die Wand. »Woher wussten Sie, dass die van Ohlsens auf der Suche nach dem Schatz von Haithabu waren? Sie sagten niemandem etwas davon, nur ihren Söhnen!«

Die Verdächtige blieb ganz ruhig. Sie zuckte nicht einmal mit den Wimpern, fast als hätte sie mit den Worten und sogar ihrer Reaktion gerechnet.

»Meine Familie beschützt die Menschen vor Frederik

Tryggvason und seinem Fluch seit Generationen. Als seine Nachkommen sind wir dazu verpflichtet.« Langsam lehnte sie sich mit dem Rücken gegen die Wand. »Wir hören, wenn jemand Nachforschungen anstellt.«

»Und ergreifen Maßnahmen, um es zu verhindern?«

Marie verneinte vehement. »Auf keinen Fall. Gewalt liegt nicht in unserer Natur.«

»Natürlich, wie abwegig«, spie Lene sarkastisch. »Wäre ja schrecklich, wenn den Nachfahren blutrünstiger Wikinger Gewalt in den Genen liegen würde.«

»Wir haben nichts mit dem Tod der Familie van Ohlsen zu tun, sondern sorgen lediglich dafür, dass Frederik Tryggvason in Frieden ruhen kann.«

Lene horchte auf. »Wie meinen Sie das?«

»Wir versuchen, Nachahmer von der Suche abzuhalten.«

»Zum Beispiel, indem Sie Zeitungsberichte löschen ließen und Spuren verwischten?«

Einige Zeit verstrich, bis sie mit der Antwort herausrückte. »Nicht alles ist möglich im Internet. Aber vieles, wenn man die richtigen Kontakte besitzt. Manchmal müssen Opfer gebracht werden.«

»Und Wibke Röhrnes? Gehört sie auch zu den *nötigen Opfern*? Kam sie Ihnen zu nahe?«

»Nein, auch damit …«

»… haben Sie nichts zu tun. Ist schon klar. Denselben Fehler haben Leif und ich auch gemacht. Sie wollten in Ruhe das Schiff untersuchen und wir haben in der Nähe geparkt und mussten beseitigt werden.«

Immer schneller und verzweifelter wehrte Marie Rasmussen ab. »Nein, ich wollte doch nur das Schiff wieder ins Meer …«

»Blödsinn!«, rief Lene.

Ihre Stimme wurde von den Wänden zurückgeworfen. Marie Rasmussen sagte nichts, wimmerte leise und sah durch die Sicherheitsscheibe nach draußen in den Sturm. »Wie geht es meinem Bruder?«

»Keine Ahnung.«

»Was meinen Sie damit?« Plötzlich wurde sie nervös.

Lene nahm sich vor, ihn bei ihrer nächsten Befragung als Druckmittel zu benutzen. »Ihr Komplize ist irgendwo da draußen.« Sie ging zur Tür, drehte ihren Kopf leicht. »Aber machen Sie sich nichts vor – die Insel ist abgeriegelt. Wenn das Wetter aufklart, werden wir ihn finden und all Ihre Machenschaften ans Licht bringen. Das verspreche ich Ihnen. Und glauben Sie mir, der Sturm wird irgendwann nachlassen.«

Mit voller Kraft ließ Lene die Zellentür hinter sich ins Schloss fallen und drehte den Schlüssel mit Genugtuung. Sie würde ihnen nicht nur den Anschlag auf ihr Leben nachweisen, sondern auch noch die Zusammenhänge des Unfalls aufdecken, bei dem Leifs Eltern gestorben waren.

Marie Rasmussens Worte hallten Lene im Kellergang hinterher.

»Wird er nicht. Der Sturm … Er wird nur schlimmer! Sie müssen mir glauben und das Schiff wieder der See …«

Lene schloss die Zwischentür, erstickte damit die Stimme der Verdächtigen und warf den Schlüssel auf den Schreibtisch des jungen Beamten.

»Sagen Sie Mathissen, dass ich ihn morgen bei Schichtbeginn dringend in der Angelegenheit sprechen muss. Ich glaube, die Geschwister Rasmussen sind für mehrere Morde verantwortlich.«

KAPITEL 15 – RATTEN AN BORD

Es war dunkel, als Lene vom Donner geweckt wurde und hochschreckte.

Auf einmal saß sie aufrecht im Bett, ihr Herz raste wie verrückt und ihr Puls schlug bis zum Hals. Während sie ihren Atem zu kontrollieren versuchte, lauschte sie in die Nacht und sah aus dem Fenster. Blitze zuckten über der See und erleuchteten das aufgebrachte, tosende Wasser. Der Donner warf sein dröhnendes Lied über die Szenerie, derweil schlug der Wind den Regen so hart gegen das Fenster, dass Lene sich fragte, wie viel das Glas wohl aushalten mochte.

Sie kroch näher an das Fenster an ihrem Bett und starrte nach draußen. Durch die Beleuchtung der Blitze konnte sie erkennen, wie Wellen sich gegen Steine brachen und Gischt in die Luft gewirbelt wurde. Dort nahm der Sturm die Tropfen auf und trug sie weit aufs Land, an die Grenze ihres Gartens.

»Die See ist wütend«, flüsterte sie zu sich selbst und sah dem Schauspiel einen Moment lang zu.

Angetrieben durch Gezeitenkräfte, wenn sich Sonne, Mond und Erde auf einer Geraden befanden, wirkten die Wellen in der heutigen Nacht besonders aggressiv, als wären sie Krieger, die der Insel ihr Land raubten.

Schnell holte sie ihr Mobiltelefon hervor. Dadurch stellte

sie zwei Dinge fest. Erstens: Es war schon sieben Uhr morgens vorbei und die Sonne würde heute keine Chance haben, sich durch die dicke, tief hängende Wolkendecke zu kämpfen. Und zweitens: Telefonempfang und Internet waren vollends zum Erliegen gekommen.

Sie rieb sich das Gesicht und schwang ihre Füße vom Bett. Es würde ein verdammt harter Tag werden.

Glücklicherweise war ihr Vater schon auf den Beinen, hatte den Kamin entzündet und ein Frühstück mit friesischem Tee zubereitet.

»Moin.«

»Moin, Kleines.«

Lächelte er? Noch immer war es schwer zu verstehen, dass der Mann aus ihren Erinnerungen so gar nichts mit dem freundlichen, fast gutmütigen Vater zu tun hatte, der gerade vor ihr stand und schon am frühen Morgen in seinen Büchern versunken war.

»Hast du gut geschlafen?«

»Wurde vom Sturm geweckt.«

»Ja, das passiert hier manchmal.« Roluf legte das Buch weg, schüttete ihr Tee ein und setzte sich zu ihr. »Wenn man lange in der Großstadt gewohnt hat, kann das schon erschrecken.«

Es war bestimmt keine Absicht, doch mit diesen Worten riss er eine Wunde auf, die sich unter dem Pflaster der Zeit längst entzündet hatte. Vielleicht war nun der Moment, Sätze loszuwerden, die ihr ewig auf der Seele brannten.

»Vater, jetzt, wo du es ansprichst.«

»Du brauchst dich nicht zu entschuldigen.«

»Wollte ich auch gar nicht.« Lenes Tonfall war schärfer, als sie beabsichtigt hatte. »Ich wollte nur bemerken, dass ich mir meine Entscheidung nicht leicht gemacht habe«, druckste sie herum und verbrannte ihre Lippen am Tee.

Roluf nickte verstehend. »Es ist lange her, Kindchen. Jede Generation trifft eigene Entscheidungen. Ich wollte das Beste für deine Zukunft und dachte, es würde dir bestimmt Freude machen, Lehrerin zu sein, Geschichte zu unterrichten und jungen Menschen etwas beizubringen.«

Eine unangenehme Pause entstand. Mehrmals öffnete sie den Mund und bekam doch kein Wort heraus. Erst beim dritten Anlauf hauchte sie tonlos: »Danke, das ist nett, dass du das sagst, aber ich meinte nicht, dass ich die Insel verlassen habe, sondern …«

Sie sah ihrem Vater an, dass er wusste, was sie sagen wollte. Er nahm seine Brille ab, fuhr sich durch den Vollbart und musste die Nase hochziehen. Sollte sie es aussprechen? Oder wieder aufschieben wie in den Jahren zuvor?

»… sondern dass ich nicht da war, als es Mutter schlecht ging.«

Roluf wischte sich über die Augen. Er wollte nicht weinen, das war Lene klar, und trotzdem waren sie feucht. »Deine Mutter hat jeden Tag nach dir gefragt, weißt du das? Jeden Tag, den sie gegen den Tod gekämpft hat.«

»Vater, ich wollte da sein, viel früher schon, nicht erst in den letzten Tagen, aber es gab Ausfälle im Dienst, Urlaubssperre, wichtige Prüfungen zur Kommissarin und …«

»… es war kein Schlaganfall, Lene! Es ging weder schnell noch war es einfach!«, rief er und seine Faust donnerte auf den Tisch.

Wie oft hatte sie das als Kind erlebt? Schatten der Vergangenheit zogen augenblicklich auf, nur die Tränen ihres Vaters passten nicht so recht ins Bild. Vielleicht war der grantige alte Lehrer mit dem Tod ihrer Mutter verschwunden und hatte einen gebrochenen Mann zurückgelassen.

»Du weißt, es war Gebärmutterhalskrebs.« Rolufs Stimme zitterte kaum hörbar. »Zwei Wochen von der Diagnose bis zum Tod. 14 mickrige Tage, um mich zu verabschieden. Und du kamst erst in den letzten drei dazu, als sie im Krankenhaus lag und dich kaum mehr erkannte.« Er holte Luft, schloss die Augen, und seine Tränen kullerten herab, bis er ein großes baumwollenes Tuch aus der Hosentasche zog und seine Nase geräuschvoll schnäuzte. »Es gab Nächte, da wusste ich nicht, ob ich dir verzeihen kann.«

»Ich dachte, wir hätten Zeit.« Sie fühlte, wie sich ihre Augen ebenfalls mit Flüssigkeit füllten. »Ich dachte, es würde länger dauern und ich könnte mich noch verabschieden.«

»Das denkt man immer«, sagte Roluf und lächelte traurig. »Doch das ist ein Trugschluss, weißt du. Die größte Finte aller Zeiten. Die Jahre vergehen im Flug und man denkt, dass man später netter sein und sich eine lange schöne Zeit machen könne mit den Personen, die einem am Herzen liegen.« Er schnippte mit den Fingern. »Allerdings ist es eine Lüge. Es kann so schnell vorbei sein. Im nächsten Augenaufschlag sind alle Menschen fort, die du jemals geliebt hast, und du sitzt alleine mit deinen Büchern im Garten und denkst, dass es niemandem auffallen würde, wenn du einfach ins Meer gingst.«

Lene wurde so heiß, dass sich Schweißperlen auf ihrer Stirn bildeten, und sie fühlte sich hundeelend. War sie es, die zu egoistisch gehandelt hatte?

Die Luft zum Atmen wurde knapp, Tränen rannen wie Bäche über ihre Wangen. »Es tut mir leid, Vater. Es tut mir leid, dass ich nicht da war.«

»Es ist nicht deine Schuld.« Roluf rückte an sie heran und umarmte sie ungelenk. »Sondern die von Gevatter Tod. Es nützt nichts, auf ihn wütend zu sein. Wir können nur von ihm lernen.«

»Machst du mir deshalb Frühstück und Feuer, damit ich es warm habe, wenn ich aus dem Bett steige?«

Kleinigkeiten, ganz bestimmt. Sie zeigten allerdings, dass ihr Vater mit kleinen, wundervollen Gesten etwas ausdrücken wollte, was er mit Worten nicht konnte.

»Man lebt nur ein Leben, Lenchen. Und das sollte man nicht damit verbringen, mit Leuten zusammen zu sein, die man nicht mag. Ich habe viel zu lange gebraucht, um das zu verstehen.«

Sie erkannte, was er damit sagen wollte. »Und hast du es?«

»Habe ich was, Kind?«

»Du sagtest, dass es Nächte gab, in denen du nicht wusstest, ob du mir verzeihen kannst.« Sie sah tief in seine Augen. »Hast du mir verziehen?«

»Du bist meine Tochter. Natürlich habe ich das.«

Lene drückte ihn so fest an sich, dass sie Angst hatte, sie würde ihm die Luft abschnüren. »Danke, Vater. Und versprich mir eins: Denk nie wieder, dass du einfach ins Meer gehen kannst und es jedem egal wäre. Das ist es nämlich nicht.«

»Versprochen. Dafür gibt es zu viele Geheimnisse, die offensichtlich meiner Aufmerksamkeit bedürfen.«

Lene wollte ihn nicht loslassen, doch als sie es tat, fielen ihr die offenen Bücher ins Auge. »Zumindest bist du der Einzige auf der Insel, der die Futhark-Runen lesen kann.«

»Ja, da hast du recht.« Es tat gut, ihn stolz lächelnd zu sehen. Roluf erhob sich, wischte seine Wangen trocken und legte Brot in den Toaster. »Zumindest nach dem tragischen Tod von Frau Röhrnes bin ich es wohl.«

Für eine Sekunde wurde Lene in eine andere Welt gerissen. »Du meinst die stellvertretende Kuratorin des Sylter Museums?« Lene schluchzte noch zweimal und wischte sich mit einem Küchentuch über die Augen. »Sie konnte Runen entziffern?«

»Sogar besser als ich«, erklärte Roluf. »Wir haben uns ein paarmal ausgetauscht. Ihr Tod ist eine Schande, und ich hoffe, ihr findet das Monster, das ihr die Grausamkeit angetan hat.«

Lene zog die Stirn in Falten. Da fiel ihr einfach so ein weiteres Puzzlestück in den Schoß, und sie wusste nicht, was sie damit machen sollte. Nachdenklich beobachtete sie, wie die Heizspiralen des Toasters rot zu glühen begannen. »Vater, ist es okay, wenn ich duschen gehe? Ich will früh in der Wache sein und meinen Chef auf den neuesten Stand bringen.«

»Mach du nur, Lenchen. Ich pack dir alles ein.«

Eilig sprang sie auf den Treppenabsatz und nahm zwei Stufen auf einmal. Auf halber Höhe hielt sie inne.

»Es ist schön, hier zu sein.«

Er lächelte.

Das war Antwort genug.

*

Es tat gut, sich das alles einmal von der Seele zu reden. Der Schraubstock, der die letzten Jahre ihr Herz fest umklammert und ständigen Druck ausgeübt hatte, war zerbrochen.

Mit Vaters Essensbox in ihrer Tasche nahm sie sich fest vor, Mathissen die Runensteine nun endgültig zu zeigen, sie in der Asservatenkammer zu verstauen und mit ihm die weitere Strategie abzusprechen. Sie war überzeugt, dass Marie Rasmussen der Schlüssel zur Lösung des Falls war. Unter Umständen waren die Geschwister sogar Mitwisser in Mordfällen, die vor etlichen Jahren begangen worden waren.

Da das Wetter immer stürmischer wurde und der Regen keine Anstalten machte, irgendwann nachzulassen, war ihr Vater so nett gewesen, ihr seine Regenhose zu leihen. Ein Schirm wäre bei dem Wind sofort umgeknickt, weshalb sie es bei Gummistiefeln und Mutters Friesennerz beließ, um einigermaßen trocken die Wache zu erreichen.

Wie in den letzten Tagen war um diese Zeit Hochbetrieb. Reporter, Touristen und sogar ein paar Einheimische wollten mit wachsender Vehemenz wissen, wann die Züge wieder fuhren, ob es Evakuierungspläne gab oder wann sie endlich mit ihren Liebsten sprechen konnten.

Die Antwort von Frau Schafböck war meist dieselbe.

Man wusste es einfach nicht.

Doch solange niemand in Gefahr schwebte, die medizinische Versorgung gewährleistet war und keine Bedrohung für Leib und Leben bestand, sollte man lediglich ausharren. So einfach war das, so machte man es auf den friesischen Inseln seit jeher. Gegen Sturm und Wind war die Sylter Polizei machtlos.

Wie hieß es doch gleich? Solange die Pfütze nicht zufriert, ist im Norden Sommer. Nirgends strahlt der Himmel so schön grau wie auf Sylt und Gegenwind formt den Charakter. Niemand lebte diese Phrasen der Gelassenheit so aus wie die Polizeiobermeisterin Schafböck.

Lene bewunderte die stoische Ruhe der Frau, nickte ihr zu, revanchierte sich für den gestrigen Abend mit einem Tee und stellte ihn als Nervennahrung auf den Empfangsschalter. Sie quittierte die Geste mit einem dankbaren Lächeln und wandte sich dem nächsten Fragesteller zu.

Gäbe es mehr Polizistinnen ihrer Sorte, würden viele Konflikte auf Anhieb gelöst werden, dachte Lene und schulterte die Tasche mit den Runensteinen. Sie machte sich gar nicht die Mühe, ihre Regenkleidung abzulegen, und trat sofort in Mathissens Büro.

»Moin, Chef, wir haben …«

Er hob einen Finger und deutete ihr an, dass sie schweigen solle, während er sie mit starrem Blick fixierte.

Er regte sich nicht, saß nur mit übereinandergelegten Fingern an seinem Schreibtisch und war scheinbar in eine Art Wachkoma gefallen.

Oder bootete gerade sein Betriebssystem?

Verwirrt legte Lene ihren Kopf zur Seite, in der Hoffnung, diesem Roboter eine Emotion entlocken zu können. »Herr Hauptkommissar, fühlen Sie sich nicht wohl?«

»Haben Sie die Unterlagen gefunden?«

War Lene in einem Tagtraum gefangen? Was in Neptuns Namen wollte er von ihr?

Sie verstand erst, als sie eine Männerstimme aus dem Lautsprecher seines Telefons hörte. »Ja, ich habe sie vor mir liegen. Gibt es diesbezüglich Probleme?«

»Gut. Dann wären wir uns einig?«

»Absolut. Bis dahin!«

Mathissen beendete das Gespräch und ließ sie nicht aus den Augen. »Was kann ich für Sie tun, Frau Oberkommissarin?«

Lene setzte sich und fing sofort an zu plappern. »Ich habe gestern Nachforschungen im Archiv vorgenommen und denke, dass der Mordfall Röhrnes, der Anschlag auf Leif und mich und die Sichtung des Wikingerschiffs in Zusammenhang stehen mit dem Tod von Leifs Eltern während einer Forschungsmission in der Arktis vor etlichen Jahren.« Sie verschluckte die Silben beinahe, so schnell sprudelten sie aus ihrem Mund. Eine Eigenschaft, die Vater früher stets bemängelt hatte. Mit Mühe konnte sie sich zwingen, langsamer zu sprechen.

»Und wie kommen Sie darauf?«, wollte Mathissen unberührt wissen.

»Schon damals, als das gecharterte Schiff von Jasper und Silke van Ohlsen verschwand, drohte die Familie Rasmussen, dass etwas Schreckliches passieren würde, wenn man Schiff, Schatz und Kapitän voneinander trennte. Diese Fanatiker halten sich für die Nachkommen des Wikingers Frederik Tryggvason und indoktrinieren ihre Kinder wahrscheinlich von klein auf.«

Ihr Chef rang sich ein Nicken ab. Lene fühlte sich bestärkt, griff nach ihrem Rucksack und legte ihn auf ihren Schoß.

»Ich mutmaße, dass sie schon damals für den Tod von Leifs Eltern verantwortlich waren, und jetzt, PR-Gag oder nicht, morden sie hier auf der Insel, damit sich Tryggvasons angeblicher Fluch nicht bewahrheitet. Natürlich ist das nur der Deckmantel für ihre wahnhaften und psychopathischen Vorstellungen, etwas Besonderes zu sein und das zu beschützen.«

»Können Sie es beweisen?«

Vor diesem Moment hatte sie Bauchschmerzen gehabt. »Nein, wie gesagt, erst in der gestrigen Nacht konnte ich die Indizien sichten.« Peinlich berührt schüttelte sie den Kopf. »Allerdings sprechen diese für sich. Und mit den neuen Erkenntnissen müsste es uns möglich sein …«

Erneut wurde sie durch einen erhobenen Zeigefinger unterbrochen. Sie war doch keine kleine Polizeischülerin mehr, sondern eine gestandene Oberkommissarin! Funken der Wut entzündeten ein Feuer in ihr, das ihre Zähne gefährlich mahlen ließ. Angriffslustig lehnte sie sich nach vorn. »Ja bitte?«

Der Roboter blieb ruhig. »Ihre Schlussfolgerungen sind nicht neu.«

Schwungvoll warf er eine Akte auf den Rucksack. Der

vergilbte und eingerissene Pappdeckel kam ihr allzu bekannt vor. »Die Vermisstenanzeige der van Ohlsens«, stellte Lene fest und öffnete sie.

Nichts fehlte, nichts wurde hinzugefügt. Zumindest auf den ersten Blick.

»Es scheint, als wären Sie in der gestrigen Nacht ein wenig müde gewesen.« Er drehte seinen Oberkörper zur Tastatur und begann zu tippen. »Wenn ich Ihre Aufmerksamkeit auf den Namen des Beamten lenken dürfte, der die Anzeige seinerzeit aufgenommen hat.«

Lene blätterte zur letzten Seite. Als sie den Namen las, setzte ihr Herz einen Schlag aus.

»Unterschrieben von Kommissaranwärter Mathissen.« Lene sah hoch. »Sie waren es? Mit anderen Worten: Sie wussten es die ganze Zeit und haben mir nichts gesagt?«

»Warum sollte ich?«, antwortete er gleichgültig. »Ich habe alles Nötige in die Wege geleitet, wir ermitteln in diese Richtung und Sie sind nicht die zuständige Beamtin.«

»Ich bin Geschädigte in diesem Fall!« Das Zornesfeuer wuchs zu einem Inferno. »Wir sollten die Verdächtige gemeinsam befragen.«

»Das habe ich bereits getan und sie anschließend mit dem letztmöglichen Transfer aufs Festland ausfliegen lassen.«

Lene musste einem Hörsturz anheimgefallen sein. Anders konnte sie es sich nicht erklären, dass solch verwirrende Worte ihren Gehörgang erreichten.

»Wie bitte? Sie haben die Verdächtige ausfliegen lassen?«

»Natürlich. Es war die logischste aller Entscheidungen. Ganz davon abgesehen, dass wir während der Sturmflutwarnung notorisch unterbesetzt sind, hat das Festland ganz andere Möglichkeiten und Ressourcen, die Verdächtige zu befragen. Wir sollten uns darauf konzentrieren, ihres Bruders habhaft zu werden.« Mathissen sah kurz zu ihr und der Anflug eines Lächelns kroch gekünstelt in sein Gesicht. »Was allerdings nicht schwierig werden sollte. Schließlich fährt kein Schiff, keine Bahn, es fliegt weder ein Hubschrauber noch ein Flugzeug. Die Insel ist abgeriegelt. Früher oder später werden wir ihn inhaftieren.«

»Und trotzdem nehmen Sie uns die Chance, weitere Informationen von Marie Rasmussen zu erhalten.«

Lene schloss leise den Reißverschluss ihrer Tasche. Irgendetwas stimmte hier nicht. Seine Vorgehensweise war bestimmt weder illegal noch strafbar, jedoch weckte sie in Lene ein gewisses Maß an Misstrauen.

Mathissen hätte nicht so entscheiden müssen. Er hätte die Zeit nutzen können, um sie weiter zu befragen. Doch er hatte sich entschieden, sie aus der Schusslinie zu nehmen.

Warum?

Langsam ließ sie den Rucksack wieder unter den Stuhl gleiten, ohne ihm die Runensteine zu überreichen. Eine innere Stimme sagte ihr, dass es nicht klug wäre, ihm diese auszuhändigen.

»Wie gesagt, es war die naheliegendste Entscheidung«, schloss Mathissen.

»Aber …«

Noch einmal klingelte das Telefon. Mathissens Zeigefinger schnellte in die Höhe, Lenes Silben erstarben nach dem ersten Wort. In der nächsten Sekunde stand sie kurz vor der Kernschmelze.

»Und was bedeutet das? Wie hoch ist die Gefahrenlage am Roten Kliff?« Mathissen tippte auf der Tastatur und nickte beiläufig. »Verstehe, dann ist die Steilküste also aufgeweicht, und die Reporter warten alle darauf, dass das Kliff bricht und sie ein gutes Foto schießen können.« Er hörte dem Anrufer weiter zu. »Gut, ich habe verstanden.«

Betont kontrolliert legte er den Hörer auf. »Diese Anweisung wird Sie auf andere Gedanken bringen: Das Rote Kliff droht im Meer zu versinken, etliche Damen und Herren der Journaille haben sich auf der aufgeweichten Steilküste positioniert und könnten in die Fluten stürzen.«

»Herr Hauptkommissar, gerne würde ich mit Ihnen weiterhin diese dringliche Angelegenheit besprechen.«

»Da gibt es nichts mehr zu besprechen.« Mathissen sah zum Monitor. »Sie fahren nach Wenningstedt und bringen die Reporterinnen und Reporter zum Haus Kliffende. Dort sprechen Sie für das gesamte Kliff einen Platzverweis aus, befragen diese lebensmüden Taugenichtse und nehmen sie fest, falls sie renitent sind. Haben Sie das verstanden?«

Sein Blick bohrte sich in Lene hinein. »Kliffende hat noch jedem dabei geholfen, einen klaren Kopf zu bekommen. Wie sagte schon Thomas Mann: *Wir reisen wieder einmal. Wie gut, dass Kliffende bleibt.* Das sollten Sie sich zu Herzen nehmen.«

Lene wollte nicht aufstehen. Sie wollte ihm die Meinung geigen und an den Kopf werfen, dass hier irgendetwas nicht stimmte. Allerdings würden sie diese Handlungen den Job kosten. Eine nicht gekannte Macht zog an Fäden und sie kam nicht umher, zu denken, dass Mathissen ein Verräter war. War ihr Chef eine Ratte an Bord?

Sie musste auf eigene Faust ermitteln, vertrauen konnte sie ihm bestimmt nicht. Behutsam legte sie die Akte auf seinen Schreibtisch und erhob sich. Den Rucksack mit den Runensteinen würde sie erst einmal dem Heimatmuseum übergeben. Leif war einer der wenigen, denen sie glaubte.

»Ich werde mich darum kümmern.« Sie verließ sein Büro und biss die Zähne aufeinander. »Ganz bestimmt sogar.«

KAPITEL 16 – GEFANGEN UND DOCH FREI

Nass und kalt.

Wenn Lene die letzten Tage zusammenfassen müsste, würden ihr als Erstes diese beiden Wörter einfallen. Dicht gefolgt von: verrückt, gefährlich, bescheuert und ein wenig sexy.

Als sie ihr Moped im Schuppen der Wache deponierte, waren es nur diese beiden ersten Wörter, die ihr durch den Kopf gingen. Ihr schwante, dass Hauptkommissar Mathissen noch ewig brauchen würde, um ihr ein Dienstfahrzeug zuzuweisen. Vielleicht ein Teil seines fiesen Masterplans, um sie wieder von der Insel zu mobben?

Nicht mit mir, dachte sie und setzte zum Spurt in die Wache an. Warum, wusste sie selbst nicht. Vaters Regenhose und Mutters Friesennerz leisteten zwar ganze Arbeit, doch der Regen kam von allen Seiten, sogar von unten.

Zumindest kam ihr das an diesem verdammt langen Tag im Roten Kliff so vor. Heute Morgen hatte sie Leifs Bruder Ole im Heimatmuseum die Runensteine in die Hand gedrückt. Das war bisher das Schönste an diesem Tag gewesen. Zu schade, dass sie Leif nicht getroffen hatte. Gerne hätte sie mit ihm ein Pläuschchen gehalten und den ganzen Mist vergessen.

Danach hatte sie sich nur noch geärgert.

Manchmal war die Dummheit der Menschen grenzenlos. Zum Beispiel wollte es nicht in ihren Kopf gehen, dass Reporter auf das Rote Kliff kraxelten, das ohnehin unter Naturschutz stand, und sich ganz am Rand platzierten, um ein spektakuläres Foto der Wellen zu schießen, die nur wenige Zentimeter neben ihnen brachen.

Das war nicht nur verboten, sondern auch lebensgefährlich.

Und zu allem Überfluss verstanden die Medienvertreter aus aller Welt überhaupt nicht, warum sie sich so anstellte. Dies hier sei schließlich ein freies Land, man müsse den Blättern in der Heimat etwas liefern, wenn mit dem Schiff schon nichts passiere, und überhaupt solle sie sich mal nicht so wichtigmachen. Sie habe bestimmt nur ihre Tage und die paar Fotos würden sicher keinem schaden.

Interessanterweise waren diese Worte gefallen, kurz bevor das ohnehin schon angegriffene Kliff noch etwas nachgegeben hatte und die beiden Chauvis sich im Laufschritt auf den höchsten Punkt der Insel, die Uwe-Düne, hatten retten müssen.

Diese zwei Kerle hatte Lene voller Genugtuung in der Wache verstaut. Erstens, weil sie es absolut nicht leiden konnte, wenn jemand ihre Insel zerstörte. Zweitens, weil ihre Idiotie einfach bestraft gehörte. Und wer bei einer beginnenden Sturmflut ohne Erfahrung auf eine aufgeweichte Düne trat, um mit schicken Selfies seinen Social-Media-Account zu füttern, war komplett verblödet. Punkt.

Als der Tag sich dem Ende neigte, konnte sie mit Fug und Recht behaupten, alle Deppen vertrieben zu haben. Trotzdem war sie den ganzen Tag zwischen Westerland, Wenningstedt, Kampen und Keitum gependelt – mit ihrem alten Moped durch das Schietwetter. Was sie wiederum zu den zwei Worten brachte, die gerade ihren Geist beherrschten.

»Was für ein Mist. Ich bin klatschnass und mir ist kalt!«, presste sie hervor, nachdem sie durch die Pforte der Wache getreten war. Sie zog die Kapuze ab und schüttelte sich. »Wie war es hier?«

»Och, ganz angenehm eigentlich.«

Ihre Miene hellte sich auf, als sie Leifs Stimme vernahm. Mit Tee und Plätzchen hatte er es sich neben Polizeihauptmeisterin Schafböck an einem Platz hinter dem Schalter gemütlich gemacht und sah sie freundlich an.

»Besonders mit so einer bezaubernden Gesellschaft.« Er blickte kurz zu ihrer älteren Kollegin.

»Leif, Sie Charmeur«, entfuhr es Frau Schafböck mit heller Stimme. Kurz legte sie ihre Hand auf sein Knie und lächelte verzückt. »Vielen Dank für die Plätzchen. Eine wirklich schöne Abwechslung. Und jetzt lasse ich Sie beide allein.«

Die Dame ergriff ihren Tee sowie die Kekspackung und verschwand in einem der hinteren Büros.

»Was machst du denn hier?« Lene zog ihre Jacke aus, stellte fest, dass der Regen tatsächlich den Polizeipullover durchnässt hatte, und nahm Schafböcks Platz ein.

»Ich wollte dich abholen.« Leif hob einen Korb mit belegten Baguettes, Tee und Obst in die Höhe. »Ein Nachtpicknick.«

»Ein Nachtpicknick?« Alleine dieses eine Wort ließ ihren Magen knurren und ihr fiel auf, dass sie vergessen hatte zu essen. Trotz ihres Hungers kam sie aus dem Strahlen nicht mehr heraus. »Was soll das denn sein?«

»Nun ja, ein Picknick.« Leif zuckte mit den Schultern, nahm seinen Mantel und den Korb. »Nur halt nachts.« Er breitete die Arme aus. »Ich wollte mich für die großzügige Leihgabe der Runensteine bedanken und habe es wirklich bedauert, dass wir uns heute Morgen nicht begegnet sind. Also habe ich hier angerufen, die wunderbare Frau Schafböck nach dir gefragt und hier gewartet, um dich nach Hause zu entführen.«

Wow. Das hatte seit Jahren niemand mehr für sie getan. Wäre sie nicht so durchgefroren, hungrig, genervt und pitschnass gewesen, ihr wäre beinahe warm ums Herz geworden.

Aber was nicht war, konnte ja durchaus noch werden.

»Nun ...« Lene fehlten die Worte. Sie sah sich um. Die Nachtschicht war schon da, das Büro von Mathissen ausnahmsweise leer und ihren Dienst hatte sie auch versehen. Mit wenigen Worten meldete sie sich bei den Kollegen ab und zog den triefend nassen Regenschutz wieder an. Die Dienstkleidung konnte sie zu Hause tauschen und die Waffe würde sie diesmal mitnehmen.

Lene hatte damit gerechnet, dass sie ihre Walther auf der Insel nicht brauchen würde. Die letzten Tage hatten sie eines Besseren belehrt. Als ob alles und jeder um sie herum verrücktspielen würde.

Alle bis auf einen ...

Dass sich die kühlen Tropfen einen Weg ihren Rücken herab suchten, spielte in diesem Moment keine Rolle. »Wie könnte ich das Angebot ausschlagen?«

Leif bot ihr seinen Arm an. »Ganz genau!«, entgegnete er glücklich. »Ole hat mir sein Auto geliehen, wir kommen also einigermaßen trocken zu deinem Vater, und während du heiß duschst, bereite ich das Picknick vor. Wie klingt das?«

Ihr wurde von innen heraus warm. Besonders, wenn sie daran dachte, dass sie ihn nach dem Essen nicht so schnell gehen lassen würde.

»Wundervoll.«

Selbst der zunehmende Regen machte ihr nichts aus, als sie zum Auto hetzten. Leif startete den Wagen und sie sah kurz aus dem Fenster. Der Anflug von Euphorie war verflogen. Wie lange regnete und stürmte es jetzt schon? Jedes Kliff, jede Flanke und die Strände mussten mittlerweile komplett durchgeweicht sein. Leichte Beute für die herannahende Sturmflut. Beinahe wünschte sich Lene, dass es endlich so weit wäre. Im Anschluss könnte man die Schäden reparieren und die Sonne wieder sehen.

Fast begann sie, an das Geschwurbel der Dänen zu glauben und das Wikingerschiff mit allem, was dazugehörte, zu hassen.

»Hattest du einen schönen Tag?«, wollte Leif wissen und stellte die Heizung auf die höchste Stufe.

»Wie klischeehaft«, lachte Lene, dankbar dafür, dass er sie ablenkte. »Aber um ehrlich zu sein, nicht wirklich. Ich musste ein paar lebensmüde Reporter vom Roten Kliff retten. Dazu hat Mathissen unsere Verdächtige, kurz bevor gar nichts mehr ging, aufs Festland ausgeflogen, die Suche nach Victor Rasmussen intensiviert, und darüber hinaus wusste mein Chef, dass deine verarmte Familie schon damals, vor dem Unfall deiner Eltern, im Visier dieser Fanatiker war. Ich sage dir, irgendetwas stimmt da nicht.«

Keine Antwort. Nur der Trommelwirbel des Regens begleitete ihre gepresste Atmung.

Sekunden später fiel Lene auf, was sie gerade einfach so im Plauderton dahergeplappert hatte.

Sie drehte ihren Kopf und sah in ein leeres Gesicht. »Leif, entschuldige bitte. Ich weiß, dass es nicht einfach für dich …«

»Nein, schon gut.« Er rang sich ein betrübtes Lächeln ab. Es musste ihm unendlich schwerfallen. »Weißt du, ich wollte einige Details für mich behalten. Ist nicht schön, wenn man jeden Abend hören muss, wie die Eltern über Finanzen streiten, oder man selbst im Heimathaus putzt, weil Vater das Geld für eine Reinigungskraft sparen will.« Er streichelte flüchtig über ihre Hand. »Kannst du dir das vorstellen? Tagsüber in der Abi-Klasse bist du der privilegierte Spross der van Ohlsens und abends bekommst du mit, wie immer mehr Wohnungen verkauft werden müssen und wischst den Boden.«

»Leif, hätte ich das gewusst, vielleicht wäre vieles anders gelaufen.«

»Genau das ist der Punkt: Wir wollten nicht, dass etwas anders läuft.« Er parkte den Wagen etwas abseits von ihrem Haus. Gemeinsam harrten sie aus, bis der Wind, der Oles Kleinwagen durchschüttelte, etwas abflaute. »Mit der Zeit wurden wir echt gut darin, den Schein zu wahren. Parfümflaschen wurden zur Hälfte mit Wasser wieder aufgefüllt, Mutter bestellte gebrauchte Markenkleidung und Vater jonglierte mit Kreditkartenlimits und Kurzdarlehen.«

Nun griff Lene seine Hand und drückte fest zu. Gemeinsam starrten sie hinaus in die dunkle Wut der nahenden Sturmflut. Selbst von der Straße aus konnten sie die Wassermassen erkennen, die beinahe die Spitze des Deichs erreichten.

»Und die Expedition?«

»War der letzte verzweifelte Versuch, das Ruder noch rumzureißen. Meine Eltern hörten von diesem Wikinger und dem Schatz von Haithabu, den er angeblich geklaut hatte. Nach Monaten der Recherche in Dänemark und Norwegen fanden sie heraus, dass er über Island ins ewige Eis gesegelt sein soll, um seinen Häschern zu entkommen.«

Lene hörte aufmerksam zu. Leifs Eltern waren vor etlichen Jahren aufgebrochen, und schon damals hatte es diese Gerüchte hoch im Norden gegeben? Sie riss sich zusammen. »Sie brachen auf in dem Glauben, dass sie das Heimatmuseum nur so retten könnten?«

»Ganz genau.« Leif hielt ihre Hand, als wolle er sich an ihr festklammern. »Ein paar Häuser und Wohnungen hatten wir ja noch. Meine Eltern setzten alles auf eine Karte, verkauften oder beliehen sie, charterten das Schiff und stachen in See. Trotz der Warnungen der angeblichen Nachkommen.«

»Sie haben schon damals Kontakt zu euch aufgenommen?«

»Als das Unternehmen publik wurde, sandten sie uns Dutzende Briefe. Die Rasmussens flehten, baten, erklärten und drohten, dass ein Unglück geschehen würde.« Er seufzte. »Vater verbrannte jede Warnung. Hätte ich auch nur im Ansatz gewusst, was geschehen würde ...«

»... es ist nicht deine Schuld, Leif.«

»Nein.« Er drehte sich zu ihr. In seinen Augen lag ein gefährliches Leuchten. »Nicht meine.«

Sie verstand. »Du meinst, die Rasmussens haben etwas mit dem Verschwinden deiner Eltern zu tun.« Eine Aussage, keine Frage. Lene musste zugeben, der Gedanke lag nahe und goss Spiritus in das Feuer ihres Zorns. »Die Überlegung hatte ich auch. Und jetzt sind sie hier, um das zu beenden, was ihre Eltern einst begonnen haben.« Sie bemerkte nicht, dass auch ihre Finger sich immer fester um Leifs Hand schlossen. »Was können diese Aasgeier nur vorhaben?«

»Kommerzielle Interessen, gepaart mit einem guten Schuss Fanatismus. Kein guter Nährboden für Nächstenliebe«, schlussfolgerte Leif. Es war wohl nicht zum ersten Mal, dass er sich diese Frage stellte. »Allein das Schiff würde zu einer Attraktion in Dänemark werden, vom Schatz von Haithabu ganz zu Schweigen.«

Lene beobachtete das Haus ihrer Familie. Es brannte Licht. Offensichtlich hatte Vater noch nicht genug von seiner Recherche. Eine Lampe schwankte mit jeder Windbö mit. Ihre hypnotische Wirkung ließ Lene nicht los.

Am Ende war es so einfach. Wieso war sie nicht selbst drauf gekommen? »Mit aller Macht wollen sie, dass das Schiff Tryggvasons wieder zum offenen Meer getrieben wird, um es in Dänemark an Land zu ziehen.«

Leif nickte. »Um es anschließend mit dem Schatz und der Geschichte des Wikingers auszustellen. Als Nachfahren, wenn sie denn welche sind, hätten sie sogar das Vorrecht. Die Exponate alleine sind unbezahlbar, aber in Verbindung mit der Geschichte …«

Er brauchte den Gedankengang nicht zu beenden. In den letzten Tagen war es ihr oft genug zu Ohren gekommen.

»Man würde Frederik Tryggvasons Fluch heraufbeschwören, wenn man Mann, Schiff und Schatz trennte.« Lene schlug gegen den Beifahrerairbag. »Verdammt, sie könnten sogar die Filmrechte an der Story verkaufen.«

Amüsiert und doch nachdenklich schnalzte Leif mit der Zunge. »Ich würde ins Kino gehen. Bei der herzzerreißenden Geschichte.«

Immer ging es um Geld. Den schnöden Mammon. Profit und Gier. So auch in dieser Geschichte, die gute Menschen das Leben kostete.

»Wir müssen dafür sorgen, dass die Rasmussens im Knast landen und das Schiff und der Schatz im Heimatmuseum ausgestellt werden«, zischte sie. »Es würde euch zu altem Ruhm verhelfen und endlich wäre der Gerechtigkeit Genüge getan.«

Leif fing an zu lachen. So laut und tief, dass es sogar für einen Moment das Donnergrollen übertönte.

»Wirklich toll, dass du mir helfen willst.« Es dauerte, bis er sich gefangen hatte. »Aber Gerechtigkeit, die gibt es nicht wirklich. Man kann nur kämpfen und hoffen, dass es besser wird.« Er legte seine freie Hand auf ihre Finger. »Aber mit dir fühlt sich das alles nicht mehr ganz so schlimm an.«

Wunderschöne Worte von einem außergewöhnlichen Mann, der viel zu viel hatte ertragen müssen und trotzdem den Mut nicht verlor. Sie überlegte keine Sekunde, lehnte sich zu ihm und küsste ihn hastig.

»Wir kriegen das hin«, versprach sie. »Glaub mir, ich sorge dafür, dass diese Mörder im Knast landen.«

Ihre Müdigkeit war verflogen. Am liebsten hätte sie eigenhändig die ganze Insel nach Victor Rasmussen abgesucht und ihn noch in dieser Nacht hinter Gitter befördert.

»Wir sollten ihn suchen«, meinte sie. »Suchen und einsperren.«

»Lass gut sein, Lene.« Leif zwinkerte ihr zu. »Bei Sturmflut sollte man entweder auf See oder im Haus sein, nicht dazwischen.«

Er hatte recht. Einen Vorteil hatte die Wetterlage: Auch Rasmussen kam nicht von der Insel. In irgendeinem Loch hatte er sich verkrochen und bald schon würde sie ihn dort herausziehen.

Sie schenkte ihm einen bestätigenden Augenaufschlag und streichelte seinen Nacken, ehe sie ihm noch einen Kuss auf die Lippen drückte.

»Wir sollten etwas essen«, rang er sich ab.

Ihr Magen erinnerte Lene auf unangenehme Weise daran, dass sie definitiv die Nahrungsaufnahme den Zärtlichkeiten vorziehen sollte. Ein weiterer kurzer Kuss, dann öffnete sie die Tür. »Gute Idee, ich verhungere fast.«

»Das habe ich mir gedacht.«

Hand in Hand rannten sie durch den Regen zur Haustür. Sie stand offen. Der Wind ließ das Holz in rhythmischen Abständen gegen den Rahmen schlagen.

Lenes Gesichtszüge entglitten mit einem Mal und eisige Beklommenheit ergriff Besitz von ihr. Es war ein ungutes Gefühl, eine Vorahnung, die sich um ihr Herz legte und immer fester zudrückte.

»Ist dein Vater ausgegangen?«

»Nein.« Lene konnte sich zwar nicht vollends sicher sein, allerdings war Vater nicht der Typ, der vergaß, das Licht auszumachen und die Tür zu schließen. Vieles hatte sich geändert, aber ihr alter Herr war sicher nicht senil geworden. »Vater!«

Lene zog ihre Waffe und lud durch. Sie versuchte, sich zur Ruhe zu mahnen, nachdem sie die Tür ganz aufgestoßen hatte. Die Sekunden, in denen sie in den leeren Raum spähte, dehnten sich und sie blendete den Sturm aus, nahm keinen Laut mehr wahr.

Die Luft war kalt und feucht. Kein Vergleich zu der wohligen Wärme, die dem Haus heute Morgen innegewohnt hatte.

»Vater! Wo steckst du?«

Sie wusste, dass niemand ihrem Ruf antworten würde. Die Bücher, die auf dem Boden verteilt lagen, waren eine deutliche Botschaft. Vater hätte niemals die Seiten seiner Schätze zerknittert. Lene durchsuchte mit der Waffe im Anschlag jede noch so verwinkelte Ecke, erkannte, dass auch Schubladen durchwühlt worden waren und man sogar ihre Unterwäsche achtlos neben das Bett geworfen hatte. Schließlich wurde der anfängliche Verdacht zur schrecklichen Gewissheit.

Langsam ließ sie die Waffe sinken und starrte in die Glut des Feuers.

»Lene, wir müssen deine Kollegen verständigen. Hörst du mich?«

Sie spürte, wie Leif ihre Schultern packte und sie schüttelte. Seine Worte drangen nur ganz leise an ihre Ohren. Ein schrilles Fiepen legte sich über alle Geräusche. Sämtliche Kraft wich aus ihrem Körper.

»Lenchen!« Eine leichte Ohrfeige riss sie zurück in die Realität. »Du musst durchatmen. Aus und ein, aus und ein, aus und …«

Plötzlich war der helle Pfeifton weg und die Kälte wieder da. Lene rieb sich über das Gesicht und steckte die Pistole weg. Sie war Polizistin und musste sich zusammenreißen.

»Alles wieder gut?«, wollte Leif wissen und schnippte hektisch vor ihrem Gesicht.

Sie nahm seine Finger und drückte sie herab. »Nein, aber danke, dass du da bist.« Lene hastete zum Festnetzanschluss, hob das Telefon und knallte es nach wenigen Sekunden wieder auf die Gabel. »Tot.«

Leif holte sofort sein Handy hervor. »Kein Empfang, selbst der Notruf funktioniert nicht. Bei dir?«

Sie kannte die Antwort, bevor sie ihr Mobiltelefon aus der Tasche geholt hatte. »Ebenfalls.«

Mit einem Satz eilte Leif zur Tür. »Ich fahre zur Wache und verständige Mathissen.«

»Ja«, erwiderte sie tonlos, ehe Zweifel ihre Lunge umschlangen und ihr die Luft raubten. »Warte! Wir können ihm nicht trauen. Schon damals hat er deine Aussage nicht ernst genommen. Er war es, der dafür gesorgt hat, dass ich Marie Rasmussen nicht befragen konnte.«

»Was willst du damit sagen, Lene?«

Die Überlegungen schossen wie Billardkugeln beim Anspiel durch ihren Verstand. Was, wenn sie falschlag? Und was, wenn nicht?

»Ich weiß es nicht. Fürs Erste muss ich nachdenken!« Sie sah sich um und hob verzweifelt die Arme. »Was um alles in der Welt könnte man hier suchen? Mein Vater war nicht sonderlich reich und tat keiner Fliege etwas zuleide. Er interessiert sich nur für seine Geschichtsbücher und alte Runen.«

»Vielleicht genau deshalb.«

»Bitte was?« Der Tonfall war viel zu hoch und schrill. »Weil er keiner Fliege etwas zuleide tat?«

»Nein. Weil er pensionierter Geschichtslehrer ist und bis auf Wibke Röhrnes der Einzige, der Futhark-Runen entziffern kann.« Leif hob eines der Bücher hoch und las vor. »Haithabu – Ein Handelsplatz der Wikinger.« Als wäre das Exemplar unbezahlbar, legte er es auf den Tisch. »Lene, es geht hier nicht um Wertsachen.«

Sie verstand sofort. »Victor Rasmussen braucht ihn, um den Schatz zu finden.«

»Vielleicht eine weitere Rune? Aber woher wusste er, dass dein Vater sie lesen kann?«

Lene wurde ganz ruhig. Das Dorfleben besaß unendlich viele Vorteile. Dass jeder über alles Bescheid wusste, war keiner davon und ein Grund dafür, dass sie Sylt vor langer Zeit einmal den Rücken gekehrt hatte.

»Leif, du weißt, wie es hier läuft. Außerdem steht mein Vater ganz altmodisch im Telefonbuch.« Lene beschlich ein grausamer Verdacht. Was wäre, wenn die falschen Leute mit den Dänen zusammenarbeiten würden? Vielleicht sogar jemand aus den eigenen Reihen?

Jemand wie Mathissen.

Wieso hatte er Marie ausfliegen und Victor verschwinden lassen? War es Geld oder ein Neuanfang in Dänemark, mit dem sie ihn korrumpiert hatten? Alles Indizien, Mutmaßungen, Hypothesen, doch zusammen ergaben sie eine gefährliche Mischung. Alleine der Gedanke daran reichte aus, um sie würgen zu lassen.

Sie konnte sich nicht bewegen, nicht einmal atmen. Ihre Befürchtungen überschlugen sich. »Wir müssen herausfinden, wohin Rasmussen ihn verschleppt hat«, brachte sie schließlich leise hervor.

In alle Richtungen sah Leif sich um, dann kam er auf sie zu und drückte sie fest an sich. »Was würde die Spurensicherung machen?«

Lene spürte seinen warmen Atem auf ihrer eisigen Haut und schloss die Augen. Sie musste nachdenken und gerade nicht die Tochter ihres Vaters sein, sondern Kriminalkommissarin. Mehrmals atmete sie durch, und als sie die Augen wieder aufschlug, war es ihr gelungen, zumindest einen Teil der Panik niederzukämpfen.

»Sie würde Hinweise suchen«, erwiderte Lene mit fester Stimme und ging zur Tür. »Das Holz wurde mit viel Kraft aufgehebelt. Der Entführer war also gut in Form.«

»Wie Victor Rasmussen.« Leif ging zur Seite, während sie mit wachem Blick durch das Haus schritt. »Sind das Fußspuren?«

Lene war so tief in ein Loch gefallen, dass sie gar nicht bemerkt hatte, wie dreckig es im ganzen Haus war. Sie kniete sich hin. »Es muss offensichtlich sehr schnell gegangen sein. Ich erkenne die großen Abdrücke eines Mannes.« Sie sah genauer hin. »Nur die Farbe der Spuren ist merkwürdig. Nicht schlammig und braun, wie man es bei dem Wetter vermuten würde, sondern … eher rötlich.«

Leif kam an ihre Seite. »Wie im Morsum-Kliff! Der rote Limonitsandstein in der Ostscholle ist charakteristisch für die Steilküste.«

»Ja, das war auch mein erster Gedanke.« Sie nahm die nasse Erde in die Hand und verrieb sie zwischen den Fingern. Etwas gefiel ihr nicht. In ihrem Gedächtnis tobte sie als kleines Kind über das eigentlich geschützte Kliff. Der feuchte Sand hatte nichts mit dem gemein, was sie als Mädchen zwischen den Zehen gespürt hatte. »Irgendetwas ist anders … Woher kenne ich den Geruch der Erde, diese Farbe, diesen Kontrast?«

»Einen Kontrast?«

»Diese Erde lag schon einmal auf diesem Boden. Vor sehr langer Zeit.« Lenes Augen verengten sich und plötzlich war sie wieder 19. Sie strich über den Boden. Durch die klebrigen Massen ihres Erlebten blitzte etwas auf, was sie noch nicht in Worte fassen konnte. Lenes Stimme verlor an Kraft und war nur ein hauchdünnes Flüstern. »Mein Vater schimpfte wieder einmal, als ich nach Hause kam. Erst, weil ich mich noch nicht für ein Studium entschieden hatte, und direkt danach, weil der Sand auf dem Boden lag.« Sie ging tiefer in ihre Erinnerungen. »Wann zum Teufel war das?«

Leif berührte sanft ihre Schulter. »Lene, bist du dir sicher, dass du das nicht geträumt hast?«

Sie fasste seine Hand und da wurde ihr bewusst, wann Vater sie so ausgeschimpft hatte.

»Du warst dabei, erinnerst du dich nicht?« Lene riss die Lider auf und schreckte hoch. »Auch damals hielt ich deine Hand, als wir hier durch die Tür traten. Es war der Morgen nach unserem Abschlussball. Erst haben wir in der ›Alten Böe‹ gefeiert, dann sind wir in den Leuchtturm eingebrochen und im Morgengrauen hast du mich nach Hause gebracht.«

»Du meinst …«

»Genau.« Lene schritt zur Tür. Plötzlich war alles so klar, so einfach. Ein flammendes Inferno voller Hass begleitete jeden ihrer Schritte. »Victor Rasmussen versteckt sich im Leuchtturm Hörnum. Dort finden wir Vater.«

KAPITEL 17 – NEUN SEKUNDEN

Lene zählte tonlos mit.

Neun Sekunden.

So lange dauerte es, bis der Leuchtturm seine wiederkehrende Kennung auf das Meer warf. Die Blitze zuckten in schneller Folge monoton in die Nacht.

»Bist du dir sicher, dass wir das alleine durchziehen sollten?«, wollte Leif wissen, während sich seine Finger nervös um das Lenkrad krallten.

Sie hatte keine Zweifel. Er würde ihr bis in die Hölle und zurück folgen, allerdings war er kein Polizist, und falls ihm etwas zustoßen sollte, würden die Schuldgefühle sie umbringen.

»Nein.« Sie drehte sich zu ihm und blickte in seine weichen, gutmütigen Augen. »Du wirst hierbleiben. Solltest du Schüsse hören, fährst du sofort zur Wache und informierst meine Kollegen, den Pfarrer und alle, die du sonst finden kannst.« Sie zog ihre Waffe. »Selbst korrupte Cops können nicht agieren, wenn sie im Schein der Öffentlichkeit stehen.«

Sie war im Begriff auszusteigen, da ergriff Leif ihr Handgelenk. »Lene, ich wollte dir noch sagen …«

»Lass es.« Sie lehnte sich in den Wagen und hauchte ihm einen Kuss auf die Wange. »Dafür haben wir noch viel Zeit.«

Er nickte. »Schön, dass du wieder da bist. Und bitte sei vorsichtig.«

Ein letzter Atemzug, dann tat sie den ersten Schritt auf dem schlammigen Boden. Der Sturm riss an ihrem Friesennerz, die Haare zappelten hilflos im Wind. Hier in Hörnum, an der Südspitze der Insel, fegte der Sturm mit ganzer Macht. Er peitschte die Wellen zu furioser Kraft auf. Sie brachen sich an den steinigen Felsen und warfen die Gischt weit auf den durchgeweichten Dünenboden.

Wenn es so weiterging, würde es für die Insel gefährlich werden, und als eines der letzten Gebäude würde der Leuchtturm aus dem Wasser ragen.

Das weiße Band des beleuchteten Wahrzeichens von Hörnum konnte man bereits von Weitem erkennen. Während sie mit gezogener Waffe näherschlich, erinnerte sie sich an die alten Geschichten. Früher, lange vor ihrer Zeit, war auf Höhe des Rings Deutschlands kleinstes Klassenzimmer untergebracht gewesen. Sie konnte sich nur schwerlich vorstellen, wie fünf einsame Sylter Schüler dort ihre Tage verbracht hatten. Zumindest musste die wundervolle Aussicht sie entschädigt haben. Seit über 40 Jahren gab es keinen Wärter mehr im Turm, das Lichtsignal wurde automatisch gesteuert. Mittlerweile konnte man beide Galerien besichtigen, den Turm als Kulisse für eine Hochzeit buchen … oder auf die 16 Meter hohe Düne klettern, mit Geschick und noch mehr Gewalt die Tür aufbrechen und den Sex seines Lebens auf der obersten Ebene genießen, während das Leuchtfeuer die nackten Körper erhellte.

Sie hatte diese Nacht über ein Jahrzehnt verdrängt – jetzt flackerte die Erinnerung so hell wie das Signalfeuer des Turms. Leif und sie waren damals so betrunken gewesen, dass sie sich der Konsequenz ihres Handelns nicht bewusst gewesen waren. Swantjes Küstennebel-Schnaps hatte ihre

Sinne betäubt, die Lust und der Rausch der Jugend waren übermächtig gewesen. Aus einer dummen Idee war Realität geworden und die schönste Nacht ihres Lebens. Doch noch eine andere Sache war Lene in dieser Nacht bewusst geworden.

Als Leif kurz weggeschlummert war, hatte sie sich auf die Galerie geschlichen, aufs Meer hinausgeblickt und in aller Stille geraucht.

Die Erkenntnis hatte sie in diesem Moment getroffen wie ein Faustschlag. Wenn sie auch nur eine Woche länger auf dieser Insel bliebe, würde sie sich Hals über Kopf in Leif verlieben und ihn früh heiraten. Wie Vater es wollte, würde sie in die Fußstapfen ihres alten Herrn treten und so lange unterrichten, bis der geschwollene Bauch und die Füße es nicht mehr zuließen. Danach würde sie die Kinder versorgen, Essen kochen, Elternabende besuchen, eine gute Ehefrau und Mutter sein.

Sie erinnerte sich, dass ihr 19-jähriges Ich so voller Angst gewesen war, dass sie direkt eine zweite Zigarette angesteckt und Leif gebeten hatte, sie nach Hause zu bringen. Dieses Leben wäre bestimmt wundervoll gewesen und sie hätte nie jemanden verurteilt, der sich genau das wünschte. Doch nicht für sie.

Nicht für die junge Lene, die eine Kostprobe des Lebens erhascht hatte und nun so unendlich mehr davon wollte.

Was für eine Ironie des Schicksals, dass sie nun wieder genau diesen schmalen, von Bäumen und Sträuchern flankierten Weg die Düne hochschritt. Diesmal wollte sie nicht weg von ihrem Zuhause – sie musste es beschützen.

Oben angekommen, streckte sich der Leuchtturm in seiner ganzen Pracht vor ihr aus. Es schien, als wolle er den pechschwarzen Himmel stützen, einem Pfeiler gleich, da sonst das Firmament auf die Köpfe der Insulaner fiele.

Ihre Schuhe waren voller roten Sandes. Kein Zweifel – es war derselbe Dreck, den jemand in ihrem Haus verteilt hatte.

An der Tür angekommen, zog sie die kleine Einsatztaschenlampe aus dem Halfter an ihrer Uniform, legte die Waffe an und tippte mit dem Lauf gegen die hölzerne Tür.

Mit einem viel zu lauten Quietschen gab sie nach.

Kein gutes Zeichen.

Der Lichtkegel streifte das Schloss. Leif und sie hatten es damals mit einer Brechstange aufgehebelt und Rasmussen schien genauso in den Leuchtturm gelangt zu sein. Ein Wunder, dass niemand sein Eindringen bemerkt hatte. Lene erstarrte einen Moment. Hoffentlich hatte er den Menschen, die die Führungen ins Innere des Turms gaben und die Technik warteten, nichts angetan. Sie schickte ein Stoßgebet gen Himmel, dass Sturm und Wellen diese Leute in den letzten Tagen vom Turm ferngehalten hatten.

Vorsichtig überquerte sie die Schwelle. Normalerweise musste man einen Schutzbezug über die Schuhe stülpen, um das Interieur des über 100 Jahre alten Turms nicht zu beschädigen. Lene ließ den Behälter mit den blauen Plastiküberziehern links liegen und verteilte Schlamm auf den roten Fliesen des Eingangsbereichs.

Vorsichtig setzte sie einen Fuß vor den anderen, immer darauf bedacht, die Schmatzgeräusche ihrer Schuhsohlen so leise wie möglich zu halten. Es war dunkel, nur der Schein ihrer Taschenlampe spendete Licht.

Hier unten sah alles aus, wie sie es in Erinnerung hatte. Eine antike Bauzeichnung des Turms prangte an der Wand, daneben Rohre, ein Kessel, alte Technik und ein Poster mit Ansichtskarten, die den Turm in aller Schönheit zeigten. Sie erkannte unzählige Nieten, welche die weiß-rote Außenhaut und 600 Stahlplatten zusammenhielten. Es war lange her, dass Lene mit ihrer Mutter die Erkundungstour für Touris mitgemacht hatte. Warum blitzten die Erinnerungen gerade so deutlich auf, als wäre es gestern gewesen?

Mutter hatte sie bereits verloren. Bei ihrem Vater würde sie das nicht zulassen.

Lene widerstand dem Drang, nach ihm zu rufen. Noch einmal leuchtete sie in alle Richtungen und setzte schließlich ihren Fuß auf die erste Stufe der Treppe.

Als sie in der zweiten Etage ankam, traf sie fast der Schlag. Hier sollte das ehemalige Klassenzimmer der Hörnumer Kinder zu finden sein. Eine Dauerausstellung für die Besucher. Eine Tafel, drei Pulte, sechs Stühle, ein paar Instrumente, Fotos und eine Handvoll Geräte, das hätte sie vorfinden sollen. Mit den unzähligen Fotografien, Lageplänen, Notizen und Aufzeichnungen hatte sie im Leben nicht gerechnet. In der Ecke verstaut lagen ein Schlafsack, dazu ein Gaskocher und einige Konserven.

Sie verstand, warum Victor Rasmussen wie vom Erdboden verschluckt war. Er hatte seine kleine Operationsbasis genau hier aufgeschlagen.

»Schiet!«, fluchte sie und leuchtete über die Dokumente.

Sie erkannte Fotos der Polizeiwache, des Wikingerschiffs und des Heimatmuseums, dazu etliche handbeschriebene Zettel, allesamt in dänischer Sprache verfasst. Ein paar Wortfetzen verstand sie, der Rest war nicht zu entziffern.

Sie wandte sich ab und hielt den Pistolenlauf mit der Taschenlampe zur schwarzen Tafel gerichtet. Zunächst konnte sie nicht erkennen, was der Lageplan zu bedeuten hatte, dann fiel es ihr wie Schuppen von den Augen.

»Leif«, murmelte sie und strich über das dünne Papier.

Nichts anderes als das Heimatmuseum konnte man hier erkennen, und sofort wurde ihr klar, was Rasmussens nächstes Ziel war. Hatte er herausbekommen, dass sie Ole die Runen übergeben hatte? Vielleicht durch einen Spitzel?

Lene mahlte mit den Kiefern. Das alles machte keinen Sinn. Es sei denn, die Dänen waren gar nicht hinter dem Schiff her, sondern wollten nur den Schatz von Haithabu an sich reißen. Dazu brauchten sie die Runen und jemanden, der sie übersetzte.

Jemanden wie ihren Vater.

Ein Geräusch riss sie aus düsteren Racheüberlegungen. Spielten ihre Sinne verrückt oder war es das Unwetter, das ihre Empfindungen täuschte?

Sofort hob sie die Pistole, richtete sie in den Treppenaufgang und entsicherte die Waffe. Langsam und bedächtig nahm sie die Treppenstufen. Der Vorratsraum eine Etage höher sowie das Lager für elektronische Geräte und der Wartungsraum waren allesamt abgeschlossen. Die Töne mussten von ganz oben kommen.

Mit jeder weiteren Stufe pumpte ihr Herz das Blut schneller durch ihre Adern. Sie meinte, das Rauschen in den Venen hören zu können.

Die Geräusche drangen nun allzu deutlich an ihre Ohren. Jegliche Zweifel waren fortgeweht. Sie war definitiv nicht allein in dem Gebäude. Im siebten Geschoss, dort, wo bereits Hunderte Ehen geschlossen worden waren, war jemand.

Sie nahm allen Mut zusammen, holte noch einmal Luft und erklomm die letzten Stufen zum Trauzimmer mit wenigen Sprüngen.

»Hände hoch, Polizei!«, rief sie und richtete ihre Waffe auf die Gestalt. Mit dem Rücken zu ihr zappelte er auf der Bank, wo sonst das Brautpaar Platz nahm, direkt unter der Sylter Flagge und dem Wappen des Standesamts. »Ich sagte, Sie sollen die Hände hochnehmen, Rasmussen!«

Keine Reaktion. Lene kam einen Schritt näher, zielte auf die Schulter und war bereit zum Schuss.

»Letzte Warnung!«, brüllte sie aus Leibeskräften. »Verdammt, Rasmussen, ich werde von der Schusswaffe Gebrauch …«

Ihre Worte verloren sich in der Enge des Leuchtturms. Sie sah genauer hin. Erst jetzt erkannte sie die Fesseln an den Gelenken.

Sie senkte die Waffe Zentimeter für Zentimeter.

»Vater!«, rief sie, blickte die Treppe hoch und drückte sich an ihm vorbei. Es bedurfte einiger Zeit, bis die Seile zu Boden fielen, mit denen man ihm die Hände auf dem Rücken zusammengebunden hatte.

»Lenchen.« Roluf atmete schwer und drückte seine Tochter an sich. »Ich bin so froh, dich zu sehen.«

Sie erwiderte die Umarmung. »Und ich dich. Was ist passiert?«

Ihr Vater rieb seinen Kopf. Geronnenes Blut auf seiner Stirn glänzte schwarz im Schein der Lampe. Rasmussen musste ihn ziemlich erwischt haben.

Es tat weh, mit anzusehen, wie ihr Vater schmerzverzerrt die Augen zusammenkniff und Mühe hatte, seine Erinnerungen abzurufen.

»Bin eben erst zu mir gekommen. Jemand hat mich angegriffen, mich hinterrücks niedergeschlagen, als ich in meine Bücher vertieft war.«

»Dieser Feigling!« Lenes Wut bekam neue Nahrung. »Kielholen sollte man ihn. Mit vielen Seepocken und Entenmuscheln am Rumpf, die seinen Körper aufschlitzen.«

»Das macht man seit 200 Jahren nicht mehr«, erklärte Roluf, versuchte aufzustehen und ließ sich stöhnend auf die weiße Bank fallen. Selbst jetzt brach der Geschichtslehrer bei ihm durch.

»Wie auch immer, Vater. Wir müssen dich ins Krankenhaus bringen.«

»Wir?«

»Leif wartet im Auto.« Sie hob ihre Pistole und leuchtete in den Treppenaufgang. Während all das Adrenalin durch ihren Körper geströmt war, hatte sie nicht daran gedacht, dass Rasmussen noch hier sein könnte. »Ruh dich aus, ich bin gleich wieder da.«

»Wo sollte ich hingehen?«, knurrte er, ließ sich gegen die ächzende Lehne fallen und sackte zusammen. »Ich setz mich nur kurz hin.«

Lene hatte die ersten Stufen nach oben betreten. »Mach das!«, rief sie und spähte in den kleinen Raum, wo verblichene Aufnahmen die Geschichte Sylts widerspiegelten. Sie erkannte Bilder von Wehrmachtssoldaten, die in den dunklen Kriegsjahren im Seefliegerhorst auf List stationiert waren. Einige Aufnahmen zeigten die kleine Bahn, die einst über die Insel getuckert war, und manche die Hörnum-Odde. Ob es ganz Sylt bald so gehen würde wie der vom Landverlust gepeinigten Odde?

Lene verdrängte den Gedanken und zwang sich zur Konzentration. Hier oben hatte Rasmussen sein Lager nicht aufgeschlagen. War er bereits auf dem Weg zum Heimatmuseum, um die Runen zu stehlen? Falls dies der Fall sein sollte, wäre Ole in höchster Gefahr. Sie fasste neuen Mut und warf sich gegen die Tür zur Außengalerie. Mit einigem Widerstand gab sie nach und eine eisige Bö peitschte ihr ins Gesicht.

Sie war einiges gewohnt, musste immer lachen, wenn Düsseldorfer von Wind sprachen, obwohl nur ein laues Lüftchen wehte, aber das hier war anders. Sturm und Regenmassen drückten sie beinahe wieder in den Leuchtturm. Sie musste Kraft aufwenden, um ihren Körper gegen die

Naturgewalten zu stemmen. Augenblicklich wurde jedes Geräusch vom tosenden Wind verschluckt und ein zorniges Rauschen war das Einzige, was an ihre Ohren drang.

Mit Mühe bekam Lene das Geländer zu packen. Sie harrte einige Sekunden aus und versuchte, Energie zu tanken, während ihre Silhouette alle neun Sekunden vom Leuchtfeuer erhellt wurde. Die Mobilfunkmasten der Netzbetreiber schwankten gewaltig. Wenn sie richtig sah, hingen sogar einige beschädigt herab und krachten mit jedem Windstoß aneinander. Kein Wunder, dass der Empfang zusammengebrochen war.

Bei ihrem letzten illegalen Besuch des Turms vor 13 Jahren war es ruhiger gewesen. Sie hatte genau an dieser Position gestanden, splitterfasernackt geraucht und über ihr Leben nachgedacht. Damals war es so still gewesen, dass sie Leif schnarchen gehört hatte. Ihr Zigarettenqualm war gerade nach oben gestiegen, den Sternen entgegen, von denen heute nichts zu sehen war. Menschen hatten heute Nacht draußen nichts zu suchen.

Mit größter Anstrengung hangelte sie sich am Geländer in Leifs Richtung.

»Leif!« Durch den dunkelgrauen Regenschleier konnte sie die zwei Scheinwerfer gerade so ausmachen. »Leif!«

Natürlich reagierte er nicht. Erst als sie wild mit den Armen wirbelte und die Taschenlampe als Signal benutzte, erwiderte er die Botschaft mit seinen Scheinwerfern.

Ein letztes Mal warf Lene einen Blick in das Schwarz ihrer Heimatinsel, aus dem nur wenige Lichter herausstachen, und die Wellen, die sich immer bedrohlicher gegen die Tetrapoden warfen. Selbst die hässlichen Betonblöcke würden nicht verhindern, dass Meer und Wind der Odde etliche Kubikmeter Sand abtrotzten. Sylt würde nach dem Sturm kleiner sein. Daran bestand kein Zweifel.

Unter Aufwendung all ihrer Reserven gelang es Lene, die Tür nach innen wieder zu öffnen und zu ihrem Vater zu eilen.

»Wie fühlst du dich?«, wollte sie wissen und versuchte, ihm aufzuhelfen.

»Als hätte mich ein Containerschiff gerammt.«

Von unten hörte sie Leif die Treppe heraufeilen. »Keine Angst«, keuchte er atemlos. »Sie werden wieder, Herr Cornelsen.« Er beugte sich zu ihm herab, pfiff erschrocken, als er die Wunde an Rolufs Kopf erkannte, und hakte sich bei ihm unter. »Das sollten sich die Ärzte der Nordseeklinik ansehen. Sie müssen bestimmt genäht werden.«

Endlich gelang es ihnen, Vater die Treppe hinabzuhelfen. »Ach, seid keine Klookschieter. Ich muss nicht in die Klinik. Eine Nacht im heimischen Bett, ein Verband und schon bin ich wieder.«

Typisch, dachte Lene und schüttelte den Kopf. »Nichts da, wir bringen dich nach Westerland. Du hast bestimmt eine Gehirnerschütterung.«

»Wat mutt, dat mutt«, ergänzte Leif. »Hat Rasmussen Sie ausgequetscht?«

»Nein.« Roluf drückte sein Kreuz durch, schob Leifs Hand behutsam weg, als Zeichen, dass er alleine gehen konnte. »Hat nicht viel geredet. Ab und zu ein paar sinnlose dänische Wortfetzen vor sich hin gemurmelt. Das war's.«

Lene horchte auf. Das gefiel ihr ganz und gar nicht. So wie sie Victor Rasmussen kennengelernt hatte, schien er nicht der Typ zu sein, der psychopathische Selbstgespräche führte. Dafür war er zu kontrolliert, zu überlegt, beinahe melancholisch. Konnte er einen Komplizen haben? Neben seiner Schwester natürlich. Bei dem Gedanken wurde ihr angst und bange.

»Was zum …« Vater stoppte, als sie den ersten Schritt auf die zweite Etage des Leuchtturms setzten. Mit weit aufgerissenen Augen studierte er die Lagepläne und Notizen, mit denen Rasmussen das Klassenzimmer verschandelt hatte.

»Was für ein Stinkbüdel!«

Für Vaters Verhältnisse war dies eine stattliche Beleidigung.

Lene wären ganz andere Begrifflichkeiten eingefallen und das lag bestimmt nicht an den 13 Jahren im Rheinland. »Er hat Lagepläne vom Heimatmuseum und der Polizeiwache. Und unzählige Notizen dazu.« Sie deutete auf die schwarze Tafel und die Skizzen auf dem dünnen Papier. »Wir sollten uns beeilen. Ich denke, als Nächstes werden Rasmussen und sein möglicher Komplize auf die Runen aus sein.«

»Sein Komplize?« Leifs Taschenlampe erhellte die Tafel. »Du meinst, seine Schwester?«

»Nein. Ich meine, dass er sich nicht alleine hier verstecken konnte und die ganzen Sachen besorgt hat. So gut können seine Verbindungen auf der Insel gar nicht sein. Ihm wurde geholfen.« Als sie die Sätze aussprach, zog sich ihr Magen schmerzhaft zusammen. »Der Polizei und Mathissen können wir aus genau diesem Grund nicht trauen.« Der Gedanke widerte sie an.

Für sie stand der Dienstausweis für etwas. Ihr wurde speiübel, wenn sie daran dachte, dass ihr Chef bald in Saus und Braus in irgendeinem pazifischen Inselparadies leben würde.

Roluf gab plötzlich Stöhnlaute von sich und stützte sich auf einem der alten Pulte ab. Lene tauchte aus ihren negativen Grübeleien auf.

»Ab zur Nordseeklinik. Wir sagen ihnen, dass du gestürzt bist, sonst werden die Polizei und Mathissen informiert«, bellte sie im Befehlston.

Leif packte Roluf und ging voran. »Bist du sicher?«

»Ja, wir können niemandem trauen. Versuch während der Fahrt, deinen Bruder zu warnen.«

»Denkst du, Rasmussen könnte …?«

Lene wusste, was er sagen wollte. Kalter Schweiß stand auf ihrer Stirn und mischte sich mit dem Regenwasser, sie war hungrig, nass und sie fröstelte, ihre Wangen glühten vor Anstrengung. »Ich denke, er ist zu allem fähig. Wir sollten uns sputen.«

KAPITEL 18 – DIE LETZTE RUHE DES FINNWALS

Leifs Beziehungen und Beliebtheit halfen, Vater unbürokratisch versorgen zu lassen. Eine engagierte Ärztin nahm ihn in der Notaufnahme entgegen. Nach ein paar kurzen Sätzen und dem Vorzeigen ihres Dienstausweises verabschiedeten sie sich mit einer flüchtigen Umarmung, die Vater, ganz in alter Manier, als Übertreibung abtat, bei so einem »kleinen Kratzer«, wie er die vermeintliche Gehirnerschütterung nannte.

Nachdem die Ärztin ihnen versichert hatte, dass sowohl Festnetz als auch Notrufnummern ausgefallen seien und die Sturmflut in dieser Nacht mit voller Wucht zuschlagen würde, beeilten sie sich noch mehr. Innerhalb einer Minute saßen sie wieder im Auto, und während dicke Regentropfen wütend gegen die Scheibe schlugen, versuchte Lene verzweifelt, mit beiden Mobiltelefonen Ole zu erreichen.

»Kein Netz. Kein Internet. Die Sturmflut wird heute Sylt treffen. Wir haben nur noch wenige Stunden, bis das Wasser auf den Straßen steht.«

Trotz der eingeschränkten Sicht gab Leif Gas. »Rasmussen hätte sich keine bessere Nacht aussuchen können. Niemand, der bei klarem Verstand ist, geht jetzt auf die Straße, man hört nichts, kann die Hand vor Augen kaum erkennen und bei den ganzen Schäden würde man einen Einbruch nicht mal bemerken.«

Wie so oft in den letzten Tagen sah Lene in die dunkle Wand aus Regen und Wut. Eine innere Stimme sagte ihr, dass diese Sturmflut anders werden würde. Hilfe war nicht zu erwarten. Kein Helikopter, kein Schiff würde es wagen, zur Rettung zu eilen. Selbst Bundeswehr, THW und Polizei waren machtlos bei dieser Gewalt. Die Angst zog sich in ihrer Brust zu einem Klumpen zusammen, der sie kaum atmen ließ. Die Worte der Rasmussens hingen klebrig in ihrem Kopf und ihr gelang es nicht, sie zu verdrängen. Was wäre, wenn sie recht hätten?

Wenn Sylt dasselbe Schicksal wie Rungholt zuteilwürde und die Insel morgen, wenn die Sonne über der Nordsee aufging, einfach nicht mehr existierte?

Sie verkrampfte die Finger bei der Vorstellung. Ihre Glieder waren vor Kälte so steif geworden, dass ihr selbst das Knacken der Gelenke Schmerzen bereitete.

»Alles in Ordnung?«, fragte Leif mit besorgtem Unterton, während er die mit einem dicken Wasserfilm überzogenen Straßen nach Keitum viel zu schnell nahm. »Hast dir deine Rückkehr ein wenig anders vorgestellt, oder?«

Sogar jetzt schaffte er es, sie zum Lächeln zu bringen. Irgendwie fand er stets die richtigen Worte.

»Mordfälle, Attentäter, ein Geisterschiff, alte Sagen, Flüche und Entführungen … lass mich kurz überlegen. Ja, tatsächlich hatte ich anderes im Sinn.« Sie drückte kurz seine Hand. »Und jetzt lass uns diesen kranken Idioten aufhalten und den Spuk beenden.«

»Zu gerne.«

Leif nahm die letzte Kurve mit quietschenden Reifen.

Lene hetzte mit gezogener Waffe aus dem Wagen und Leif stürzte aus der Tür, da schritt Ole ihnen lächelnd und nur mit Jeans und Pullover bekleidet entgegen.

»Hab diesen Dänen dabei erwischt, wie er einbrechen

wollte!«, rief er freudestrahlend und nicht ohne Stolz gegen den Regen. Er rieb sich dabei die rechte Faust. »Eine kurze Rauferei, zwei, drei Schläge und er lag am Boden. Nur leider erreiche ich deine Kollegen von der Polente nicht und auch keinen Arzt.« Oles seliges Grinsen wurde so breit, dass seine Zähne zu sehen waren. »Hab ihm ganz schön eins mitgegeben, das sollte sich mal jemand ansehen.«

»Die Notrufnummern sind ausgefallen.« Lene stoppte, zog die Stirn in Falten. »Du meinst, du hast ihn? So richtig sicher? Und wir sind umsonst über die Insel geflogen, während uns die Vorboten der Sturmflut eingeheizt haben?«

Er zuckte mit den breiten Schultern. »Konnte ich ja nicht wissen. Kommt mit, habe ihn im Seefahrtsraum an den Stuhl des Standesbeamten gefesselt. Der bewegt sich keinen Millimeter.«

Lene traute dem Braten nicht. Da konnte Ole noch so locker daherreden. »An den Stuhl des Standesbeamten?« Zögerlich steckte sie ihre Waffe ein.

»Der hat die höchste Lehne«, erklärte Ole. »Wusstest du nicht? Bei uns kann man auch heiraten.«

Leif passierte die mächtigen Unterkieferknochen des Finnwals, durch die man das Grundstück betrat, und lehnte sich kurz zu ihr. »Schon wieder ein Raum, in dem man auf Sylt heiraten kann. Das scheint dich zu verfolgen.«

»Sehr witzig.« Sie knuffte in seine Schulter. Jetzt, da die Anspannung von ihnen abgefallen war, konnte sie über seine Witze lachen.

Doch noch war die Situation nicht bereinigt und der Sturm erinnerte sie mit mächtigem Donnergrollen daran, dass das Gröbste längst nicht ausgestanden war.

Als sie den beleuchteten Weg entlangging, spürte sie eine dumpfe Taubheit in sich aufsteigen. Ihr Magen knurrte, die

Augenlider wurden schwerer. Erschöpfung und Müdigkeit forderten unmissverständlich ihren Tribut. Sie musste dagegen ankämpfen. Noch durfte sie sich keine Ruhe erlauben. Nicht, wenn ihre Insel in Gefahr war.

Tanterlatant! Was für ein Seemannsgarn. Was dachte sie da? Sylt würde nicht untergehen. Niemals. Kein altes Schiff, kein Fluch und bestimmt kein Wikinger und seine Möchtegern-Nachkommen würden daran etwas ändern. Lene ließ die Wut auf Rasmussen und seine Panikmache zu. Sie half ihr, wach und angriffslustig zu bleiben.

»Gut gemacht, Ole. Dieser Typ hat es verdient«, polterte sie, als ob sie dem Sturm Konkurrenz machen wollte, und stapfte über den kleinen Weg.

Sie betrat das alte Kapitänshaus und musste innehalten, erschlagen von der schieren Anzahl der wunderschönen Exponate. Sylter Seefahrer hatten seit jeher maritime Objekte mit in ihre Heimat gebracht. Von fein geschnitzten Standuhren über Tabakdosen bis hin zu historischen Trachten oder Grabsteinen war alles in dem riesig anmutenden Raum zu finden. Der Besuch des Heimatmuseums gehörte für die Sylter Schüler zu den Standardausflügen. Nur vage erinnerte sich Lene, wie schick sie sich damals gemacht hatte, da sie bei Leif und seinen Eltern einen guten Eindruck hatte hinterlassen wollen. Wie ein Schwamm hatte sie die Informationen aufgesogen. Ob über die aus Fischwirbeln gefertigten Küchenutensilien, die Spinnräder oder die geologische Entstehungsgeschichte der Insel, sie hatte über alles Bescheid wissen wollen, um bei den van Ohlsens und besonders bei Leif zu punkten.

Wie lange war sie schon in ihn verliebt?

»Ich bin ewig nicht mehr hier gewesen«, raunte sie, lächelte peinlich berührt und wandte ihr Gesicht ab, während sie an Schränken mit blau-weißem Porzellan vorbeischritten und den Seefahrtsraum betraten.

»Da ist er«, erklärte Ole das Offensichtliche. »Fest eingeschnürt und bereit zum Versand.«

Leifs Bruder nötigte ihr Respekt ab. Trotz der Schicksalsschläge hatte er seinen Humor nicht verloren. Kaum zu glauben, was Krafttraining und Kampfsport aus dem einst kleinen Jungen gemacht hatten. Obwohl sie ihm vertraute, legte sie die Hand auf ihre Pistole, als sie sich mit vorsichtigen Schritten der gefesselten Person im Halbschatten näherte.

Blitze zuckten in der Nacht und erhellten das Gesicht des Mannes. Tatsächlich. Sie konnte Victor Rasmussens fein geschnittenes Gesicht ausmachen. Mehrere Seile waren eng um den durchtrainierten Leib dieses Irren gelegt worden, sein Kopf hing schlaf herab und das getrocknete Blut verkrustete bereits auf seiner Stirn. Lene näherte sich und legte zwei Finger an seine Halsschlagader.

Er lebte.

Sie ertappte sich dabei, dass ein Hauch Enttäuschung in ihr aufflammte. Ein Gefühl, für das sie sich schämte. Schnell zog sie ihre Hand weg.

Auch Leif kam näher und begutachtete ihren Gefangenen. »Gute Arbeit, kleiner Bruder. Diese Gestalt hat Lenes Vater entführt und ihn in den Hörnumer Leuchtturm verschleppt. Wir konnten ihn befreien und haben dort gesehen, was er als Nächstes vorhat.«

»Hier einbrechen und die Runensteine stehlen?« Ole sah seinen älteren Bruder herausfordernd an. »Ich habe mir schon gedacht, dass er nicht wegen der Ausstellung hier ist.«

Sie konnte erkennen, wie zögerlich Leifs Worte wurden. Der sonst so selbstsichere Mann trat ungelenk an seinen Bruder heran. Es folgte eine lange Umarmung. »Ich hätte nicht gewusst, was ich tun sollte, wenn sie mir auch noch dich genommen hätten.«

Ole schwieg, erwiderte ungelenk die Intimitäten.

Lene sah einen Augenblick weg und ließ den beiden ihre Ruhe.

… wenn sie mir auch noch dich genommen hätten.

Sie dachten also beide, dass die Rasmussens für den Tod ihrer Eltern verantwortlich waren. Nun, wer konnte es ihnen verübeln?

Nachdem ihr Puls weiter runterfuhr, gewann die analytische Polizistin wieder die Oberhand in ihrem Kopf. Sie sah sich Victor Rasmussen genauer an. Die blonden Strähnen schimmerten rötlich und waren von Blut getränkt. Sein hübsches Gesicht wies etliche Blessuren auf. Einige waren Minuten alt, andere schimmerten gelb, violett oder schwarz. Dieser Verrückte musste einige Male von der Gewalt der Natur überrascht worden sein. Er sah aus, als hätte er mehrere Tage am Stück Boxkämpfe verloren.

Leif kam zu ihr. »Und was machen wir nun mit ihm?«

»Er muss ins Krankenhaus.« Noch einmal fühlte Lene seinen Puls. Er wurde spürbar schwächer. »Im Anschluss sollten wir die Kollegen von der Wache informieren. »Bleibt nur die Frage, ob Mathissen mit ihm unter einer Decke steckt. Irgendwie muss Rasmussen an die Pläne, Nahrung und Informationen gekommen sein.«

»Du willst das Risiko eingehen?« Leif wiegte sein Haupt. »Ich bin mir sicher, dieser Fotzenkopp wird alles erzählen, um wieder freizukommen und seinen Plan in die Tat umzusetzen. Selbst uns belasten.«

»Die Beweise sind erdrückend.« Lene ging um den fein verschnörkelten Traustuhl herum. »Er wurde auf frischer Tat ertappt, dazu die dänischen Notizen im Leuchtturm, die Spuren an den Schuhen.«

Sie senkte ihren Blick und beugte sich hinab. Komischerweise erkannte sie an seinem Schuhwerk nicht den Hauch von rötlichem Sandstein.

»Muss der Regen fortgetragen haben«, erklärte Leif, als er sah, was ihre Augen suchten, und kniete sich neben sie.

Warum erkannte sie an Leifs und ihren Sohlen ganz deutlich die Spuren ihres Besuchs am Leuchtturm? »Ja, so wird es wohl sein, oder sein Komplize hat meinen Vater entführt.« Sie erhob sich und klatschte in die Hände. »Handys und Festnetz funktionieren immer noch nicht?«

Die Brüder schüttelten die Köpfe.

»Okay, dann müssen wir ihn ins Krankenhaus bringen. Könnt ihr ihn losbinden?« Sie nickten wie auf Kommando und machten sich an den Seilen zu schaffen.

Lene gönnte sich einen Moment der Ruhe. Die Last der Welt schien auf ihren Lidern zu liegen. Beinahe hypnotisch schlugen die Regentropfen an die Scheiben, grollte der Donner in der Nacht. Sie schloss für einen Moment die Augen und zwang sich im nächsten, sie wieder zu öffnen. Lene sah über die Schulter und gähnte herzhaft. Die beiden Jungs würden noch eine halbe Minute brauchen, bevor sie Rasmussen aus diesem Meisterwerk der Bondage-Kunst befreit hätten, und sie musste sich dringend bewegen, um die Müdigkeit zu vertreiben.

Lene streckte sich und warf einen Blick in den angrenzenden Raum. Es musste unendlich schwierig sein, den Einheimischen und Touristen jede Saison ein paar neue Ausstellungen zu präsentieren. Das Wikingerschiff oder gar der Schatz dürften die klammen Kassen füllen. Sie gönnte es Leif und Ole mehr als jedem anderen und sie würde sich dafür einsetzen, dass das Schiff hier einen festen Platz bekam. Lene sah sich um. Unter den alten Büchsen wäre ein schöner Platz. Zumindest, wenn man ein paar davon einmottete.

Die Schießeisen nahmen ohnehin eine ganze Wand ein, auf ein paar mehr oder weniger kam es da nicht an. Behutsam ließ Lene ihren Zeigefinger über das blanke Metall fahren. Einige der Vorderlader glänzten mit filigran gearbeiteten Blechen. Nachdem sie eine Waffe kurz angehoben hatte, konnte sie kaum glauben, dass Menschen damit einmal aufeinander losgegangen waren oder von Schiffen aus versucht hatten, den Gegner zu treffen. Sie waren so schwer, Lene hätte damit keine hundert Meter gehen können. Kein Vergleich zu ihrer Pistole im Halfter. Weiter oben waren die noch älteren Kaliber ausgestellt. Die klobigen und schweren Hakenbüchsen schienen kaum tragbar. Lene versuchte erst gar nicht, die auf ihrer Kopfhöhe liegenden Arkebusen anzuheben. Stattdessen strich sie über das geschmiedete Metall. Zu ihrer Überraschung blieb auf ihren Fingern ein dicker Rußfilm zurück. Auch der Geruch von Schwarzpulver drang beißend in ihre Nase.

Teils amüsiert, teils nachdenklich verrieb sie den dunklen Dreck zwischen ihren eiskalten Fingern. Schossen diese Ungetüme etwa noch?

Lene nahm das Luntenschloss in Augenschein. Tatsächlich sah es nicht so aus, als wäre es seit Jahrhunderten unberührt. Ganz im Gegenteil. Was für eine Wucht die Kugeln auf kurze Distanz haben mussten. Und welche Wunden sie in das Opfer reißen würden.

Große Wunden wie …

Lene erstarrte. Zuerst war es nur eine Ahnung. Ein lästiges Piepen im Ohr, das man einfach nicht loswurde und das immer lauter zu werden schien. Dann wurde daraus ein gefährlicher Verdacht. Noch einmal zog sie den Geruch in ihre Nase.

»Was Interessantes gefunden?«

Sie zuckte zusammen. Leifs Stimme tönte durch die

Halle. Sofort drehte sie sich um und sah, wie er im Dunkeln stand und sie fixierte. Sein langer, nasser Mantel bewegte sich nicht. Er musste schon länger dort gestanden und sie beobachtet haben.

»Nein.« Lene räusperte sich. »Oder doch, ja. Sag mal, diese Waffen, werden die noch benutzt? Für Vorführungen oder so etwas?«

»Natürlich«, entgegnete er ganz selbstverständlich und trat näher. Die Finsternis war aus seinem Blick verschwunden. Er lächelte. »Ole führt sie Schulklassen oder Touri-Gruppen vor. Das bringt gutes Geld und wir können es gebrauchen.«

Ein letztes Mal ließ sie ihren Blick über das fein gearbeitete Gewehr streichen. »Kann ich verstehen. Man muss gucken, wo man bleibt.«

Welche Energie er besaß, um selbst die widrigsten Lebenssituationen zu meistern. Wäre Lene zusammengebrochen oder hätte sie wie er verbissen und voller Kraft einfach weitergemacht, um ihren Bruder und sich zu retten? Sie war froh, die Frage niemals beantworten zu müssen.

Voller Anerkennung strich sie ihm über die Schulter. »Wibke Röhrnes wurde vielleicht durch so eine Waffe getötet. Wenn ihre Leiche nach dem Sturm auftaucht, sollten wir einen ballistischen Abgleich vornehmen. Dient nur zu eurer Sicherheit. Vielleicht hat Rasmussen eine ähnliche Waffe verwendet.«

»Unbedingt.«

»Und natürlich muss die Kriminaltechnik Rasmussens Schuhabdrücke mit denen aus unserem Haus und dem Sand vom Leuchtturm vergleichen, wenn es die Wetterlage zulässt. So können wir ausschließen, dass er mit einem Komplizen zugange war.«

»Auf jeden Fall.«

»Und wir müssen seine Wunden untersuchen. Sie sind bestimmt nicht alle von heute. Ein Mediziner kann recht fix herausfinden ...«

»... du kannst es einfach nicht lassen, oder?«

Er fletschte die Zähne, seine Züge verwandelten sich in eine Maske des Hasses. Die ohnehin schon spärliche Beleuchtung flackerte unter dem Druck des Unwetters. »Wieso um alles in der Welt musst du so neugierig sein?«

»Leif, alles in Ordnung? Du siehst erschöpft aus.«

»Wir sind alle erschöpft, Lene«, hallte es mit fester, sonorer Stimme durch die Hallen. »Doch im Gegensatz zu dir können wir nicht einfach die Flinte ins Korn werfen und abhauen.«

Da war es wieder. Dieses Gefühl, eine wichtige Information einfach verpasst zu haben. Die beruhigende Aura des Museums war verschwunden. Etwas riet ihr, eine Hand auf das Holster zu legen.

»Leif, bleib ruhig. Was meinst du?«

»Was ich meine? Das fragst du noch?« Seine Nasenflügel weiteten sich, der Blick fing Feuer und er hob die geballte Faust.

»Wir hätten Rasmussen einfach abliefern können und in zwei Tagen würden wir beide uns mit Wein auf meine Kosten in der ›Alten Böe‹ betrinken. Ohne Sorgen und mit der Aussicht, dieses Wikingerschiff an Land zu ziehen. Aber nein, du kannst es einfach nicht lassen, nachzubohren und Fragen zu stellen. Unbedingt willst du diese unsäglichen Untersuchungen anordnen, dabei hättest du den Fall einfach abschließen können.« Sein Mantel wehte, während er wild gestikulierte. »Es wäre so simpel gewesen und jetzt zwingst du mich, den Plan zu ändern. Jetzt müssen wir schon in dieser Nacht und verborgen vor neugierigen Augen den Schatz von Haithabu an uns bringen.«

Er sah zu Rasmussens schlaffem Körper. »Wenigstens für diese Informationen war der Däne gut … und um am Ende als Sündenbock herzuhalten. Hat lange genug gedauert, das alles aus ihm rauszuprügeln.«

Dieses Scheusal!

Er würde Rasmussen alles anhängen. Den Tod von Wibke Röhrnes, Vaters Entführung, den gemeinen Anschlag.

»Du warst es? Du hast deine eigene Kuratorin getötet?«

Sah sie Wehmut in seinen glänzenden Augen? Fast als hätte man einen Lausbub beim Stehlen erwischt, drehte er sich zur Seite, um mit wütender Stimme fortzufahren.

»Es war ihre Schuld! Neben deinem Vater war sie die Einzige, die diese Runen entziffern konnte. Als sie tatsächlich das Schiff untersucht hat und den Stein fand, gab es nur diese eine Möglichkeit! Sie wollte sich dafür einsetzen, dass das Schiff auf dem Festland ausgestellt wird, und den Schatz der Öffentlichkeit zur Verfügung stellen. Kannst du dir das vorstellen?«

»Ich nehme an, vor ein paar Tagen im Morsum-Kliff ist dir die Leiche auch nicht aus den Händen gerutscht?«

»Wer hätte gedacht, dass du immer noch so fit bist?«

Sie konnte nicht fassen, wozu er fähig war. War aus dem netten Jungen durch die Schicksalsschläge ein berechnender Psychopath geworden?

»Leif, das bist nicht du.« Ihr Körper zitterte, als die Ermittlerin in ihr durchbrach. »Danach gab es kein Zurück, oder? Ihr habt meinen Vater entführt. Im Leuchtturm hat er von dänischen Wortfetzen gesprochen. Wenn man sie genauer untersuchen würde, wäre klar, dass kein Däne das Zeug gesagt oder aufgeschrieben hat.«

»Und doch hätte es ausgereicht, um Rasmussen hinter Gitter zu bringen.«

Lene wurde schlagartig klar, wie ausgeklügelt sein Plan war. »Der Anschlag auf uns … Das war Ole! Ihr habt euch eine Pistole besorgt, durch die Scheibe geschossen und dann wolltet ihr Marie Rasmussen dafür verantwortlich machen.«

»Nichts anderes hat sie verdient«, bestätigte er gleichgültig. »Sie war die ganze Nacht am Schiff. Diesen Zufall mussten wir nutzen und dich einfach nur betrunken machen und dorthin führen. Dass du sie auch noch rettest, war nicht geplant. Ihre Familie hat meine Eltern auf dem Gewissen.«

»Glaubst du das wirklich?«

»Würdest du es nicht?«

Sie ließ ihn nicht aus dem Blick, umfasste ihre Pistole fester und versuchte, aus dem Augenwinkel Ole zu beobachten. »Die Nachrichten von deinem Handy bei unserem Date gingen an deinen Bruder. Du hast mich zum Kliff geführt. Ich sollte deine Zeugin sein und Marie Rasmussen verhaften oder dabei zusehen, wie sie in den Fluten umkommt.«

»Siehst du. Das mochte ich immer an dir. Du bist nicht nur hübsch, sondern auch smart.«

Trauer und Enttäuschung wüteten fiebrig in ihr, bis sie kaum noch zwischen Wirklichkeit und Gedanken unterscheiden konnte. Hatte er das wirklich alles geplant? War sie eine Schachfigur in seinem kranken Spiel? 13 Jahre hatte sie ihn nicht gesehen. Lene verstand die Welt nicht mehr, zog langsam ihre Waffe und richtete den Lauf auf den Mann, für den sie seit langer Zeit und auch jetzt noch wahre Gefühle hegte.

»Was ist mit dir passiert in all den Jahren?«

»Das Leben, Lenchen. Aber du flüchtest ja lieber, als dich der Realität zu stellen.«

»Auch ich habe meine Mutter viel zu früh verloren, Leif.«

Er seufzte verächtlich. »Ja, und wie lange warst du hier, bis du wieder abgehauen bist? Ein paar Tage? Von der wahren Härte des Lebens hast du keine Ahnung.«

Diese Aussage setzte blanken Zorn in ihr frei. »Ich bin Polizistin, verdammt. Ich weiß, wie beschissen das Leben sein kann.«

»Ist nach dem Tod *deiner* Eltern *dein* Bruder in den Drogensumpf abgetaucht? Musstest *du* ihm mehrmals die Finger in den Hals stecken, weil *du* Angst hattest, er würde nicht mehr aufwachen? Haben sie *dich* für Monate in die Geschlossene eingewiesen, weil *du* nachts vor Angst nicht schlafen konntest? Glaub mir, du lernst die beruhigende Wirkung von Psychopharmaka mit der Zeit zu schätzen, wenn sie das Einzige sind, was dich durch den Tag bringt.« Er zog einen Blister aus der Innentasche des Mantels und warf sich eine Pille ein. »Dann verstummen die Stimmen zumindest für ein paar Stunden.« Sein vom Hass zerfressenes Gesicht war vollkommen starr, dann schüttelte er vehement den Kopf. »Aber du hast es dir einfach gemacht. Bist abgehauen und hast deinen Freund stehen lassen, als er dich am dringendsten gebraucht hätte.«

Er war in einer Klinik gewesen und musste Medikamente nehmen? Lene kam sich so dumm vor. Sie wusste nichts über den Mann, den sie in ihr Bett … und in ihr Herz gelassen hatte.

»Leif, nur ein Wort von dir …«

»Und dann was?« Der Satz platzte aus ihm heraus und ließ seine Stimme noch tiefer durch die Räume des Museums grollen. »Wäre die 20-jährige Lene von damals zurückgekehrt, hätte ihren neuen Freund, das Penthouse und ihre Ausbildung sausen lassen, um dem Typ zu helfen, der gerade seine Eltern verloren hat, bis über beide Ohren in Schulden steckte und dessen Teenager-Bruder alles Mögliche einwarf, um den Schmerz zu betäuben? Sei ehrlich, Lenchen. Wärst du wieder nach Sylt gekommen, wenn ich dich darum gebeten … wenn ich dich angefleht und bekniet hätte?«

Sie schwieg. Beide wussten die Antwort.

Obwohl es ihr das Herz brach und für sie die Welt in Scherben lag, schlossen sich ihre Finger fester um den Griff der Pistole.

»Leif, es tut mir so leid. Bitte zwing mich nicht …«

»Doch weißt du, was das Schlimmste dabei ist? Ich mag dich immer noch. Nach all den Jahren.« Er schritt langsam und mit offenen Armen auf sie zu. Wahn sprach aus seinen Augen, Hysterie aus seiner Stimme. »Und wenn ich den Schatz und das Schiff in ein paar Tagen geborgen hätte, ich wäre dir wieder verfallen.«

Sie hob die Hand und ihre Augen füllten sich mit Tränen. »Leif, bitte bleib zurück. Ich bin mir sicher, wir können das klären.« Lenes Stimme brach.

Er tat wie geheißen und verschränkte traurig die Arme hinter dem Rücken. Sein Blick wurde sehnsuchtsvoll. Sie erkannte das Glitzern darin und eine einzelne Träne, die sich löste. Auch seine Stimme wurde brüchig.

»Ja, Lene. Wir können alles klären. Es tut mir leid. Wirklich. Von ganzem Herzen.«

Den dumpfen Schlag an ihrem Hinterkopf spürte sie noch, jedoch fehlte der Schmerz. Dafür war plötzlich überall Dunkelheit. Sie zog sie in die Tiefe hinab und hinterließ nichts außer Fragen und Trauer.

KAPITEL 19 – SALZ IN DEN AUGEN, HASS IM HERZEN

Lärm erschütterte ihren Verstand.

Gerade war alles noch leise und behaglich gewesen, warm und gemütlich, doch mit jeder weiteren Sekunde, die verging, änderte sich alles. Ihre Augen brannten, ihr geschundener Körper fühlte sich an, als hätte man ihn nackt auf Eis gebettet, und ihr Gesicht zwickte vor klirrender Kälte. Sie wollte nicht in die Realität zurück. Dort, wo sie sich eben befunden hatte, war alles schöner und besser.

Etwas zog sie durch die dicken Schichten ihrer Träume zurück ins Hier und Jetzt. Obwohl sie sich mit Leibeskräften wehrte, schrie ihre innere Stimme sie an, endlich die schmerzenden Augen aufzuschlagen. Widerwillig gehorchte Lene.

War das hier ein Traum? Zu surreal wirkte die Szenerie um sie herum, und das Pochen an ihrem Hinterkopf trug seinen Teil dazu bei, dass sie sich nur orientierungslos umsehen konnte.

Wellen tobten um sie herum. Sie umspülten ihre Füße, sogen sich unangenehm in die Kleidung, drangen mit jeder weiteren wütenden Welle zwischen ihre Schenkel bis hin zu ihrer intimsten Stelle. Der Strand war nicht allzu weit entfernt. Die Lampen des Hafens spendeten sogar ein wenig Licht. Lene wollte sich losreißen, weg von den Wassermassen, die sie zu ertränken drohten, doch es war vergebens.

Von Panik ergriffen, zappelte sie im hüfthohen Wasser, bis sie bemerkte, dass sie an einen Stuhl gefesselt war, der im Meeresboden steckte. Ihr Körper wurde von der Gewalt des Wassers vor und zurück geworfen. Nicht mehr lange und die Strömung würde sie einfach mitziehen. Wieder und wieder peitschte das Meer hoch, spritzte Salzwasser in ihr Gesicht, sodass sie das Gefühl hatte, ihre Pupillen würden in Flammen stehen.

Sie schrie ihre Angst in Richtung des düsteren Strands, in der Gewissheit, dass bei diesem Unwetter kein Tourist an der Promenade, kein Angler am Kliff, kein Spaziergänger im Sand ihre Schreie hören würde. Tränen vermischten sich mit dem Salzwasser und trübten ihren Blick. Hektisch versuchte Lene, die Fesseln von ihren Händen loszureißen, ihre Gelenke von den Stuhlbeinen zu befreien. Eine erneute Woge brachte ihre Bemühungen vollends zum Erliegen. Wasser drückte sich ihre Kehle hinab. Sie spürte den salzigen Geschmack auf ihrer Zunge, wollte ihn loswerden, aussichtslos.

Einen Herzschlag lang wusste sie nicht, wo sie sich befand. Fetzen der Erinnerung kehrten zurück in ihr Gedächtnis. Zögerlich, als wolle ihr Gehirn sie vor dem schrecklichen Verrat beschützen.

Leif …

Sie überkam der bizarre Drang zu lachen. Ihre Jugendliebe, der Mann, dem sie am meisten vertraut hatte, hatte sie einfach ausgenutzt. Alleine der Gedanke ließ ihr Herz bluten. Am Ende würde es heißen, dass Lene Cornelsen zu lange auf dem Festland gelebt habe, unvorsichtig geworden sei und während der nahenden Flut und in Ausübung ihrer Pflicht umgekommen sei.

Vielleicht würde Leif eine Trauerrede halten und Tränen an ihrem Grab vergießen, wenn man nach Wochen ihre aufgedunsene Leiche fand. Alleine die Vorstellung löste Würgereiz aus.

Nein, so durfte es nicht enden.

Mehrmals blinzelte sie, um wieder freie Sicht zu bekommen. Es war nicht viel Licht vorhanden, um sich zu orientieren. Aber es reichte, um einen kleinen Bogen und festgemachte Boote im geschützten Hafenbecken zu erkennen. Dazu ein beleuchtetes Haus, nicht weit von dem Ort, an dem man sie zurückgelassen hatte.

Das musste die Hafenkneipe am Fährhaus sein, bei der Surfschule. Sie befand sich also zwischen Munkmarsch und Braderup. Einer der vier Golfplätze war nur einen Möwenschiss entfernt, genau wie der Flughafen … und die freiwillige Feuerwehr. Allerdings würde die nicht ohne Alarmierung ausrücken.

Lene war auf sich allein gestellt. Hastig atmend lehnte sie ihr ganzes Gewicht gegen die nächste Welle. Der Wind riss schrill pfeifend an ihr, sie spannte mit letzter Kraft ihren Körper. Der Sand unter ihr wurde abgetragen. Keine weitere Minute und die feinen Körner würden nachgeben und die Stuhlbeine lägen frei. Ihr Schicksal wäre besiegelt.

Sie drehte ihren Kopf in alle Richtungen. Im Dämmerlicht der orangen Lampen meinte sie, neben sich eine Gestalt zu erkennen.

War die Panik übermächtig geworden? Fantasierte sie und sah mit verschwommenem Blick den sagenumwobenen Meermann Ekke Nekkepenn?

Nein, diese Figur war real und keine Legende, die Sylt mit Stürmen peinigte und das Wasser salzig machte.

Nur wenige Meter neben ihr saß Victor Rasmussen. Sein Körper wies nicht den Hauch von Spannung auf. Mit jeder Welle bewegte er sich, einer Marionette gleich, bei der man die Fäden durchgeschnitten und an den Stuhl gebunden hatte. Seine Arme waren frei, sogar die Beine gingen die Bewegungen des Wassers willenlos mit.

Es war ein schwacher Trost, dass Lene Leifs Plan erkannte. In einigen Wochen würde die Obduktion ergeben, dass sie gefesselt war und er mit Hämatomen übersät. Die Ermittler würden schließen, dass es einen Kampf gegeben habe, und ihn für alles verantwortlich machen. Am Ende würde es so aussehen, als wäre er beim Versuch gestorben, etwas aus ihr herauszupressen.

Die Journaille würde sich darauf stürzen, Leif zum Helden stilisieren und das Museum würde sich vor Besuchern kaum retten können.

Lene spukte Salzwasser ins Meer. Kluger Junge. War Leif immer gewesen. Leider.

»Rasmussen!« Sie schrie sich die Seele aus dem Leib. »Rasmussen, wachen Sie auf!«

Ole musste ihn übel zugerichtet haben. Wenn sie die verschiedenfarbigen Flecken in seinem Gesicht richtig deutete, schon seit Tagen. Was war nur aus den Menschen geworden, die ihr am nächsten standen?

Noch einmal füllte sie ihre Lungen, verschluckte sich am Salzwasser, hustete und rief dabei Rasmussens Namen. Nichts geschah. Wahrscheinlich schluckte der Wind jedes Geräusch, bevor es überhaupt an seine Ohren drang. Hilflos musste sie dabei zusehen, wie sich das letzte Seil um seinen Bauch löste und die nächste Welle ihn fast zärtlich vom Stuhl hob. Es war vorbei.

Stechend helle Blitze beleuchteten das völlig entspannt wirkende Gesicht des Dänen. Es sah aus, als würde er sich nur kurz ausruhen, während das Meer ihn in sich aufnahm. Lene erstarrte.

Was für eine kurze, schreckliche Rückkehr auf ihre Insel. Sie hatte immer gedacht, dass sie eine Tochter des Eilands wäre, ein Kind des Strandes und der See. Sie musste sich geirrt haben. Sylt hasste sie, das Meer musste sie verabscheuen und auch die Tiden schienen ihr die Flucht übel zu nehmen.

Sie schloss die Augen.

»Bitte, nur ein wenig Hilfe ...«

Sie wusste selbst nicht, an wen sie die Worte richtete. Kurz vor dem Tod machte man dumme Sachen. Richtig dumme.

Lene schlug die Augen wieder auf und erkannte, dass eine große Welle heranrollte. Die Flut würde sich immer weiter aufbauen. Ob es bei Anbruch des Morgens ihre Insel noch geben würde?

Mit aller Macht drängte sie den Gedanken fort. Sah sie gerade richtig? Die große Welle, eben noch angsteinflößend, brachte nun Hoffnung mit sich. Im Stakkato der zuckenden Blitze wurde Rasmussen zu ihr getragen. Nur einen kurzen Augenblick, bevor er endgültig aufs offene Meer hinausgezogen würde, doch die Nordsee gab ihr eine letzte Chance.

Die Welle trug seinen bewusstlosen Körper gegen ihren Stuhl. Lene hielt den Atem an, versuchte, jeden ihrer steifen Muskeln zu aktivieren, und zappelte mit aller Macht. Es gelang ihr, endlich das Seil um ihr linkes Bein abzuschütteln. Mit sachten Bewegungen berührte sie Rasmussens Hals.

»Komm schon, wach auf!«, schrie sie, das Seil gab weiter nach und ihre Bewegungen gewannen an Stärke.

Der Mann zuckte allmählich und schüttelte den Kopf.

Wie sie zuvor musste Rasmussen sich durch die klebrige Oberfläche der Ohnmacht in die Realität kämpfen.

Lene trat wie verrückt zu und doch erwischte sie ihn nicht richtig. In wenigen Sekunden hätten die Fluten seinen Körper wieder fest im Griff.

Lene nahm ihre letzte Energie zusammen, brüllte gegen den Sturm an und trat mit voller Wucht gegen das Seil und seinen Hals.

Endlich schlug er die Augen auf.

»Rasmussen!«, rief sie erschöpft. »Wachen Sie auf!«

Der Mann berappelte sich langsam und torkelte orientierungslos in Richtung Strand. Die Wellen schlugen höher, und er hatte sichtlich Schwierigkeiten, standhaft zu bleiben. Trotz seiner Schwäche fand er sicheren Tritt und kämpfte gegen die Macht des Wassers an.

»Wo bin ich?«, ächzte er Lene völlig benommen entgegen.

»Am Sylter Strand. Die van Ohlsens haben uns betrogen und wollen uns umbringen. Es gibt nur ...« Weiter kam sie nicht. Eine weitere Welle löste den Sand, in dem die Stuhlbeine steckten, und zog Lene mit Gewalt zu sich. Die rauschende See packte ihren Körper mit eiskaltem Griff. Plötzlich war der Sturm verschwunden und es wurde still, sodass Lene meinte, taub geworden zu sein. Allmählich vernahm sie den dumpfen Klang der Unterwasserwelt. Sollten das die letzten Töne sein, die sie jemals hören würde?

Ihr ging die Luft aus. Sie zappelte in den Fesseln, spürte, wie Wasser an ihr riss und sie unheilvoll in die Dunkelheit ziehen wollte.

Sie hielt es nicht mehr aus und war bereit, einen letzten Atemzug zu tun, der ihre Lungen mit Salzwasser füllen würde, da nahm sie einen Ruck an ihrer Schulter wahr und brach durch die Oberfläche. Noch nie war sie so glücklich gewesen, den Sturm wieder zu hören. Sie sah in ein geschundenes Gesicht, selbst mehr sterbend als lebendig. Hastig füllte sie ihren Brustkorb mit Sauerstoff.

»Danke«, keuchte Lene und erkannte, wie schwer es Rasmussen fiel, das Gleichgewicht zu halten und dabei ihre Fesseln zu lösen. »Wir müssen …«

Ihr Körper war kurz davor zu kapitulieren. Kälte, Erschöpfung und Schlafmangel waren eine gefährliche Mischung, die die Gedanken vernebelte und keine klaren Überlegungen zuließ.

Sie stöhnte vor Erleichterung auf, als die Fesseln gelöst waren. Gemeinsam schleppten sie sich auf die halb überschwemmte Straße neben der Hafenkneipe und brachen unter einer Lampe zusammen.

»Wir brauchen Hilfe und müssen die Polizei rufen«, keuchte Rasmussen und hielt seinen Kopf. Er fluchte auf Dänisch. Lene konnte sich nicht ausmalen, wie sehr sein Schädel nach all der Folter dröhnen musste. Er deutete zum Gebäude. »Im Hotel brennt Licht, wir sollten …«

»Nein.« Sie war überrascht, wie bestimmend ihr Tonfall war. »Es ist möglich, dass sie dort Komplizen haben.«

»Sicher?« Seine Lippen waren blau, das Gesicht schimmerte in allen Farben und er zitterte am ganzen Leib, jedoch schien sein Wille ungebrochen.

»Nein.« Sie bewunderte den Mann. »Aber wenn ich richtigliege, werden wir so lange verhaftet, bis die van Ohlsens entweder über alle Berge sind oder genug Zeit haben, um ihre Version der Wahrheit zu festigen und den Schatz aufzuteilen.«

Sie bemühte sich aufzustehen, verlor die Balance und musste einen zweiten Versuch unternehmen. Der Friesennerz ihrer Mutter und die Regenhose ihres Vaters wogen Tonnen. Lene stemmte die Hände in die Hüften, atmete ein paarmal durch und legte den Kopf in den Nacken, damit Regenwasser ihre Augen ausspülen konnte.

»Und was jetzt?« Rasmussen tat es ihr gleich, war allerdings zu schwach und fiel auf die Knie.

»Ich werde ihn aufhalten. Noch in dieser Nacht und nicht allein. Es ist die einzige Möglichkeit, das alles zu beenden.«

»Und den Fluch zu brechen«, ergänzte er, wischte seine langen blonden Haare aus dem Gesicht und sammelte seine letzten Reserven.

»Glauben Sie immer noch daran?« Sie stapfte in Richtung Schilf.

»Sie nicht? Schauen Sie sich um, Frau Kommissarin«, forderte er sie auf. »Wenn wir das Schiff nicht der See übergeben, wird Frederik Tryggvasons Fluch die Insel treffen. Ob Sie wollen oder nicht.«

Lene wartete eine Sekunde, hielt ihm die Hand hin und half ihm den kleinen Hügel hoch. »Ich will nicht.«

»Dann wissen Sie, was zu tun ist.«

*

Mit voller Wucht prügelte der Regen auf sie ein, der Wind blies in ihre Gesichter, fing sich in den nassen Klamotten und pfiff kalt um ihre Ohren. Lene biss die Zähne zusammen, verengte ihre Lider und schritt weiter voran.

Sie würde Leif seinen Triumph nicht gönnen. So nicht!

Nicht nach dem, was er ihr und ihrem Vater angetan hatte.

»Zum Kliff geht es in die andere Richtung! Nicht nach Westerland!«, rief Rasmussen.

Lene schüttelte den Kopf. »Für Sie ist dort Endstation. Sie gehen ins Krankenhaus und lassen Ihre Wunden versorgen.«

»Das werde ich nicht. Tryggvason war es, der in höchster Not den Fluch aussprach, der die Insel nun bedroht. Sein Blut fließt in meinen Adern, ich bin verpflichtet, seine Taten ungeschehen zu machen.«

Sie blieb stehen, packte ihn am Ärmel. Seine Augen flammten vor Entschlossenheit. Keine schönen Worte oder Beteuerungen würden ihn aufhalten können.

Lene nickte nur und lief weiter. Nach einer gefühlten Ewigkeit hatten sie ihr Ziel erreicht.

»Die Polizeiwache?« Rasmussen schlang die Arme um seinen Körper.

Lene sah in das ermattete Gesicht des Mannes. Er gehörte in ein Krankenhausbett und nicht auf die Straße.

Mit dem Mut der Verzweiflung ging sie voran. Es war wundervoll, in die beheizten Räume der Wache zu treten. Wärme umschloss ihren Körper wie ein Kokon. Eine trügerische Wohltat, wo sie doch wusste, wohin sie als Nächstes gehen musste. Am liebsten hätte sie sich einfach hingesetzt und geschlafen. Stundenlang, bis dieser Albtraum ein Ende gefunden hätte. Allerdings war genau das nicht möglich.

»Frau Cornelsen, wie sehen Sie denn aus? Soll ich Ihnen einen schönen warmen Tee …?«

Polizeihauptmeisterin Schafböcks Worte brachen mitten im Satz ab. Ihre Augen fixierten den pitschnassen Rasmussen, der sich wie ein geprügelter Hund hinter Lene stellte.

Lene trat an den Schalter heran und suchte den Blick der älteren Dame. Sie wusste, sie hatte nur eine Chance. Ihre Stimme war leise, bedächtig und trotzdem voller Eindringlichkeit.

»Die Gebrüder van Ohlsen haben Wibke Röhrnes ermordet. Sie haben auf uns geschossen, Victor Rasmussen entführt und wollen die Geschwister zum Sündenbock für ihre Taten machen. Sie wissen, wie mächtig Leif ist, und ich habe

Grund zu der Annahme, dass er Komplizen hier auf der Wache hat. Gerade ist er dabei, den Schatz von Haithabu im Morsum-Kliff zu plündern. Kann ich Ihnen vertrauen?«

Sekunden verstrichen.

Die Dame kam auf Lene zu und legte ihre Hand auf ihre kalten Finger. Die Wärme war nicht von dieser Welt und tat unendlich gut. Beinahe wäre Lene eine Träne entwichen. Sie wusste, der Zusammenbruch würde kommen. Doch noch nicht … Ein wenig durchhalten musste sie noch.

Endlich nickte Frau Schafböck und legte eine Pistole auf den Tresen. »Dieser junge van Ohlsen kam mir immer schon ein wenig fischig vor. Kommen Sie, Kindchen. Wir nehmen meinen Wagen.«

KAPITEL 20 – DER FLUCH DES FEIGEN WIKINGERS

Am liebsten wäre sie nicht mehr aufgestanden.

Obwohl Polizeihauptmeisterin Schafböcks Rostlaube wahrscheinlich älter war als Lene selbst, wähnte sie sich im Himmel. Der Wagen besaß nicht mal eine Klimaanlage, sondern lediglich ein altes, bestimmt nicht ganz hygienisches Luftgebläse. Lene hielt ihre Finger direkt vor die kleinen Schlitze.

»Sollten wir nicht auf Verstärkung warten?«, wollte Frau Schafböck wissen und steuerte ihren Käfer sicher über die nassen Straßen.

»Damit Mathissen und die van Ohlsens ihre Geschichten absprechen und den Schatz aufteilen können? Nein. Außerdem ... Er hat meinen Vater entführt und mich betrogen ... Die Sache ist persönlich.«

»Das kann ich verstehen, Kindchen. Nur allzu gut sogar.«

Frau Schafböck nickte so heftig, dass die hochgesteckten weißen Haare mitwippten.

Lene sah zum Beifahrerfenster hinaus. Sie sollte nicht hassen, sondern kühl und analytisch handeln. Das wäre smart und von ihrem Dienstherrn gewünscht. Leider waren Menschen eben genau das nicht, wenn Wut den Verstand fraß und Rachedurst das Handeln bestimmte.

Der antik wirkende Scheibenwischer kam nicht hinterher und sie rutschten mehrere Male über den Asphalt. Blitz und Donner begleiteten sie.

Sah so die Apokalypse aus?

Sie passierten Keitum und Archsum, fuhren durch Schellinghörn und erreichten schließlich Morsum. In wenigen Minuten wäre es so weit. Sie würde Leif gegenüberstehen.

Polizeihauptmeisterin Schafböck löschte die Scheinwerfer, bevor sie auf den Parkplatz fuhren. Die Frau war wirklich mit allen Wassern gewaschen. Obwohl Lene bezweifelte, dass man das Licht über die Düne hinweg und durch den Sturm sehen konnte, war sie froh, die Dame bei sich zu haben. Ihr fiel auf, dass sie nicht einmal ihren Vornamen kannte. Sie nahm sich vor, die Menschen in ihrer Umgebung besser kennenzulernen, falls sie das hier überleben würde.

Bei Leif hätte das ganz bestimmt nicht geschadet und ihr viel Ärger erspart.

»Wie gefällt dir, was ich mit euren Mopeds gemacht habe?«, wollte Schafböck aus dem Nichts wissen.

»Sie waren das?«

Schafböck zuckte mit den Schultern. »Ja, meinst du, dass ich gar keine Hobbys habe? Ich schraube gern. Hab ich immer schon.«

Verwundert schüttelte Lene den Kopf. Die Dame war für allerlei Überraschungen gut. Sie musste ihrer Kollegin dringend ein paar Grogs ausgeben.

Auch jetzt wäre das Gemisch aus heißem Wasser, Zucker und Rum eine Wohltat. Lenes steife Finger schmerzten, als sie die neu erhaltene Dienstwaffe überprüfte. Sie durfte gar nicht daran denken, dass Leif nun ihre Walther besaß und bestimmt nicht davor zurückschrecken würde, sie einzusetzen. Sie mussten schnell sein.

»Die Brüder sind bewaffnet«, keuchte Lene und blies sich warme Luft in die Fäuste. »Sie dürfen nicht die geringste Chance haben, aus der Sache rauszukommen.« Lene warf zwei Paar Handschellen auf die Rückbank. Rasmussen fing sie. Schweigsam hatte er Kraft gesammelt, Lene hatte gedacht, er sei vor Erschöpfung eingeschlafen. Nun wirkte er einigermaßen fit.

»Und jetzt?«, wollte er wissen.

»Ich wate zum Schiff, zwinge sie, an den Strand zu kommen, dort erwartet sie Frau Schafböck mit gezogener Waffe, und wenn wir wieder festen Boden unter den Füßen haben, legen Sie den beiden Handschellen an.« Sie entsicherte ihre Pistole. »Wenn wir sie auf frischer Tat festgesetzt haben, suchen wir das nächste Gasthaus mit möglichst vielen Besuchern auf. Bei so vielen Zeugen wird es selbst den van Ohlsens und Mathissen nicht gelingen, die Sache hinzubiegen.«

»Fru Cornelsen, sind Sie sicher, dass Sie mit begge klarkommen? Ganz alene?«

Seine Muttersprache drang nun immer deutlicher durch. Man musste kein Gelehrter sein, um zu erkennen, dass er am Ende war. Das waren sie alle.

Sie hielt ihre Waffe hoch. »Das Überraschungsmoment ist auf unserer Seite, außerdem habe ich meinen Meinungsverstärker und ich will ins Bett. Danke, aber wird schon schiefgehen.«

Sie riss die Tür auf und versank im matschigen Boden. An die zwickende Kälte und die auf der Haut zerberstenden Regentropfen hatte sie sich fast gewöhnt. Jedoch graute es ihr bei dem Gedanken, dass sie gleich schon wieder ins Wasser steigen würde.

Lene musste sich sputen … sonst würde sie der Mut verlassen, der sich ohnehin nur aus ihrer Wut und einem gehörigen Maß Unzurechnungsfähigkeit speiste.

Sie stapfte voran, den Friesennerz schloss sie nicht mehr. Warum auch? Sie war ohnehin nass bis auf die Knochen und eine fiebrige Erkältung kündigte sich in jeder Faser ihres Körpers an. Morgen würde sie sich erst einmal krank melden. Wenn es ein Morgen gäbe. Und das alles in ihrer ersten Woche.

Ihre Lunge brannte vor Anstrengung. Lene ließ das Landhaus links liegen und schleppte sich über den kleinen Weg durch das Naturschutzgebiet und die Heidelandschaften. Gräser bewegten sich hektisch im Sturm und der Wind schien sie vom Kliff wegdrücken zu wollen. Lene ließ nicht locker, kämpfte sich bis zur Abbruchkante vor und vergewisserte sich, dass die beiden ihr folgten. Auch sie hatten Probleme, gegen die Naturgewalten zu bestehen.

Kurz dachte sie, Lichter würden die Aussichtsplattform zu ihrer Linken erhellen. Wahrscheinlich waren es Schwäche und Übermüdung, die ihrem Verstand einen Streich spielten.

Lene sah zum Meer. Kein Stern war am Himmel, keine einzelne Wolke auszumachen. Der Mond versteckte sich vor dem Sturm.

»Bereit?«, wollte sie von ihren Begleitern wissen.

Beide nickten.

Lene verachtete sich dafür, das Morsum-Kliff herabzurutschen. Die Sandschichten waren Millionen Jahre alt und einzigartig in ihrer Beschaffenheit. Eigentlich war sie nicht gläubig, doch in diesem Moment betete sie, dass die Insel ihr verzeihen möge.

Der Schein ihrer Taschenlampe spendete ein wenig Licht auf dem Weg zum Meer. Nachdem sie das Licht gelöscht hatte, stand sie in völliger Finsternis. Aus der Schwärze heraus konnte man zwei Lichtkegel auf dem Schiff gut ausmachen. Sie waren höchstens einen Steinwurf entfernt und wirkten doch unerreichbar.

Dass es gefährlich war und dumm, selbst durch hüfthohes Wasser zu waten, stand außer Frage. Dennoch vollführte sie den ersten Schritt in die aufgewühlte See. Nach wenigen Lidschlägen riss das Meer an ihren Schenkeln.

Wie lange würde das Schiff den Tiden noch standhalten? Selbst von ihrer Position sah sie, wie bedrohlich der abgebrochene Mast schwankte. Sollte es aufs offene Meer hinaustreiben, wäre das Schicksal der van Ohlsens besiegelt.

Lene zwang sich, nicht mehr nachzudenken. Sie hob die Pistole in die Höhe, presste die Lippen aufeinander und setzte einen Fuß vor den anderen. Immer wieder sank sie ein Stückchen ein, musste sich anstrengen, um das Bein zu heben und gleichzeitig die Körperspannung zu bewahren, um nicht von den Wellen mitgerissen zu werden.

Jeder Muskel füllte sich mit Milchsäure, sie wurde das Gefühl nicht los, das sich die Ohnmacht allmählich ihres Leibes bemächtigte.

Es schien eine Unendlichkeit zu dauern, bis die beiden leuchtenden Punkte in der Nacht endlich größer wurden und das Schiff wenige Meter entfernt vor ihr auftauchte. Lene war so ausgezehrt, dass sie kurz daran dachte aufzugeben.

Kannte man das nicht von Bergsteigern? Kurz vor Ende kannten sie keine Kälte, keinen Hunger mehr. Sie zogen sich ihre Kleidung vom Leib, legten sich lächelnd in die weiße Pracht und umarmten den Tod wie eine Geliebte.

Wie verführerisch es klang, dem am absoluten Limit gefangenen Körper eine Pause zu gönnen, sich der nächsten Welle hinzugeben und die Augen zu schließen. Zärtlich und voller Hingebung würde das Wasser ihren geschundenen Körper umschmeicheln, die Welt um sie herum würde in die Stille abgleiten und auf dem Grund des Meers könnte sie bis in alle Zeiten ruhen.

Tanterlatant!

Was überlegte sie da nur?

Am liebsten hätte sie sich selbst eine Ohrfeige verpasst. Sie dachte an Leif, seinen Betrug und die schönen Worte, mit denen er sie hinters Licht geführt hatte. Der Zorn bescherte ihr Flügel, sodass sie die letzten Meter hinter sich bringen konnte.

Das Holz des Schiffs war rau und mit Seepocken bedeckt. Es fühlte sich alt an und gleichzeitig frisch, irgendwie konserviert.

Sie zog sich an Bord und presste ihren Rücken an das hinterste Ende des Hecks. Die beiden Gestalten bemerkten sie nicht. Sie waren zu sehr damit beschäftigt, das Wrack auseinanderzunehmen. Der Wind trug die rauen Stimmen an ihre Ohren und selbst durch den brausenden Sturm konnte sie verstehen, wie wütend Leif war.

»Er muss hier irgendwo sein. Der Däne war sich sicher, dass Tryggvason einen Teil des Schatzes mitgenommen hat.«

»Unter Folter sagt man vieles«, raunte Ole, hob eine Planke hoch und warf sie achtlos ins Meer.

Lene kauerte im Schatten. Angewidert musste sie mit ansehen, wie die beiden Brüder, die vor ein paar Stunden noch einen besonderen Platz in ihrem Herzen innegehabt hatten, mit dem Beil gegen das uralte Holz vorgingen. Die blanke Schärfe schimmerte aus der Dunkelheit hervor, spiegelte die Blitze, die am Nachthimmel zuckten.

Leif schubste seinen Bruder. »Vielleicht hättest du ihn nicht so prügeln sollen.«

»Dann hätte er nicht geredet«, erwiderte das Kraftpaket und schlug mit dem Beil so hart zu, dass Lene die Planken splittern hören konnte. »Und wenn es nicht das richtige Schiff ist? Wenn er uns belogen hat?«

Leif wollte antworten, drückte sein Kreuz durch und hielt inne. Ein Angstschauer fuhr in sie. Sie wusste, dass er sie entdeckt hatte. Langsam wanderte der Lichtkegel zu ihr. Sie kniff die Augen zusammen, während sie aufstand und ihrerseits die Taschenlampe anschaltete, um mit dem Schein sein Gesicht auszuleuchten. Bedrohlich umspielte ein Lächeln seine Lippen, der Mantel zuckte im Sturm und seine Haare hingen nass auf der Stirn. Er war attraktiv wie immer, doch seine Taten machten ihn abgrundtief hässlich. Ole schlug weiterhin auf das Holz ein, als hätte er den Verstand verloren.

Früher hatte sie die Familie für die Hingabe bewundert, mit der sie das Museum erhalten hatte, für ihre Passion, das Besondere zu bewahren. Doch sie waren keine Beschützer alter Geschichte, sondern habgierige Mörder. Den Mann, den sie einmal gekannt hatte, mit dem sie eng umschlungen auf dem Hörnumer Leuchtturm die wundervollste Nacht ihres Lebens verbracht hatte und in den sie schon seit der dritten Klasse verknallt gewesen war, musste in den letzten 13 Jahren irgendwann gestorben sein.

Sie verdrängte die Tränen. Es schien, als würde ihr Herz von einer Faust zerquetscht, als sie die Pistole hob und entsicherte. »Hände hoch!«

Jetzt blickte auch Ole auf. Martialisch leuchtete das Beil im Schein der Taschenlampe. Der Hüne wollte bereits ausholen, doch Leif hob die Hand.

»Schön, dass du dich zu uns gesellst, Lenchen.«

»Nenn mich nicht so!«

»Du hast es immer gemocht.«

Die Worte klangen wie blanker Hohn. Das Geplänkel war ihr zuwider. »Die Lampe runter und stehen bleiben.

Das gilt für euch beide. Und nehmt verdammt noch mal eure Hände hoch!«

Leif machte keine Anstalten, seine Gliedmaßen von sich zu strecken, sondern redete mit ruhiger Stimme auf sie ein. »Lenchen, dass wir hier sind, ist Schicksal.« Sein verschmitztes Lächeln verlieh seinem Auftreten einen spitzbübischen Charme. Da war er wieder, der Mann, in den sie sich verliebt hatte. Zweimal.

Sie durfte sich von seinen süßen Worten nicht bezirzen lassen.

»Halt deinen Mund!«

»Überleg doch mal, bitte.« Er gestikulierte beschwichtigend. »Unsere Eltern haben genau dieses Schiff gesucht. Sie dachten, es sei von Island nach Norden abgetrieben und im ewigen Eis gefangen. Schau es dir an, es wurde über Jahrhunderte konserviert und nun ist es hier. Und weit und breit sind keine Fanatiker, die es uns streitig machen.«

»Zumindest hacken sie nicht mitten in einer Sturmflut mit Beilen auf unschätzbaren Werten herum. Wer die Fanatiker sind, dürfte somit geklärt sein.«

Gutmütig nickte er. »Ja, vielleicht sind wir leidenschaftlich. Aber es kann kein Zufall sein, dass genau dieses Schiff plötzlich vor unserer Küste auftaucht, etliche Jahre nachdem unsere Eltern bei dem Versuch umgekommen sind, den Schatz von Haithabu zu bergen.«

»Und wenn es nur ein Marketinggag ist? Kameras sind genug auf der Insel, um Klicks und Quote zu generieren.«

»Und die Runen, Lene? Glaub mir, es ist das Schiff von Tryggvason und seiner Mathilda.«

»Selbst wenn es so ist, gibt es euch nicht das Recht zu töten!«

Leif kam einen Schritt näher und atmete tief durch. »Es war fast Notwehr, Lene.« Er schlug versöhnliche Töne an.

»Frau Röhrnes wollte alles sofort öffentlich machen, den Runenstein der Regierung übergeben. Wir haben ihr sogar angeboten, den Schatz zu teilen, doch sie wollte, dass jedermann daran teilhaben kann. Es gab einen Streit im Museum, sie ergriff die Waffe, und als ich sie ihr entreißen wollte, löste sich ein Schuss.«

»Willst du mich für dumm verkaufen? Wir reden von einer antiken Hakenbüchse mit Luntenschloss!«, schrie sie den Männern entgegen. Für das Quantum einer Sekunde ertappte sie sich dabei, wie sie ihm tatsächlich glauben wollte. »Selbst wenn mit ihnen regelmäßig geschossen wird, löst sich aus den antiken Waffen aus Zufall keine Ladung.«

»In der Geschichte der Menschheit gab es immer Opfer, die für das Große und Ganze ihr Leben lassen mussten.« Seine Stimme glich Honig. Es fühlte sich an, als würde süßes Gift in ihre Adern fließen. »Sollten wir den Schatz wirklich finden, wäre es für die Wissenschaft und die Menschheit ein nicht zu beziffernder Gewinn.«

»Und für eure Kassen, nicht zu vergessen.«

Er hob die Schultern, vollführte einen kleinen Schritt in ihre Richtung. »Wäre das so schlimm, nach all dem, was wir ertragen mussten? Haben wir nicht auch ein Stück vom Glück verdient?« Sie musste sich anstrengen, um seine Worte zu vernehmen. »Genau wie du, Lene. Wir könnten es gemeinsam organisieren. Unser kleines eigenes Stück vom Glück.«

Erneut kam er näher, seinem eindringlichen Lächeln hatte sie noch nie widerstehen können. Was hatte er nur an sich, dass seine Worte wie Magie auf sie wirkten? Ihre Pistole schien Tonnen zu wiegen. Es wäre eine Wohltat, sich einfach in seine Arme fallen zu lassen.

»Wir könnten hierbleiben, über Geld müssten wir uns nie mehr Sorgen machen«, fuhr er fort und lachte dabei.

Wieso wollte sie mitlachen? Wieso zuckten ihre Mundwinkel?

Leif fixierte einen Punkt weit weg am tosenden Horizont. War er gerade ebenfalls in dieser schönen Fantasie, diesem Wunschtraum, in dem sie diese schreckliche Nacht einfach hinter sich lassen konnten?

»Es gäbe Zuschüsse vom Bund, Einnahmen der Touristen, jede Woche würden wir Vorträge halten«, sagte er leise und seine tiefe, melodische Stimme drang durch den Sturm, direkt an ihre Ohren. »Wissenschaftler würden Schlange stehen, um Schiff und Schatz zu begutachten, jeden Tag würden uns Schulklassen besuchen. Denk an unseren Beitrag zum Allgemeinwohl, Lenchen. Für die Geschichte, die Menschheit und die Insel.«

Die Pause verlieh seinen Sätzen mehr Kraft.

»Wir wären Helden. Du und ich …« Er sah an ihr herab. »… und wer weiß, was noch passieren würde?«

Nach all der Lüge, nach all dem Betrug und diesem Mummenschanz war diese Vorstellung so unglaublich verlockend, dass der Lauf ihrer Pistole ein paar Zentimeter sank.

Leif schlich weiter auf sie zu, war nur noch wenige Meter entfernt.

»Was sagst du, Lenchen? Ändern wir den Lauf der Dinge und unser Schicksal?«

Nicht einen Moment zweifelte sie daran, dass er es ernst meinte. Sie wären reich, berühmt und mit der Zeit würde sie sich vielleicht sogar einreden können, dass er tatsächlich in Notwehr und zum Wohle der Menschheit gehandelt hatte.

Ihre Waffe zitterte gewaltig, genau wie ihr Verstand. Es war einfach zu schön …

… viel zu schön.

Sie würde eine Lüge leben.

»Ich kann nicht. Es tut mir leid.«

»Lenchen, denk doch nur …«

»Hör auf mit *Lenchen*!« Sie hatte es so satt, dass Männer sie bevormundeten und verarschten. »Hände hoch oder ich schieße.«

Der Ausdruck in seinem Gesicht zeigte keine Spur von Angst. Sein letzter Schritt ließ ihn bis auf zwei Meter herankommen. »Du wirst nicht abdrücken«, sagte er ruhig und im Plauderton. »So muss es nicht enden, das weißt du.«

»Leif, bitte zwing mich nicht.«

Als er die Hand ausstreckte und nach der Waffe greifen wollte, drückte Lene den Abzug. Der Schuss war kaum zu hören und ging über seinen Kopf. Weit hinaus in die graue Wand aus Wasser, die sie umgab. Wut und Trauer bestimmten ihre Tonlage. »Die nächste Kugel wird dich verletzen, und das will ich nicht.« Sie richtete den Lauf auf seine Schulter. »Ich bitte dich, nimm die Hände hoch.«

Er schüttelte in aller Deutlichkeit den Kopf, während Ole mit dem Beil hinter ihm auftauchte. Das blanke Metall funkelte bedrohlich im Schein ihrer Taschenlampe.

»Du wirst ihn nicht verletzen«, brummte Ole mit grimmiger Miene. »Er ist alles, was ich noch habe, war für mich da, als ich ihn gebraucht habe, und wird auch noch da sein, wenn das hier vorbei ist.«

»Die Hände hoch!«, zischte Lene. Ihr Herz hämmerte so wild, dass ihre Brust zu schmerzen begann. Sie wusste, wenn die Brüder sie zu fassen bekämen, hätte sie keine Chance. »Das gilt für euch beide.«

»Lass es gut sein, Lene.«

Leif und Ole griffen gleichzeitig nach der Pistole. Als Erster bekam ihr Ex-Freund sie zu fassen. Ihr blieb keine andere Möglichkeit. Sie drückte den Abzug. Von Leifs Hand abgelenkt, wurde der Lauf in Richtung seines Bruders geschoben. Ein spitzer Schrei übertönte das Sturmgetöse für einen Wimpernschlag. Ole hielt seine Brust, fiel zurück und ein Rinnsal Blut war auf der Haut seiner Hand zu erkennen, bis es vom Regen hastig weggewaschen wurde – als ob der Himmel das Rot in all dem Grau und Schwarz nicht dulden würde. Dann fiel das Beil zu Boden.

»Ole!« Leif stürzte ihm hinterher, doch er bekam ihn nicht mehr zu packen.

Mit kalkweißem Gesicht und Hilfe suchendem Blick stürzte Ole über Bord. Stille. Es war, als hätten die Wellen ihn einfach verschluckt. Lenes Herz setzte aus und versetzte ihren Körper in Schockstarre. Sie atmete klare Nachtluft ein. In den Duft des salzigen Wassers mischte sich der chemische Gestank des Treibladungspulvers. Sie hatte zwar zweimal im Dienst ihre Waffe gezogen, aber noch nie hatte sie auf jemanden schießen müssen. Zu ihrer Überraschung war es nicht schwer gewesen, viel zu einfach, auch wenn der Schuss abgelenkt worden war.

Eine Sekunde verging, bis es ihr gelang, sich aus ihrer Apathie zu reißen. Gemeinsam mit Leif riefen sie Oles Namen der aufgewühlten See entgegen. Panisch suchten sie mit zwei Lichtkegeln das Meer ab. Selbst im hüfthohen Wasser spritzte die Gischt am Schiff meterhoch und von Ole fehlte jede Spur.

»Das ist alles deine Schuld!«, keifte Leif, zog seinen flatternden Mantel aus und schwang seinen Körper über das morsche Holz.

Verzweifelt rief er nach seinem Bruder, tauchte gegen die Fluten an und wurde bald von der Kraft der Wellen von den Füßen gerissen. Lene spürte, wie die Gewalt der Winde sie über Bord drängen wollte.

Leif würde das nicht lange aushalten. Schon jetzt trieb er ab, kämpfte sich wieder an das Schiff heran, um schließlich von einer neuen Welle erfasst zu werden.

»Nimm meine Hand!«, schrie sie und streckte ihren Arm aus. »Du ertrinkst sonst!«

»Nicht ohne meinen Bruder!«

Hastig hustete er, tauchte immer wieder ab, um einige Meter entfernt noch entkräfteter aufzutauchen. Sie konnte nur mutmaßen, welche Panik seinen Geist ergriffen hatte, und half ihm, so gut es ging, mit der Taschenlampe.

Erneut beugte sie sich nach vorn.

»Leif, nimm meine Hand!«

Als er nicht hörte, griff sie einfach nach seinem Hemdkragen. Gerade so bekam sie ihn zu fassen. Unter Aufwendung ihrer letzten Reserven gelang es ihr sogar, ihn näher an die Backbordseite zu ziehen. Leif wollte nicht aufgeben, auch wenn er seine aussichtslose Suche mit dem Tod bezahlen würde. Der Ohnmacht nahe, riss er sich los und donnerte seinen Ellenbogen gegen ihre Schläfe.

Dic Taschenlampe fiel neben das Beil. Es fühlte sich an, als würde die letzte verbliebene Energie in ihren Gliedern vom Meer aufgesogen. Tausend Sterne zuckten in der Dunkelheit. Lene verlor das Gleichgewicht, hielt sich kraftlos am Holz fest und musste feststellen, dass sie die Kontrolle über ihren Körper verlor. Langsam rutschte sie in die eiskalte Nordsee.

Eine schäumende Welle drückte Wasser in ihre Lungen und zog sie mit in die Tiefe. Da war es wieder – dieses betörende Rauschen, das so verführerisch ihren Namen rief. Diesmal hatte sie nicht die Kraft, sich zu wehren.

Sie blickte nach oben, wo sie Tryggvasons Schiff vermutete.

Das war es.

Ihre Insel bestrafte sie für ihre Untreue.

Die Schwärze um sie herum wurde allgegenwärtig. Nur mit Mühe konnte sie die Lider aufhalten. Aus der Dunkelheit entsprang ein Licht. War sie schon tot?

Wild zappelte die Lichtquelle umher. Plötzlich riss irgendetwas an ihrem Friesennerz. Sie wusste nicht, ob es ein Traum war oder Realität, als ihr Kopf die Wasseroberfläche durchstieß.

Der Sturm war zurück und mit ihm ihre Lebensgeister.

Völlig benommen und die Augen von Salzwasser gereizt, sah sie zur Reling hoch.

Im Licht konnte sie blonde Strähnen ausmachen. Ein groß gewachsener Kerl erhob sich vom Schiff, seine leuchtenden azurblauen Augen strahlten und besaßen eine Grimmigkeit, wie Lene sie selten gesehen hatte. Es gab keine Zweifel, es konnte nur ein wahrer Wikinger sein.

»Frederik Tryggvason«, murmelte sie und ließ widerstandslos zu, dass starke Arme ihren Körper über das Holz wuchteten.

»Nein«, ächzte eine Männerstimme. »Nur ich. Victor. Wo sind die Van-Ohlsen-Brüder?«

Langsam sickerten die Erinnerungen wieder in ihren Verstand und ihr Gehirn begann zu arbeiten. Trotzdem sackte Lene zusammen und rieb ihre Schläfe. »Im Meer. Ich habe Ole angeschossen und Leif ist ihm in die Fluten hinterher.«

Rasmussen war völlig durchnässt und komplett außer Atem. Er musste die Strecke in Rekordzeit geschwommen sein. Mit der Taschenlampe suchte er das Meer ab. Unvermittelt ließ er sie fallen und sprang ins Wasser. Lene ergriff die Taschenlampe und leuchtete. Sie konnte nichts erkennen außer den herannahenden Wellen.

Lene verstand die Welt nicht mehr. War er gerade wirklich seinen Peinigern hinterhergesprungen, um ihre Leben zu retten? Leifs Ellenbogenstoß gegen ihren Schädel musste heftiger gewesen sein, als sie angenommen hatte. Anders konnte sie sich nicht erklären, was sie sah. Die Brüder hatten ihn tagelang gefoltert und er setzte alles aufs Spiel, um ihre Seelen den Wellen zu entreißen.

Die Sekunden des Wartens wurden endlos.

»Dieser Idiot«, murmelte sie und richtete sich stöhnend auf. Ein Windstoß erfasste ihren kraftlosen Leib und wirbelte sie wieder zu Boden. Bei dem Wetter würde die See alles und jeden an sich reißen, der dumm genug war, in die Fluten zu steigen. Rasmussen war verloren und mit ihm ihre einstige große Liebe.

»Fru Cornelsen!« Erst glaubte sie, sich verhört zu haben. Die Rufe erreichten sie ganz leise. Als sie sich konzentrierte, konnte sie durch die Brandung wirklich eine Stimme vernehmen. Hastig leuchtete sie in die Richtung, aus der sie das Gebrüll vermutete.

Der Däne hielt Leif in seinen Armen. Immer wieder von den Wellen unter Wasser gedrückt, schaffte er es bis zum Wrack. Noch einmal mobilisierte Lene alles und half, die beiden an Bord zu ziehen.

Sie bemerkte, dass das Schiff riskant ins Wanken geriet. Es knarrte und rumorte unter ihren Füßen. Nicht mehr lange und das Holz würde einfach wieder ins Meer gesogen.

»Wir müssen hier runter!«, rief Rasmussen mit Leif im Arm.

»Nein!« Leif prustete, spuckte Wasser aus, holte zweimal tief Luft und riss sich los. »Nicht ohne meinen Bruder.«

»Seien Sie nicht dumm, das Meer hat ihn und wird ihn nicht mehr hergeben.« Rasmussens Worte waren so einfach wie ehrlich. »Kommen Sie, der See ist es egal, ob wir leben oder sterben.«

Die Drohungen des Dänen prallten ungehört an Leif ab. Er wurde von einer überschäumenden Welle zu Boden gedrückt und musste sich abstützen, da Tryggvasons Schiff ein paar Meter in Richtung Strand geschoben wurde.

Lene wusste, wenn die Fluten etwas ins Land pressten, würden sie es sich früher oder später zurückholen. Und wenn sie die Gischt sah, die von der Außenwand hoch in den Gewitterhimmel schoss, war klar, dass es nicht lange dauern würde. Wenn sie eine Chance haben wollten, hier lebend rauszukommen, dann mussten sie jetzt handeln!

Leif war vollkommen dem Wahn verfallen. Sie ergriff die Lampe, leuchtete in seine Richtung und musste mit Schrecken feststellen, dass seine Augen das Beil fixierten. Seine Pupillen waren riesengroß.

Er nahm den Griff des Beils und erhob sich. »Du hast meine Familie auf dem Gewissen!«, rief er Rasmussen entgegen.

»Wir haben damit nichts zu tun. Das Schiff Ihrer Eltern ist gekentert, weil sie blind in gefährlichen Gewässern einem Schatz hinterherjagten, der nie gefunden werden sollte.«

»Lügner!«

Lene wurde bis ans Heck des Schiffs zurückgeworfen und prallte gegen etwas Hartes. Mit verzerrtem Gesicht stöhnte sie auf. Der Schmerz ließ langsam nach und sie leuchtete auf die Stelle, an der sie gestürzt war. Unter Planken, Algen und Seepocken war eine metallische Oberfläche zu spüren. Von einer inneren Macht angetrieben, warf sie Holz und Schlamm über Bord. Zum Vorschein kam tatsächlich etwas Hartes, das direkt mit dem halb zerstörten Drachenkopf verbunden war.

Mit offenem Mund blickte sie hoch. Der Kopf des Drachens wurde von den Blitzen erhellt, es hatte den Anschein, als wolle er sie davor warnen, sich ihm weiter zu nähern. Doch Lene konnte nicht anders. Der Schmied musste den Kopf mit dem Schiff verbunden haben, sodass ein kleiner Hohlraum im Bug entstanden war. Wie hypnotisiert leuchtete sie durch eine kleine aufgebrochene Stelle des scharfkantigen Metalls. Sie konnte etwas Glitzerndes erkennen, bereits von Wasser umflossen und vom Zahn der Zeit sichtlich angegriffen.

»Fru Cornelsen!«, hörte sie eine Stimme hinter sich brüllen.

Lene nahm sie zwar wahr, verdrängte jedoch alles, was nicht mit den wunderschön glänzenden Dingen vor ihr zu tun hatte. Tief im rostigen Drachenkopf und vor den Augen der Welt verborgen lag etwas Geheimnisvolles, etwas Verbotenes, was viele Menschen das Leben gekostet hatte, so viel konnte sie spüren. War das der Grund, warum der schimmernde Inhalt eine solche Wirkung auf sie entfaltete?

Lene konnte nicht anders, sie musste ihre Hand in die kleine Öffnung stecken. Sie erkannte, wie die scharfen Kanten in ihre Haut schnitten. Der Schmerz war ihr egal, sie musste weiter, biss auf die Zähne und drang tiefer in die Öffnung, bis sie endlich etwas zu greifen bekam. Mit einem spitzen Schrei zog sie ihren Arm zurück. Er war voller Blut, das sich mit dem Regen vermischte. In ihren fahlen, zitternden Fingern hielt sie einen schmalen Runenstein. Die Verbitterung ergriff ihren gesamten Körper. Sie hatte mit Schmuck gerechnet, vielleicht ein paar Münzen, und nun war da nichts anderes als ein glatter Stein, beschrieben mit Futhark-Runen. Was für eine Enttäuschung!

Hastig steckte sie ihn in die Innentasche ihrer gelben Regenjacke. Noch einmal leuchtete sie durch den Schlitz in das Innere des Drachenkopfs. Die glitzernde Pracht am Boden des Schiffs war ganz klar zu erkennen.

Sie konnte sich nicht davon losreißen. Der Schatz zog sie vollends in seinen Bann. Sie musste ihn erreichen, ihn berühren, ihn an sich nehmen. Wenn sie nur Zeit hätte …

»Fru Cornelsen, helfen Sie mir!«

Widerwillig drehte sie sich um und leuchtete zu den beiden Männern. Leif war mittlerweile wieder zu Kräften gekommen. Das Schiff wurde von einer Welle erfasst und durchgeschüttelt, der Blick ihres Ex-Freundes wurde finster.

»Ich werde dich töten. Dich und deine verdammte Brut«, hörte sie ihn schreien, doch noch immer konnte sie sich nicht vom Drachenkopf losreißen. Noch einmal blickte sie durch den Schlitz und sah das wundervolle Schimmern im Wasser. Es schmerzte, aufzustehen und sich vom Schatz zu entfernen. Gerade als sie die Stimme erheben wollte, reckte Leif das Beil in die Höhe. Er stürzte sich auf Rasmussen und würde sie alle mit in den Abgrund reißen.

Es gab nur eine Möglichkeit.

Lene holte mit der Taschenlampe aus und legte alle Energie in den Hieb, die sie noch in sich fand. Mit einem dumpfen Scheppern schlug der Schaft auf Leifs Schädel, kurz bevor die Klinge des Beils das Gesicht des Dänen erreicht hätte. Sie musste dabei zusehen, wie Leif besinnungslos in Rasmussens Arme fiel.

»Tak«, bedankte er sich. Er wollte noch etwas hinzufügen, wurde aber von der nächsten Welle unterbrochen, die das Schiff erschütterte und mit sich zog. Wieder knirschte es unter ihren Füßen. Das Schiff geriet in Schieflage. Nicht mehr lange und die stetig herannahenden Wellen würden den Sand fortgespült haben und sich ihres Eigentums bemächtigen.

»Wir müssen hier runter. Das Meer holt sich das Schiff zurück«, wiederholte Rasmussen gebetsmühlenartig. »Schaffen Sie das?«

Lene nickte schwach. Welche andere Möglichkeit hatte sie? Sie konnte sich vor Schwindel kaum auf den Beinen halten, die Welt um sie herum drehte sich und ihre Muskeln schienen eingefroren – alles gleichgültig, wenn sie leben wollte.

Gemeinsam packten sie den sich halb in Trance befindenden Leif, wuchteten ihn vorsichtig über die Seite des Schiffs und versuchten ungelenk, den Strand zu erreichen. Lenes Finger krampften sich um Leifs Unterarm. Immer wieder schluckte sie Wasser, hustete und warf sich strampelnd gegen die Fluten.

»Kommen Sie, weiter!«, trieb Rasmussen sie an. Trotz der Misshandlungen war sein Wille ungebrochen. Wie ein wahrer Wikinger kämpfte er sich durch das Meer, seinen Peiniger fest im Griff und den Strand starr im Blick.

Nach einer Unendlichkeit des Schmerzes konnte Lene ihr Glück kaum fassen, als sie tatsächlich festeren Sand unter ihren Schuhen spürte. Noch einmal malträtierte sie ihren Körper und schleppte sich an Land. Sofort sah sie in gleißendes Licht und den Lauf einer Waffe.

»Leif van Ohlsen, Sie sind festgenommen!«, rief Frau Schafböck routiniert und nahm ihn entgegen. Er brabbelte unverständliches Zeug, seine Lider waren halb geschlossen und er ließ sich mühelos abführen. Die erfahrene Polizistin führte ihn weiter, bis sie die Gräser der Dünen erreichten, und legte ihm Handschellen an.

»Er braucht einen Krankenwagen«, keuchte Lene. »Ole wurde angeschossen und ist in die Fluten gestürzt.« Das war alles, was sie herausbrachte. Lene und Rasmussen trotteten kraftlos hinter Schafböck her und ließen sich ein paar Meter neben ihr fallen.

Lene hätte auf der Stelle einschlafen können. Nur unter Aufwendung größter Willenskraft konnte sie die Augen aufhalten.

Vor ihr lag die raue See, die vor wenigen Sekunden beinahe zu ihrem Grab geworden wäre. Zumindest, wenn Victor Rasmussen sie nicht gerettet hätte.

»Tak«, seufzte sie dem Mann entgegen, der eine Armlänge entfernt saß und ebenfalls gedankenverloren zum Meer blickte.

»Tak«, entgegnete er. »War eine lange Nacht, oder?«

Lene nickte. Der Tag brach langsam an. Schwarz wurde zu grau und am Horizont konnte man sogar einen hauchdünnen Schimmer erkennen, der das Morgenrot ankündigte.

»Ja, war es.« Da geschah etwas, womit sie niemals gerechnet hätte. Sie musste ihre Augen reiben, denn sie konnte nicht glauben, dass sich der Strand zu füllen begann.

Auf dem Aussichtspunkt blitzten etliche Lichter, mehrere Menschen streckten sich gefährlich über die Dünen, um mehr zu erkennen. Unbekannte rutschten die Sandbänke herab, vornweg spurteten zwei jüngere Polizeikollegen auf sie zu und halfen Frau Schafböck.

»Die Rettungskräfte sind informiert!«, rief ihr der Kollege entgegen und wuchtete Leif in die Senkrechte. »Dürfte nicht lange dauern.«

Lene nickte.

Wie um alles in der Welt war das möglich?

Unter den Menschen, die zögerlich näher kamen, und den Reportern, die ihre Kameras zückten, stach eine eher kleinere, vollgepackte Gestalt aus der Menge heraus.

Als Michi Müller sie erblickte, stürzte der Reporter auf sie zu.

»Ja mei, Servus, Lene, warst du des auf dem Wrack?«

»Jep.«

»Wir waren draußen, haben die Lichtkegel g'sehn, da hab i mein Handy g'riffen und deinen Kollegen B'scheid g'sagt. Wir haben wieder Netz, weißt.« Er war völlig außer Atem, kniete sich hin und bot ihr aus einer mitgebrachten Plastikflasche etwas zu trinken an.

»Wusste ich nicht.« Dankbar nahm Lene an und reichte sie im Anschluss an Rasmussen weiter. Sie zog die Stirn in Falten und ließ sich erschöpft auf den nassen Sand fallen. »Wieso bist du eigentlich hier und nicht im Reethüüs in Kampen?«

»Ich?« Peinlich berührt räusperte er sich. »Bin dort rausg'flogen. Hab den Festnetzanschluss zu oft mit Familienanrufen blockiert, als der noch g'angen is. Hier war es besser. In der Nacht haben wir auf ein paar spektakuläre Aufnahmen g'hofft, weißt? Deshalb waren wir draußen.«

Lene nickte verstehend. »Die werdet ihr bekommen haben.«

»Aber frog net nach besser Weda.« In seiner Stimme schwang Stolz mit. »I hab a die Ambulanz g'rufen. Du schaust aus, als würdest eine brauchen können.«

»Danke, Michi.« Für ein paar Sekunden schloss Lene ihre Lider. Ein paar Herzschläge der Ruhe. Nur ein paar …

»Aber sag mal, ihr habts hier im Norden schon formidable Wetterumschwünge an der Küst'n. Des is der Wahnsinn!«

Mit einem Mal war die Schwere auf ihren Lidern verschwunden und Lene setzte sich auf. Tatsächlich.

Der Regen war wie fortgezaubert und vom Sturm war nur noch ein laues Lüftchen übrig, das ein Nordlicht kaum als Wind klassifiziert hätte. Das Meer hatte sich zurückgezogen und die grauen Wolken wichen allmählich den orangen Sonnenstrahlen des Morgens.

Was war hier los?

Sie kam aus dem Staunen nicht heraus. Als Michis Handy klingelte, konnte sie sich von der ruhiger werdenden See losreißen.

»Ja mei, Lene. Des is mei Mutter. Da muss i g'schwind ran.«

»Mach nur.«

»Servus, Mam. Du wirst net glauben ...«

Bei seinen Worten wurde ihr Herz schwer. Wie es Vater wohl gehen mochte? Sie nahm sich vor, ihn so schnell wie möglich mit einem starken Grog zu besuchen und an seinem Bett zu wachen. Nach einer langen heißen Dusche natürlich.

Allerdings galt es davor ...

Ihr Gedankenfaden riss ab. Sie sprang auf die Füße und vollführte mehrere Schritte in Richtung Meer. Das ständige Rauschen war leiser geworden, beinahe sanft, als würden die Wellen sich ausruhen. Und noch etwas fehlte, das in den letzten Tagen allgegenwärtig gewesen war.

»Rasmussen, sehen Sie! Das Schiff ist verschwunden!« In diesem Moment fiel ihr auf, dass die herannahenden Reporter wie von Sinnen das Meer fotografierten. Kameras wurden aufgestellt, Damen und Herren in viel zu dünnen Mänteln versuchten, sich fix eine Portion Puder über die Haut zu tupfen, und richteten ihre Mikrofone, Medienleute baten Lenes Kollegen, ein paar Sätze in Handys und Aufnahmegeräte zu sprechen. Doch sie alle einte eine Sache: Sie blickten ungläubig in Richtung See und sahen ... nichts.

Tryggvasons Schiff war weg.

»Rasmussen, es ist wirklich fort.« Wieso um alles in der Welt lachte sie? Bestimmt wäre das Unwetter auch mit dem Schiff zur Ruhe gekommen. Oder?

Lene drehte ihren Oberkörper zum Strand. »Rasmussen, sehen Sie denn nicht?«

Er war nicht mehr da. Einfach so.

Genau wie vom Schiff fehlte von ihm jede Spur. Nicht mal ein paar Abdrücke im Sand waren geblieben. Lene stolperte kraftlos zu der Stelle, an der er eben noch geruht hatte, setzte sich und sah hinaus auf die ruhige See. Ein paar Geräusche zu ihrer Linken drangen an ihre Ohren. Leif wehrte sich gegen die Festnahme und wurde von drei Polizisten fortgeschoben. Hauptkommissar Mathissen beobachtete die ganze Szenerie mit verschränkten Armen, bis sein Blick auf Lene fiel.

Sie zwang sich, weiter zum Meer zu schauen. Lene musste nicht mit ansehen, wie der Mann, der ihr Herz in tausend Teile gebrochen hatte, lautstark abgeführt wurde. Offensichtlich hatte sie ihn nicht so schlimm verletzt.

Seine vor Wut brechende Stimme wurde lauter. »Dafür wirst du leiden, Lene Cornelsen. Hörst du? Der Tod meines Bruders geht auf deine Rechnung! Büßen wirst du es. Ihr alle! Du kleine, miese Schla…«

Die ersten Sonnenstrahlen erwärmten ihre Haut. Es würde ein fantastischer Tag auf Sylt werden. So hatte sie die Insel in Erinnerung … ihre Insel.

»Lene, hör mal«, sagte Michi, das Handy noch in der Hand, und stolperte im Sand. »Mei Mutter lässt dich schön grüßen. Sie hat a brillante Idee!«

Lächelnd schüttelte Lene den Kopf. »Schöne Grüße zurück.« Dieser Reporter war wie ein tapsiger, nerviger Welpe. Man konnte ihm einfach nicht böse sein, obwohl er ihr mit an Sicherheit grenzender Wahrscheinlichkeit den letzten Nerv rauben würde. »Was denn für eine Idee?«

»Könntest mir net a Exklusivinterview geben? Des würd bei meinem Chef vom Merkur bombig ankommen.«

Lene gähnte herzhaft, ließ sich mit dem Rücken in den Sand fallen und genoss, wie die Sonne über ihre Haut streichelte. Sie hatte fast vergessen, wie sich das anfühlte. »Weißt du, Michi, ich bin nicht so der Typ für die Öffentlichkeit. Eigentlich wollte ich nur meine Ruhe hier auf Sylt.«

»Des is gründlich schiefg'angen.«

»Da sagst du was. Aber wenn ich dir dabei helfen kann … Ich muss mich nur kurz ausruhen …« Sie spürte, wie die Müdigkeit nach ihr griff und sie ganz langsam in die Traumwelt hinabzog. »Nur ganz kurz.«

KAPITEL 21 – VERGANGENE FLUTEN

Drei Tage später

Sonne, nichts als Sonne.

Fast ein wenig zu viel für Lenes Geschmack. Sie kniff die Augen zusammen und zog den Helm tiefer in ihr Gesicht. Die Haare waren zu einem strengen Zopf gebunden und lugten aus dem hinteren Teil ihrer Kopfbedeckung hervor. Sie tanzten im Fahrtwind, während sie gemächlich durch die Heidelandschaft Schellinghörns tuckerte.

Sie hatte keine Eile. Endlich einmal.

So hatte sie sich ihr Wiedersehen mit der Insel vorgestellt. Sylt präsentierte sich heute von seiner besten Seite. Das Schilf wiegte ruhig in einer leichten salzigen Brise hin und her, saftiges Gras spross dem Himmel entgegen und vom Meer wurde ein zartes Rauschen über die Dünen getragen. Dazu luden warme Sonnenstrahlen dazu ein, die Sehenswürdigkeiten und Cafés zu besuchen. Alles war, wie sie es sich erhofft hatte. Wären da nur nicht die Schmerzen in ihrer Rückenmuskulatur, der noch immer brummende Schädel und die Gewissheit, dass die letzten Tage kein Albtraum gewesen waren.

Bis zu ihrer Entlassung aus dem Krankenhaus hatte sie oft an Leif und Ole gedacht. Zumindest wenn gerade nicht ihr Tropf gewechselt wurde oder sie vor Erschöpfung eingeschlafen war. Erst heute Morgen hatte man sie und Vater entlassen, obwohl ihr alter Herr diese Vorsichtsmaßnahme für völlig übertrieben hielt und nicht müde wurde zu betonen, wie gerne er diesem *Burschen Leif* an die Gurgel gehen würde. Trotz aller Aufregung hatte er sich zu seinem rituellen Nachmittagsschläfchen ins Bett gelegt, was Lene die Gelegenheit zu einer kleinen Spazierfahrt eröffnet hatte.

Sie atmete die frische Luft und genoss, dass die meisten Reporter die Insel bereits am ersten Tag verlassen hatten, nachdem das geheimnisvolle Wikingerschiff verschwunden war. Bis Touristen sich wieder trauten, Sylt zu besuchen, würde es bestimmt ein paar Tage dauern. Mit ein wenig Glück blieb ihr eine ganze Woche, um ihre Gedanken zu sortieren, bevor die Krankschreibung auslief und sie ihren Dienst unter Hauptkommissar Mathissen antreten musste.

Dann würde sie sich damit beschäftigen, welche Rolle er in diesem Spiel gespielt hatte. Allerdings riet ihr eine innere Stimme zur Vorsicht. Dieser Android besaß nicht nur das Auftreten eines Roboters, auch die Intelligenz war durchaus zu vergleichen. Er würde keine Fehler machen, und selbst wenn er in diesen Coup verstrickt wäre, wären seine Spuren jetzt verwischt.

Unter Umständen war diese Sache noch lange nicht ausgestanden.

Sollte er nur kommen. Darum würde sie sich kümmern, wenn es so weit war. Entschlossenheit lag in ihrem Blick und sie beschleunigte ihr Moped, obwohl die Schmerzen zunahmen.

Lene stoppte auf der Dorfstraße in Richtung Morsum und ließ ihren Blick schweifen. Sie hätte auch die Regionalbahnlinie 6 nehmen können, allerdings wollte sie genau diesen Ausblick ganz für sich alleine und in aller Ruhe genießen.

Das Wasser schob sich zärtlich über den Schlick des Wattenmeers. Beinahe war es nicht zu glauben, mit welchen Naturgewalten sie vor wenigen Tagen zu kämpfen gehabt hatten. Schafe und Rinder grasten auf grünen Weiden, vom Horizont lachten ihr die Leuchttürme entgegen und vor ihr lag die unendlich weite Nordsee.

Hier fiel es ihr leicht, den ganzen Mist zu verdrängen, den sie in den letzten Tagen auf ihre Schultern geladen hatte. Mit einem Lächeln auf den Lippen setzte sie ihren Weg fort, bis sie das Naturschutzgebiet Morsum-Kliff erreichte. Am Landhaus stellte sie ihr Gefährt ab und nahm den Weg durch die Heide in Richtung Aussichtspunkt, auf dem die Journalisten auf Bilder der Sturmflut gehofft hatten.

Dass diese ausgeblieben war und nur die Ausläufer Sylt getroffen hatten, erklärten sich die Meteorologen mit dem zunehmenden Klimawandel, einer Verschiebung des *El-Niño*-Phänomens oder einer verkürzten Hochphase des Golfstroms – es kam darauf an, welchen Sender man einschaltete oder welches Blatt man las. In der Nordseeklinik hatte sich Lene jeder Nachrichtensendung verweigert. Was ihr geschehen war, ließ sich ohnehin nicht erklären.

Sie bemerkte eine einsame Person, die tief in sich gekehrt auf das Meer hinausblickte.

»Ich habe mir gedacht, dass ich Sie hier finde«, sagte Lene, öffnete den Friesennerz und lehnte sich gegen das Geländer, um in Rasmussens Gesicht zu sehen.

Seine hübschen Züge gewannen durch die blauen Flecken einen harten Ton, der ihn noch ein Stück attraktiver machte. Ihre Anwesenheit zauberte den Anflug eines Grinsens auf seine Lippen.

»Ich war oft hier in den letzten Tagen.«

»Da war ich leider verhindert«, erwiderte sie mit gespielter Enttäuschung. »Sie wissen schon, einfach zu viele Ärzte um mich herum, die mich mit Untersuchungen nerven wollten. Ich nehme an, Sie haben keinen Mediziner aufgesucht?«

Er schüttelte den Kopf. »Habe die ganze Zeit telefoniert, um meine Schwester zu entlasten.«

»Ist sie draußen?«

»Draußen und bereits im Zug nach Dänemark.«

»Gut.«

Sie stützten beide ihre Ellenbogen auf die vom Wetter geschundene Balustrade des Aussichtspunkts. Der feine Sand des Rundwegs war getrocknet und wirkte, als hätte es nie eine Bedrohung gegeben. Die Möwen breiteten die Flügel aus und sangen ihr schrilles Konzert, begleitet vom rhythmischen Geräusch der Wellen und dem leisen Pfeifen der trägen Böen. Bedächtig lauschten sie eine Weile, bis Rasmussen das Wort ergriff.

»Hat man ihn gefunden?«

Sie wusste, von wem er redete, und konnte ihm nicht verdenken, dass ihm der Name seines Folterknechts nicht über die Lippen kam. »Nein, Ole van Ohlsen gilt weiterhin als vermisst. Indes wurde die Leiche von Wibke Röhrnes gefunden. Ihre Verletzungen stützen meine Vermutung. Tatwaffe, Motiv, Opfer; die Staatsanwaltschaft hat alles, um Leif lange hinter Gitter zu sperren. Was Ole angeht …«

Sie musste den Satz nicht beenden. Dankenswerterweise tat Rasmussen das für sie: »… er ist wahrscheinlich tot, zumindest nicht mehr auffindbar, genau wie das Schiff … aber bei der See weiß man nie so genau.«

Sie schloss die Augen. Daran wollte sie nicht denken. Einerseits würde sie sich freuen, wenn er überlebt hätte, jedoch noch mehr, wenn er sich in polizeilichem Gewahrsam befinden würde. Doch das konnte nicht sein. Wie Rasmussen schon gesagt hatte: Das Meer hatte ihn. Lene sah vor ihrem geistigen Auge, wie er seine Brust hielt und das Blut aus der Wunde quoll.

»Das konnte keiner überleben.« Ihre Stimme war brüchig. Versuchte sie, sich selbst zu überzeugen?

»Und Ihr Chef?«, wollte Rasmussen mit ehrlich klingendem Interesse wissen. »Wurde er verhaftet?«

»Nein. Ihm ist nichts nachzuweisen und mit meiner Vermutung habe ich mich bisher zurückgehalten. Vielleicht irre ich mich auch, sehe Gespenster oder Gefahren, wo keine sind.« Sie kehrte dem Meer den Rücken und lehnte sich gegen das Holzgeländer. »Ich werde ihn allerdings im Auge behalten.«

Sie zog den letzten Runenstein aus Mutters Friesennerz. Es gab keine Beweise, dass Rasmussen wirklich ein Nachfahre Frederik Tryggvasons war. Allerdings hatte sie zu viel gesehen, zu viel gehört und zu viel erleiden müssen, als dass sie seine Handlungen als Irrsinn abtun konnte. Manchmal musste man auf sein Bauchgefühl hören.

Sie tippte mit ihren Fingernägeln über die Oberfläche und reichte ihm den Stein. »Sie sollten ihn in Ihre Obhut nehmen. Wenn die Steine wirklich die Geschichte des stolzen Wikingers Frederik Tryggvason und seiner verzweifelten Flucht mit Mathilde erzählen, sind sie ja praktisch Familienbesitz.«

Er nahm ihn nicht an sich. »Nein, sie wurden auf Sylt entdeckt, sie gehören auf die Insel. Das Schiff hat gewählt. Übergeben Sie die Steine dem neuen Kurator. Ich habe gehört, Ihr Vater kann diese Runen übersetzen? Vielleicht sollte er im Sylter Heimatmuseum halbtags Kinderklassen die Geschichte der Wikinger näherbringen. Leider wird es der Insel in nächster Zeit wohl an Kuratoren mangeln.«

Sie drehte sich wieder, legte den Stein auf das Holz und seufzte. »Das ist wohl wahr.«

Frau Röhrnes, Leif und sein Bruder würden sich nicht mehr um die Immobilie und deren unschätzbare Kostbarkeiten kümmern können. Der Tipp war nicht schlecht, vielleicht wäre Vater ja wirklich interessiert.

»Hat er sie übersetzt?«, wollte Rasmussen wissen und nickte in Richtung der Zeichen.

»Nein. Ich wollte ihn mit so etwas noch nicht belästigen. Außerdem weiß ich nicht, ob ich wissen will, wie die Geschichte ausgeht.« Vor diesem Moment graute es ihr. Sie berührte sanft seinen Mantel. »Will ich es wissen?«

Er zuckte amüsiert mit den Schultern. »Ich bin am Leben, oder? Seine Frau Mathilda brachte ihr Kind in Island zur Welt, ein paar Generationen später siedelten wir nach Dänemark um, doch die Geschichte wurde jedem Kind erzählt.«

»Und der Runenstein? Erzählt er eine neue Geschichte?«

Rasmussen fuhr mit dem Zeigefinger behutsam die dünnen Rillen ab. »Fru Cornelsen, Sie wissen, dass Futhark keine ganzen Erzählungen wiedergibt, wie wir sie kennen. Es sind Lautzeichen, manchmal nur einzelne aneinandergereihte Worte, bei denen es großen Interpretationsspielraum gibt.«

Sie erinnerte sich an die Ausführungen ihres Vaters. »Ja, mein alter Herr sprach oft davon. Anhand der Zeichen erzählt man die Geschichte.«

»Wollen Sie sie hören?«

Lene schwang sich über die Balustrade und setzte sich auf das Holz der Aussichtsplattform. Sie hatte das Meer, ihre Insel, was wollte sie noch? »Ich stehe auf gute Geschichten. Auch wenn sie nicht ganz wahr sind.«

KAPITEL 22 – ETWAS ENDET, ETWAS BEGINNT

Irgendwo im Norden, im Jahre 1052

Das Eisland, wo er Mathilde und sein Kind zurückgelassen hatte, lag seit vielen Monden hinter ihm. Jede Nacht brach sein Herz aufs Neue. Er suchte den Abendstern am Firmament und wusste, dass sie Tausende Meilen entfernt war. Wenigstens war sie in Sicherheit.

Sein Abendstern …

Nur ein schwacher Wind brachte das zerrissene Segel zum Flattern. Frederiks Gesicht war von einer dünnen Schicht aus Eis überzogen. Er spürte nicht mehr, wie Schneeflocken auf seiner Haut landeten. Seine Lippe zitterte, ja sein gesamter Leib, den er in Felle gehüllt hatte. Er würde der eisigen Kälte nicht mehr lange trotzen können. Trotzdem hielt er das Ruder fest in seinen Händen.

Er war allein auf dem Schiff. Ganz allein.

Nach und nach waren die letzten verbliebenen Krieger an Hunger und Kälte gestorben. Bis zuletzt waren sie ihm treu ergeben gewesen. Frederik hasste sich dafür, dass er sie in den Tod geführt hatte.

Er hatte Haithabu retten wollen, genau wie sein Weib und sein Kind. Seine Männer hatten Frauen, Töchter und Söhne gehabt, die nun Witwen und Waisen waren. Inständig hoffte er, dass seine tapferen Gefährten in der Ruhmeshalle Walhalla speisen und trinken konnten bis zum Ende der Welt.

Es fühlte sich an, als wären seine Beine und Arme festgefroren. Er spürte den Widerstand, als er sich umdrehte.

Nach dem Aufbruch von Eisland hatte er einen Funken Hoffnung gehabt, doch das Wetter war schlechter geworden und am Ende hatten sie nur noch eine Landschaft aus weißen Bergen um sich gesehen. Er hatte gewusst, dass es seine letzte Reise sein würde.

Haralds Häscher waren sie nicht losgeworden.

Abgestützt am Holz wandte er sich zum Heck, um die Schiffe in Augenschein zu nehmen. Es waren drei. Nicht mehr lange und sie würden ihn einholen … nach all der Zeit.

Auch sie hatten viele Männer der See übergeben, aber König Harald Hardrådes Recken wirkten bei Weitem besser genährt als er, und sie waren in der Überzahl. Frederik würde nicht einen von ihnen mitnehmen können. Wenn es ihm damit gelänge, sie von Mathilda und einem Großteil seiner Mannschaft abzulenken, wäre sein Tod nur recht und billig.

Nach den Monden der Hatz neigte sich seine Kraft dem Ende zu. Die Hand rutschte vom Ruder, er schloss die Augen und ließ das Schiff einfach treiben.

»Allvater, ich bitte dich, lass es ihr und dem Kinde gut gehen. Nimm mein Leben, wenn du möchtest, es gehört dir, doch sorge dafür, dass es ihnen an nichts mangelt. Lass ihnen Balders Barmherzigkeit zuteilwerden, bitte Freya, meine Kinder fruchtbar zu machen, auf dass mein Blut weiterlebe bis zum Ende aller Tage. Ich bitte Thor, über sie zu wachen, auf allen Wegen, an Land oder auf See. Ich selbst kann es nicht mehr, großer Allvater.«

Sein Herz blieb beinahe stehen, als ein großer Knall seine Bitten beendete. Das Schiff war gegen einen Berg aus Eis gestoßen. So weit das Auge reichte, sah er die weiße Pracht. Dies musste ein ganzes Land sein, größer als alles, was er bisher bereist hatte. Sein Schiff wurde von den Schollen umschlossen. Gut so, dann würde niemand auf die Idee kommen, den verfluchten Schatz zu jagen. Seine Beute hatte ihm nur Schlimmes gebracht. Sollte sie mit dem Schiff einfrieren. Zumindest war es ihm gelungen, Haralds blutigen Feldzug vorerst zu stoppen. Und seine Männer würden den Schatz nie finden, dafür hatten die Knechte des Schmieds gesorgt. Die kostbare Beute würde hier ruhen, bis das Eis irgendwann schmolz oder der Weltenbrand alles aufzehrte. Was auch immer vorher eintreten möge.

Frederik erhob sich und nahm seine Axt. Die unzähligen Felle fielen auf den Boden des Schiffs. Mit blauschwarzen Fingerspitzen strich er über den kleinen, glatten Stein und schlug unbeholfen die letzten Runen.

Er glaubte nicht, dass jemals eine Seele seine Geschichte zu Gesicht bekommen würde. Allerdings entfachte es eine tiefe Zufriedenheit, seine Reise niedergeschrieben und sicher unter dem Drachenkopf verstaut zu wissen.

Er stürzte mit wackligen Schritten auf die Eisfläche, torkelte weg von seiner geliebten *Abendstern*.

Frederik verspürte keine Angst, keinen Schmerz, nur die Genugtuung, seine Häscher von Frau und Kind weggelockt zu haben. Seine Fingerstümpfe umschlossen locker die Axt und er entfernte sich immer weiter. Ein weißer Bär grölte nicht weit von ihm.

Frederik lächelte, verbeugte sich vor dem majestätischen Wesen und ging ruhig weiter. Als er am Rand des Eises angelangt war, sah er über seine Schulter. Haralds Männer betraten das riesige weiße Land nur wenig später. Unsicher und voller Argwohn setzten sie einen Fuß vor den anderen. Frederik trug nur noch Beinkleider und sein Wams, seine Verfolger konnten offenbar gar nicht genug Felle über ihre Schultern laden. Er sah zu, wie sie näher kamen. Sie spähten in alle Richtungen und zückten ihre Waffen. Über ihnen dampfte eine Wolke aus Atem. Es waren zwei Dutzend gestandene Krieger, die nicht in das Land der Wikinger zurückkehren durften, ehe Frederik tot war. Lange Zeit hatte er ihnen diesen Wunsch verweigert. Sie hatten ihn gejagt, von seiner Heimat bis ins Eisland, über Meere und Flüsse, von einer Siedlung zur nächsten, bis Frederik sie in den Norden geführt hatte, wo nur die Götter überleben konnten, weil es so kalt war.

Als sie vor ihm standen und einen Halbkreis bildeten, entspannten sich ihre Züge. Sie wussten, dass nur noch wenige Herzschläge sie von der Rückkehr nach Hause trennten. Sie hoben ihre Waffen und gingen ohne Eile auf ihn zu.

Frederik wartete am Rand des Eises und blickte zum Meer, während die Sonne über ihnen schien, die nicht wärmte.

Keine Silbe fiel.

Nach Jahren der Jagd wäre jedes Wort zu viel gewesen. Er erkannte Respekt in den matten Blicken der Männer, gepaart mit Angst und der Hoffnung, dass ihre Schiffe auf der Heimreise nicht einfrieren würden.

Frederik drehte den Griff seiner Axt in den Händen und meinte, bereits die Rufe aus dem Götterpalast Valaskjalf zu vernehmen. Sah er schon am Horizont die prächtige Walhall mit den 540 Toren? Es gab keinen Grund zu warten. Sollten die Götter ihn als würdig erachten, wäre er bereit.

Noch einmal sah er hoch. Ob sein Abendstern gerade ebenfalls zum Himmel blickte? Ein schöner Gedanke.

Er beugte sein Haupt. Haralds Männer senkten ihre Oberkörper tief. Eine letzte respektvolle Verabschiedung, bevor ihr Anführer vor ihn trat. Sein langer Bart wehte im Wind, die Felle waren schneebedeckt, der Blick sicher und sein von Scharten übersätes Schwert glänzte in der Sonne. Dieser Mann, den Frederik noch nie zuvor gesehen hatte, war ein wahrer Krieger.

Frederik war froh, dass ihm der Mann bei der Überfahrt half. Ein letztes Mal sammelte er seine Kraft. Die Axt schien so viel zu wiegen wie hundert Ochsen. Er legte alles in den letzten Hieb ... und konnte ihn doch nicht durchführen.

Schnell wie eine Schlange stieß der Krieger zu. Frederik musste gar nicht hinsehen, um zu wissen, dass die Klinge seinen Körper durchbohrt hatte. Nach all dem Leid, das Frederik ertragen hatte, war er glücklich, keinen Schmerz zu spüren.

Nur Erleichterung.

Der Krieger zog seine Klinge zurück, nickte zum Abschied, drehte auf dem Absatz und stapfte durch den Schnee zurück. Seine Männer folgten.

Frederik hielt seinen Bauch, ohne hinabzusehen. Er wusste, was kommen würde. Die Axt hielt er fest in der Hand. Es war ein kurzer letzter Kampf und – die Götter sollten seine Zeugen sein – er würde als Krieger sterben. Sollte ihm das Glück hold sein, reichten seine Taten, um die Tore von Walhalla zu öffnen. Er hörte die Rufe seiner Ahnen, die nach Met verlangten, und das Gelächter über einen derben Scherz. An der Seite der Götter würde er trinken und feiern und vielleicht irgendwann seine Mathilda in die Arme schließen können. Er war bis in alle Zeiten als feiger Wikinger gebrandmarkt, doch würden die ewigen Krieger in der großen Halle es vielleicht anders sehen.

Der Gedanke beruhigte ihn. Langsam stolperte Frederik zurück. Die Kraft verließ seine Glieder und er stürzte rücklings in die eiskalte See. Zärtlich umschloss das Wasser seinen Leib, und als er die Augen schloss, konnte er endlich wieder Sterne sehen.

Seinen Stern.

Seinen Abendstern.

EPILOG – ZU HAUSE

Lene überlegte lange, was sie sagen konnte.

Sie bewunderte Frederik Tryggvason und dass er den höchsten Preis bezahlt hatte, um seine Heimat und seine Liebsten zu retten. In der Gewissheit, dass alle anderen ihn für immer verspotten würden.

»Glauben Sie, dass es sein Schiff war?« Sie deutete auf das Wattenmeer vor ihr. »Konserviert im ewigen Eis und durch den Klimawandel freigegeben, bis es seinen Weg hierher gefunden hat?«

Aus Rasmussens Gesicht war keine Emotion zu lesen. »Nicht wenige Schiffe haben sich im Eis des Nordens festgefahren. Nehmen Sie zum Beispiel die Bombarden ›HMS Terror‹ und ›Erebus‹ der Franklin-Expedition«, erklärte er. »Sie steckten Jahre im Eis. Es gibt gut erhaltene Leichname von Mammuts oder anderen Wesen, die lange vor unserer Zeit lebten. Auch der Ötzi aus den Alpen ist so ein Beispiel.«

»Das war keine Antwort.« Lene spitzte die Ohren und zwinkerte. »Ganz ehrlich. Was glauben Sie persönlich? War es das Schiff?«

Jetzt musste Rasmussen lächeln. »Es spielt keine Rolle, was ich glaube. Was glauben Sie?«

Lene schwang ihre Beine wieder auf die Landseite, ließ

sich auf die Aussichtsplattform fallen und drückte ihren schmerzenden Rücken durch.

»Ich glaube an eine ziemlich misslungene PR-Aktion.« Ihre Stimme klang nicht überzeugt. »Zumindest rede ich mir das ein.«

»Alles, was Ihnen hilft, Ihren Verstand zu bewahren«, sagte er leise und sah gen Himmel, als ob er selbst am Tage einen bestimmten Stern suchen würde.

»Was machen Sie jetzt?«

»Mich verabschieden«, entgegnete er und deutete eine Verbeugung an. »Heute Abend werde ich nach Dänemark aufbrechen.«

Irgendwie genoss Lene die Gesellschaft des Mannes. Sie wollte nicht, dass er ging. »Und dann?«

»Dann werden meine Schwester Marie und ich unsere Arbeit im Museum wieder aufnehmen.«

In diesem Moment fiel ihr auf, dass sie gar nichts über den Mann wusste. Sie hatte ihn so lange als Verdächtigen gesehen, dass sie völlig verdrängt hatte, dass hinter der geheimnisvollen Fassade ein Mensch steckte. »Sie sind Kurator?«

»Fast.« Er entfernte sich einen Schritt. »Meine Schwester und ich studierten Archäologie. Wir teilen uns eine Stelle im Nationalmuseum und unterrichten an einer Abendschule in Kopenhagen.«

»Sie sind also wie Dr. Jones?« Lene konnte sich ein Lachen nicht verkneifen.

»Wie wer?«

»Indiana Jones ... Kennen Sie die Filme nicht?« Sie wischte den Gedanken mit einer Handbewegung fort. »Werden Sie wiederkommen?«

Nachdenklich ließ er seine Hände in die Taschen seines leichten Sommermantels gleiten. »Wissen Sie, die meiste

Zeit befand ich mich in Gefangenschaft und habe nicht viel von der Insel gesehen.«

Es gehörte Mut dazu, solch einen Satz zu sagen. Vielleicht war es die einzige Möglichkeit, so etwas unbeschadet zu verarbeiten.

»Sylt ist schön«, sagte Lene überzeugt. »Wenn es nicht gerade von einem tausend Jahre alten Fluch bedroht wird ... Das Hügelgrab Denghoog dürfte sie als Archäologe besonders interessieren. Oder kommen sie am 21. Februar, wenn wir unsere Biikefeuer zünden. Ein einziges großes Fest, sage ich Ihnen.«

Er wartete und schien tatsächlich zu überlegen. »Ja, vielleicht tue ich das. Eine Fremdenführerin hätte ich ja bereits.«

»Auf jeden Fall.«

»Und was schwebt Ihnen vor, Fru Cornelsen?«

»Wenn Sie nichts dagegen haben, ich bin Lene«, schlug sie vor und begann, auf ihrer Lippe zu kauen. »Zuerst habe ich einem sympathischen, aber ziemlich nervtötenden Reporter ein Exklusivinterview versprochen. Aber dann ...« So recht wusste sie selbst nicht, wie es weiterging.

Victor hob die Hand zum Abschied. »Dir wird schon was einfallen. Farvel!«

»Auf Wiedersehen.« Sie beobachtete, wie er sich langsam entfernte, und wandte sich wieder dem Meer zu.

Nun, was jetzt?

Eigentlich war es egal, solange sie hier war.

»Willkommen zu Hause.«

ENDE

NACHWORT UND DANKSAGUNG

Das Wichtigste zuerst: Ich hoffe sehr, dass Ihnen das Buch so viel Freude beim Lesen bereitet hat wie mir beim Schreiben. Wie waschechte Nordlichter schon erkannt haben dürften, habe ich mir in Lene Cornelsens erstem Abenteuer einige künstlerische Freiheiten genommen.

So habe ich zum Beispiel das wunderschöne Sylt Museum in Keitum ein wenig umgebaut. Selbstverständlich sind auch alle kriminellen und wirtschaftlichen Verflechtungen des Museums rein meiner Fantasie entsprungen. Für die Genehmigung, das Museum im Roman verwenden zu dürfen, bedanke ich mich an dieser Stelle vielmals bei den Verantwortlichen der Sölring Museen. Auch weite Teile der Westerländer Polizeiwache sind in meiner Fantasie etwas anders angeordnet, als sie es in Wirklichkeit sind. Die fleißigen und wirklich hilfsbereiten Sylter Ordnungshüter mögen es mir bitte verzeihen. Ich hoffe, dass sie bald wieder von den Containerbüros in das altehrwürdige Gebäude am Kirchenweg ziehen können.

Beim wundervollen Leuchtturm in Hörnum habe ich mich weitestgehend an die Realität gehalten. Was zugegebenermaßen nicht schwer war, bei dieser tollen und bewegenden Hörnumer Geschichte. Die Schlösser des Leuchtturms werden sich allerdings bestimmt nicht mit einem

Brecheisen und etwas Gewalt knacken lassen. Das habe ich allerdings nicht selbst getestet.

Viele Orte, Begebenheiten und Sagen habe ich so detailgetreu wie möglich wiederzugeben versucht. Selbstverständlich ist vieles Ansichtssache oder wird regional anders erzählt – so zum Beispiel der reale Untergang der Nordseeinsel Rungholt –, aber eines scheint alle Sylter zu einen: Sie sind stolz auf ihre wundervolle und störrische Insel.

Als Niederrheiner und Tourist habe ich versucht, dieses Lebensgefühl ein wenig einzufangen und in einem mythisch-spannenden Rahmen einen unterhaltsamen Roman zu schaffen. Nicht umsonst hat meine Heldin Lene knapp die Hälfte ihres Lebens im Rheinland verbracht.

Auch habe ich weitestgehend auf den wunderschönen nordischen Dialekt verzichtet. Zum einen, weil Lene 13 Jahre in Düsseldorf verbracht hat, und zum anderen aus Gründen der Lesbarkeit. Dies gilt natürlich auch für meine liebe Figur aus dem schönen Bayern, die mir beim Schreiben besonders ans Herz gewachsen ist. Eigentlich bin ich kein Fan von Alliterationen und habe Michi Müllers Vornamen mehrmals gewechselt, aber er wollte mir einfach nicht aus dem Kopf. Sollte Lene auf weitere geheimnisvolle Fälle stoßen, wird er bestimmt das eine oder andere Mal an ihrer Seite sein und Sylt erneut einen Besuch abstatten. Dies gilt natürlich auch für die anderen Charaktere, denn das letzte Wort ist bei vielen Begebenheiten noch nicht gesprochen.

So viel sei schon einmal gesagt: Es bleibt spannend!

Vielen Dank an Anna Mechler von der Agentur »Lesen und Hören« für Ihre unermüdliche Arbeit und selbstverständlich an das Team des Gmeiner-Verlags. Ohne sie wäre das Buch nicht das, was es ist.

Ebenfalls ein ganz großes Dankeschön gilt Kristina und David. Der Roman hätte etliche Schnitzer gehabt, wenn sie nicht gewesen wären und meine Manuskripte gelesen hätten. Vielen Dank!

Sebastian Thiel
November 2021